슬픈 **미학적 실천으로서의 한국 근대문학**
사회주의자

지은이

손유경(孫有慶, Youkyung Son)

서울대학교 국어국문학과를 졸업하고 같은 대학 대학원에서 문학박사 학위를 받았다. 현재 서울대학교 국어국문학과 교수로 재직하고 있다.『고통과 동정』(2008),『프로문학의 감성 구조』(2012),『백 년 동안의 진보』(공저, 2015) 등을 썼고『지금 스튜어트 홀』(2006)을 번역했다.

슬픈 사회주의자 미학적 실천으로서의 한국 근대문학

초판 인쇄 2016년 4월 15일 **초판 발행** 2016년 4월 25일

지은이 손유경 **펴낸이** 박성모 **펴낸곳** 소명출판

출판등록 제13-522호 **주소** 서울시 서초구 서초중앙로6길 15, 1층

전화 02-585-7840 **팩스** 02-585-7848

전자우편 somyungbooks@daum.net **홈페이지** www.somyong.co.kr

값 15,000원

ISBN 979-11-5905-062-6 93810

ⓒ 손유경, 2016

이 저서는 2011년 정부(교육부)의 재원으로 한국연구재단의 지원을 받아 수행된 연구임(NRF-2011-812-A00128)

슬픈 사회주의자

미학적 실천으로서의 한국 근대문학

SORROWFUL SOCIALISTS:
MODERN KOREAN LITERATURE AS AESTHETIC PRACTICE

손유경 지음

소명출판

책머리에

이 책은 우리나라가 일본의 식민지였던 1930년대에 찬란한 청춘을 보낸 몇몇 작가들의 글쓰기를 미학적 실천이라는 관점에서 읽어간 여정의 기록이다. 단순한 진영 논리로 설명되지 않는, 그럼에도 곧잘 양극화한 해석 체계에 의해 좌우되어 온 '리얼리스트'와 '모더니스트'의 텍스트를 헤쳐 모아 보고 그들이 남긴 현대적 감각과 사유의 흔적을 차분히 따라가고자 했다. 그 과정에서 '월북 문인'이라는 범주의 구속력을 어떤 맥락에서 어느 지점까지 작동해야 할지 고민했다. 이 책의 주인공들은 모두 해방기와 한국전쟁 중에 월북했다. 이들에게 해방은 다가올 미래의 첫 페이지가 아니라 지나온 과거의 끝자락이 아니었을까? 이들의 월북은 어느 한 곳을 선택한 자의 확신에 찬 행위가 아니라 자기 삶의 터전을 떠날 수밖에 없는 자의 슬픈 몸짓이 아니었을까? '슬픈 사회주의자'라는 이 책의 표제에는 대략 이러한 고민과 착상이 담겨 있다.

문인들의 대거 월북이라는 우리 문학사의 심연에 불빛을 비추어보겠다는 바람에서 시작된 이 책은, 새로운 자료를 소개하지도, 지금껏 알려지지 않았던 사실을 처음 밝혀내지도 못했다. 이미 발굴된 자료와 알려진 사실에 전적으로 기대고 있는 셈이다. 한 가지 애쓴 점이 있다면 그것은 텍스트들의 배치를 달리해 보려 한 것이다. 세상에 글을 내 놓을 때마다 숨고 싶은 마음과 드러내려는 욕망 사이에서 갈등하는데 이번 책도 예외는 아니다. 그래서 매번 드러내긴 드러내되 누군가를 앞세워서 혹은 어딘가에 기대어 그렇게 하게 된다. 이번에는 테오도르 아도르노^{T. Adorno}(1903~1969)가 『미니마 모랄리아』에 적어 놓았던 "사실 너머로 쏘아 올리는 사유"라는 구절 하나가 그 역할을 해 주기를 바라고 있다.

숨은 주역은 또 있다. 2013년 2학기에 개설된 서울대학교 국어국문학과 대학원 강좌 '한국현대소설론연습'에서 한 학기 내내 같이 읽고 쓰고 토론했던 곽홍연, 권철호, 김윤진, 김은하, 김지윤, 김효재, 나보령, 나카지마 켄지, 노태훈, 류정정, 박상은, 배하은, 유예현, 유채영, 윤국희, 이소영, 이은지, 이지은(석사), 이지은(박사수료), 이토 히로시, 임미주, 임혁, 임희현, 장문석, 조지혜, 차용, 최희진, 허선애, 홍승진, 홍혜정에게 깊이 감사드린다. 그 사이에 많은 분들이 국내외에서 석사 · 박사 학위를 취득하였고 일부는 학위 논문을 집필하는 도중에 있으며 또 여럿은 주요 학술지에 논문을 게재하는 등 왕성한 필력을 자랑하고 있다. 이 책이 그들의 활약에 누가 되지 않기를 바란다.

이 책의 2장과 4장 일부는 아래 논문들을 수정, 보완하는 과정에서 이루어졌음을 아울러 밝혀둔다.

- 「식민지 조선에서 '전위'가 된다는 것 (1)」, 『한국현대문학연구』 41, 2013.

- 「이태준의 「이민부락견문기」에 나타난 제국의 비즈니스와 채표(彩票)의 꿈」, 『관악어문연구』 38, 2013.
- 「해방기 진보의 개념과 감각―지하련을 중심으로」, 『현대문학의 연구』 49, 2013.

마지막으로 이 책 4장의 주요 아이디어는 2013년 12월 6일 서울대학교 한국어문학연구소가 개최한 학술대회 '가람 이병기와 그의 시대'에서 필자가 제출한 학회발표자료proceeding인 「전위와 전통―『문장』지를 중심으로」에서 이미 소개된 바 있다.

"예술가는 별과 같아서 나타나는 그 자리가 성좌星座의 일부분"이라고 한 것은 이태준이었다. "개념들의 성좌Konstellation가 개별자를 열어젖힌다"라는 문장은 아도르노의 것이다. 이 책이 여러 선학과 동학, 그리고 후학께서 예전부터 그려왔고 앞으로도 그리게 될 아름다운 별자리의 어디에선가 희미하게나마 빛날 수 있기를 소망해본다.

2016년 4월

손유경

차례

슬픈 사회주의자

월북 문인과 문학사의 심연 ─────────

　　건방진 소리 같지만 우리나라는 지금 시인다운 시인이나 문인다운 문인을 가지고 있지 않다는 것이 나의 지론이다, 아니 세상의 지론이라고 본다. "알맹이는 다 이북 가고 여기 남은 것은 다 찌꺼기뿐이야" 하는 말을 나는 과거에 수많이 들었고 내 자신도 했고 아직까지도 역시 도처에서 그런 인상을 받고 있다. (…중략…) 실로 우리들은 양심적인 문인들이 6·25 전에 이북으로 넘어간 여건과, 그 후의 십 년 간의 여기에 남은 작가들의 해놓은 업적과, 4월 이후에 오늘날 우리들이 놓여있는 상황을 다시 한 번 냉정하고 솔직하게 반성해볼 필요가 있다.[1]

1　김수영, 「시의 '뉴 프런티어」(『사상계』 91, 1961.3), 『김수영전집 2─산문』, 민음사, 1999, 175면.

해방기와 한국전쟁 중에 일어난 문인들의 월북은 한국 근대문학에 관심 있는 이들이라면 적어도 한 번은 마주치게 되는 심연과도 같다. 식민지시기와 해방 이후를 연속이 아닌 단절이나 비약으로 추체험하게 되는 까닭이다. 카프 출신 문인뿐 아니라 내로라하는 모더니스트들까지 월북의 대열에 합류한 까닭에 해방 이후 남한 문단의 건설은 영광을 기리기보다 상처를 덧나지 않게 하는 방향으로 진행되었다고 해도 과언이 아니다. 때로는 김수영처럼 아픈 곳을 자꾸 건드리는 사람도 있었다. 김수영이 위의 글에서 '알맹이'라고 불렀던 이들에는 지금부터 우리가 만나보게 될 작가들, 즉 김남천(1911~1953), 박태원(1909~1986), 이태준(1904~?), 송영(1903~1979), 안회남(1909~?), 지하련(1912~?) 등도 포함된다. 열거된 작가의 절반은 사망 시기조차 불분명한 채 우리 문학사에 기록돼 있다. 월북 문인 연보에 등장하는 이 물음표들은 그들이 겪었을 고통뿐 아니라 그들의 이야기를 온전히 복원하지 못하는 우리의 절망을 문학사에 아로새기고 있다.

　　1988년 7월 19일 정한모 당시 문화공보부 장관이 그동안 금지돼 왔던 월북 작가 120여 명의 작품 출판을 허용하면서 대대적인 월북 문인 해금이 이루어진 지 벌써 햇수로 30년 가까이 지났다. 해금 이후 『문학사상』지의 기획특집 '월북문인연구'가 바탕이 된 『월북문인연구』(권영민 편저, 문학사상사, 1989)가 간행되었고 서음출판사에서는 월북작가 대표문학선집이 발간되었다. 곧이어 양승국의 『월북작가대표희곡선』(예문, 1991)과 채훈·이미림 등의 『월북 작가에 대한 재인식』(깊은샘, 1995), 이미림의 『월북작가소설연구』(깊은샘, 1999), 그리고 조영복의『월북 예술가 오래 잊혀진 그들』(돌베개, 2002) 등이 잇달아 출간되면서 월북 문인에 대한 학계의 관심과 대중의 호기심이 폭발적으로 증가했다.

　지금으로부터 약 30년 전 망각의 굴레에서 함께 벗어나면서부터 '월북 문인'이라는 범주로 묶이게 된 일군의 문인들에게 월북이라는 개인사는 후광이 되기도 했으며 족쇄가 되기도 했다. 남로당 계열 문인으로 월북 이후 비참한 최후를 맞이한 임화나 김남천 등이 전자에 해당된다면 북한에서 천수를 누렸으되 예술을 버린 예술가라는 평가에서 자유롭지 못했던 박태원이나 이태준 등이 후자에 해당된다. 월북이라는 개인사가 후광도 족쇄도 되지 못한 채 한줌의 처세술이나 우연의 소산으로 취급되는 경우도 더러 있었다. 식민지시기 문단의 주류에 선 적도 없고 월북 이후에 비극적 죽음을 맞이한 것도 아닌 송영이나 안회남이 그 대표적 사례가 된다.

　식민지시기 조선에서 배웠다는 이가 지식이나 예술 그 자체만을 좇을 때는 사치스럽다는 비난을 면하기 어려웠고, 배운 이로서 사명감을 갖고 현실 운동에 뛰어들 때는 온갖 정치적 탄압을 무릅써야 했기에 식민지 조선의 지식인-문인들은 예술적 의장擬裝과 정치적 의장을 번갈아 가며 걸칠 수밖에 없는 운명을 지녔다. 의장 혹은 패션이라는 말을 씀으로써 이들의 진정성을 의문시하거나 그 고투를 탈신화화하려는 것은 결코 아니다. 그보다는 주디스 버틀러가 수행성performativity과 행위주체성agency이라는 개념을 도입했던 것과 유사한 맥락에서 이들의 삶과 문학을 이해해볼 필요는 있다. "목적한 정체성을 스스로 구성"[2]

하는 '수행성'을 중심에 놓고 사유하게 되면 정체성이란 존재론적인 것이 아니라 행하는 것과 결부되어 있음을 알 수 있다. 행위주체성이 중요해지는 것은 이 지점에서이다. 행위주체성이란 일차적으로 개인이 행동할 수 있는 대안의 범위를 뜻하는데 이는 어떤 선택을 하기 위해 여러 자원을 소유하고 있는 개인이 자신의 삶에 영향을 미치는 사건에 대해 통제를 발휘할 수 있는 정도를 의미한다. 관건은 '조건'과 '행위'의 관계를 다시 사유하는 것이다.[3] 즉 '나를 형성한 조건을 갖고 나는 무엇을 할 수 있는가?' 또는 '그 조건들을 바꾸기 위해 나는 무엇을 할 수 있을까?'라는 질문이 긴요해지는 것이다. 가라타니 고진이 갈파했듯이 "이론적 · 구조론적 파악에서 개인은 구조의 항목에 놓일 뿐 주체일 수 없다." 주체는 오로지 실천적 위상에서만 나온다. 그리고 "우리에게 그것을 환기하는 것은 실제의 타자"[4]이다. 정치 · 사회 · 문화적 상황이라는 '조건'과 그 안에서 살아가는 개인의 '행위' 간에는 해당 국면에 따라 매우 다양하고 복잡한 관계가 형성되므로 자율적 선택이냐 무조건적 복종이냐를 도식적으로 판별하기란 매우 어렵다. 특히 어떤 강제와 제약 속에서도 행위주체성은 발휘될 수 있다는 것이 포스트콜로니얼 행위성 이론의 핵심이다.

이러한 관점을 취할 때 주체의 자율적 선택이라는 서구적 이상과 구별되는 관계적 자율성에 대해 생각해 볼 여지가 생긴다. 자신의 내

---

2   주디스 버틀러, 조현준 역, 『젠더 트러블』, 문학동네, 2008, 131면.
3   주디스 버틀러, 양효실 역, 『불확실한 삶』, 경성대 출판부, 2008, 41면.
4   가라타니 고진, 송태욱 역, 『윤리 21』, 사회평론, 2001, 171면.

면을 소유한 자의 자족적 주체성과 달리 타자와의 관계 맺음을 통해 비로소 구성되는 관계적 자율성 말이다. 이와 같은 발상의 전환은 어떤 상황 속에 내던져진 개인의 행위를 '구조 vs 주체', '복종 vs 자율', '가해자 vs 피해자' 등과 같은 구도에서 벗어나 새롭게 바라볼 수 있는 길을 열어준다.

1930년대를 혈기왕성한 20대 청춘으로 보낸 이 책의 주인공들은 일본 제국의 엄혹한 통치와 '도둑처럼 찾아온' 해방이라는 역사의 흐름에 철저히 내던져져 있었다. 다른 대안이 없는 상황에서 주체가 무언가를 선택할 때 그것은 온전한 의미의 선택이라고 볼 수 없다는 지적[5]도 일견 수긍이 가지만, 위에서 언급한 행위주체성 개념에 비추어 본다면 이는 다소 소극적·방어적 서술이 아닐까 싶다. 문인들의 월북은 이념 선택의 양상을 띠고 있지만 따지고 보면 그것은 이들의 자율적 선택이 아니라 어찌할 수 없는 상황의 산물이었다는 견해처럼 들릴 수 있기 때문이다.

수행성이나 관계적 자율성에 초점을 맞추면 어떤 강제와 제약 속에서도 행위주체성은 발휘될 수 있다고 간주된다. 따라서 이들이 월북을 한 계기에 대해서도 조금 더 유연한 접근법을 취해볼 수 있다. 자발적으로 북한 체제를 선택했다거나, 외부 상황에 떠밀려 가게 됐다는 식의 단선적 이해를 벗어나 보자는 것이다. 이들이 남긴 삶의 궤적 전체와 목적 지향적 행위는 동일시될 수 없다. 차라리 북한을 선택했

---

5 신형기, 「해방 이후의 이태준」, 상허학회 편, 『근대문학과 이태준』, 깊은샘, 2000, 79면.

다는 것보다 중요한 것은 자기 삶의 터전을 버렸다는 사실이 아닐까? 목적지 중심의 사고를 벗어나 '왜 하필 그곳이었느냐'가 아니라 '왜 여기면 안 되었느냐'를 질문한다면 지금까지와는 사뭇 다른 답을 구할 수 있을는지 모른다. 어디를 가느냐가 아니라 이곳을 떠나야 한다는 것이 훨씬 더 절박한 생의 과제로 떠오르는 순간은 늘 존재한다.

가령 이태준이 1946년 소련을 방문하고 돌아와 써낸 『소련 기행』은 『문장강화』(1940) 시절의 이태준을 기억하고 있는 당대 독자와 지금 우리 모두를 당혹하게 할 만큼 격정으로 가득 찬 텍스트이다. 이 격정은 이태준이 무엇보다도 식민지시기 문화의 암흑기를 지냈던 작가라는 점과 관련이 깊다. "소련에서 문화가 꽃피는 것을 목격"[6]한 그의 감격은 얼마나 컸을까? '구인회' 시절 이태준의 면모와 일제 말기 『문장』(1939~1941) 편집인으로서 그가 보였던 문화적 야심, 그리고 해방 후 남한에서 그가 내렸던 정치적 판단 모두를 가로지르는 것은 바로 회생 불가능해 보이는 질식된 우리 문화에서 '벗어나려는' 욕망이었을 것이다.

어느 한 곳을 지향함으로써가 아니라 지금 이곳을 벗어남으로써 추구될 수밖에 없는 어떤 삶의 진실이 있다면 우리는 월북 작가들이 청춘을 보낸 1930~40년대 이야기에 다시금 귀 기울여 보아야 한다. 당연한 말이지만 월북이라는 행위가 벌어진 시공간적 좌표는 해방 이후의 북한이 아니라 해방을 맞이하고 전쟁을 치른 남한 땅이다. 그들

---

6 조영복, 『월북 예술가 오래 잊혀진 그들』, 돌베개, 2002, 280면.

이 숨 쉬던 '그때 그곳'은 과연 어떤 모습을 띠고 있었을까? 이 책의 주인공들이 '버린' 해방기 남한은, 식민지 조선이 떠안고 있었던 모순이 해소되지 못한 채 거의 그대로 이월되거나 심지어 더 악화된 시공간이 아니었을까? 해방은 되었으나 독립을 쟁취하지는 못했다는 인식이 널리 퍼진 가운데[7] 해방의 조력자인줄로만 알았던 미국이 점령국으로서의 입지를 다지면서 친일 세력이 친미 반공 세력을 등에 업고 다시금 남한 정치·문화의 중심부로 진입하는 일련의 과정은 이 책의 주인공들이 해방기 남한을 문화적 불모지로 인식하도록 만들기에 충분했다. 1930~40년대 식민지 조선의 문학 장에서 싹튼 것은 바로 이러한 문화적 절망감이었다.

최근 들어 이태준의 월북은 그의 즉흥적 선택이 아니라 주체적 결단이었으며 월북 이전과 이후 작품 세계 사이에는 사상적 일관성이 발견된다는 평가가 속속 등장하고 있다. 문제는 해방기의 이태준 문학을 월북 이후 이태준 문학의 전사前史로 취급하면서 두 항의 연관성을 밝히는 논의는 상당히 축적되어 온 반면, 해방기의 이태준과 해방 이전의 이태준 사이의 연관성을 밝히는 작업은 상대적으로 위축돼 있다는 사실이다.[8]

---

7   연합국의 승리가 조선에 해방을 가져다 준 덕분에 해방기 한반도는 일본, 미국, 중국, 소련이 각축을 벌이는 혼란한 상황을 맞이한다. 남한의 지식인-문인들 사이에서는 과거 일본 제국이 물러간 자리에 미국이라는 새로운 제국이 들어서고 있다는 위기감과 미국 자본의 폭압적 영향력에 대한 비판의식이 고조되었다. 정용욱, 『해방 전후 미국의 대한정책』, 서울대 출판부, 2008; 황종민, 「해방기 소설에 나타난 미국 표상 연구」, 서울대 석사논문, 2009.
8   김준현, 「해방이라는 한국문학연구의 '경계'와 이태준」, 『상허학보』 42, 상허학회, 2014, 127면.

제1장
슬픈 사회주의자

위의 사정은 비단 이태준 개인에게만 해당되지 않는다. 식민지시기에 학교를 다니고 문단에 데뷔한 우리 작가들에게 해방은 일제의 패망과 분단, 그리고 한국전쟁으로 이어지는 아직 도래하지 않은 한국현대사의 첫 페이지가 아니라, 사랑하고 슬퍼하면서 자신들의 청춘을바친 식민지시기의 끝자락이었다는 사실을 잊으면 안 된다. 이들의월북에서 느껴지는 것은, 다가올 현실에 대한 기대가 아니라 어두운과거와 암울한 현재가 주는 좌절과 비애이다. '아무 것도 달라지지 않았다.' 그렇다면 더 이상 이곳에 머물 수 없다. 이들의 월북은 결단도추종도 아닌 어떤 몸부림처럼 보인다.

식민지 조선의 문예부흥

평양 고무노동자 1,800명 동맹파업(1930.8), 신간회 해체 결의(1931.5), 카프 제1차 검거 사건(1931.6), 만보산 사건(1931.7), 만주사변 발발(1931.9), 윤봉길 폭탄 투척(1932.4), 방응모『조선일보』인수(1932.7), 목포 동아고무공장 직공 파업(1933.9), 경성고무회사 여공파업(1933.9), 소작쟁의가 642건으로 1932년의 304건에 비해 격증(1933.10), 조선어학회 한글맞춤법통일안 발표(1933.11), 카프 제2차검거 사건(1934.5), 흥남제련소 직공 600여 명 파업(1934.10), 카프 해산(1935.5), 인천 부두노동자 파업(1935.6), 각 학교 신사참배 강요(1935.9),『동아일보』일장기 말소 사건으로 제4차 무기한 정간(1936.8),

조선 총독에 미나미 지로 임명(1936.8), 조선사상범보호관찰령 공포 (1936.12), 수양동우회 사건(1937.6), 『동아일보』 복간(1937.6), 중일 전쟁 발발(1937.7), 황국신민서사 제정(1937.10), 국민정신총동원조선 연맹 창립(1938.7), 전조선사상보국연맹 결성(1938.7), 조선문인협회 결 성(1939.10), 『조선일보』·『동아일보』 폐간(1940.8).[9]

위에 열거된 사실들은 1930년대 식민지 조선에서 일어난 주요 사 건이다. 『삼천리』(1929~1941)의 주간 김동환이 "정치운동의 '政'字 도 못쓰게 되여"[10] 주요 원고를 제때 제대로 실을 수 없다며 잡지 편집 자로서의 고충을 토로한 데서도 잘 드러나듯이, 1930년대 초반의 상 황은 카프 검거사건과 만주사변 등을 계기로 급속히 악화되고 있었다. 그러나 문학은 오히려 번성했고 훨씬 다채로워졌다. 악명 높은 조선 사상범보호관찰령이 공포되었던 1936년 한 해에만 무려 240여 편의 소설 작품이 발표됐다.[11] "'구인회'의 문학사적 의의는 식민지사회의 정치적 억압을 예술적 이점으로 전환시킬 수 있음을 가장 뚜렷하게 보 여준 데 있다"[12]라는 문장은 '구인회'의 자리에 '1930년대 문학' 전체 를 옮겨 놓아도 손색없이 읽힌다. 1930년대 식민지 조선이 맞이한 정 치사회적 탄압 국면은 결과적으로 『비판』(1931)·『신동아』(1931)

---

9   조남현, 『한국현대소설사』, 문학과지성사, 2012, 15~17면.
10 파인, 「편집후기」, 『삼천리』 4권 12호, 1932.12, 100면.
11 조남현, 앞의 책, 27면.
12 김민정, 『한국 근대문학의 유인과 미적 주체의 좌표』, 소명출판, 2004, 155면.

·『조광』(1935) 등 종합잡지의 창간과 일간지의 문예면 확충, 그리고 '구인회'의 결성(1933)과 같은 문화적 결실의 토양이 됐다. 정치적 탄압이 문학의 체질 변화와 서사 전략의 다변화를 재촉했기 때문이다.

임화가 1939년 학예사에서 기획한 조선문고 시리즈에는 김남천·이효석·채만식·유진오·이기영·박태원·안회남·이태준·이상·송영 등이 포함돼 있다. 조선문고 시리즈의 1부는 조선 고전 작품을, 2부는 조선의 현대문학 저술을 대상으로 했는데 2부 목록 중에서 실제로 간행된 것은 김남천의 『소년행』과 이효석의 『해바라기』, 『채만식 단편집』, 『유진오 단편집』, 『이기영 단편집』, 『박태원 단편집』, 『안회남 단편집』, 그리고 『이태준 단편집』이었다.[13]

한편 '창작 32인집'을 표방한 『문장』 1권 7집 임시증간호(1939.8)는 이효석·전영택·장덕조·한설야·현경준·김동리·박노갑·방인근·엄흥섭·김영수·채만식·박영준·송영·곽하신·계용묵·유진오·이태준·김남천·이석훈·정비석·김소엽·안회남·이근영·함대훈·김승구·이규원·정인택·이기영·박태원·이광수·김내성·안석영 등의 작품을 실으면서 1930년대 문학의 성과를 집대성하려는 의도를 내비친 바 있다.

비평가 임화와 편집인 이태준의 감식안을 신뢰한다면 임화와 이태준이 1930년대 말에 각각 시도한 이러한 결산은 그 나름으로 큰 가치

---

13 임화가 기획한 학예사 조선문고 시리즈에 관해서는 장문석, 「전형기 임화와 '조선'의 발견―출판활동과 신문학사 서술을 중심으로」, 서울대 석사논문, 2009; 방민호, 「임화와 학예사」, 『일제 말기 한국문학의 담론과 텍스트』, 예옥, 2011, 79~116면 참조.

를 지닌다. 실로 얼마나 많은 문인들이 1930~40년대 문학 장을 장식했는지 몸소 보여주는 목록이기 때문이다.

1930년대 문학을 좀 더 넓은 해석의 지평으로 끌어오기 위해서는 모더니즘과 리얼리즘이라는 공간적 분할뿐 아니라 문학사가 단계적으로 발전한다는 시간관 역시 비판적으로 반추할 필요가 있다. 예컨대 1930년대에 발표된 많은 작품들 가운데에는 우리가 1920년대 초중반의 특수한 현상으로 일컬었던 신경향파적 특성을 고스란히 내보이는 작품이 적지 않다. 1920년대적 현상이라고 익히 들어왔던 개인/내면의 발견이 1930년대 문학의 주요 테마가 되고 있음도 눈에 띈다. 이를 답습이나 퇴화로 볼 것만은 아닌데 가령 대부분의 문학사는 1920년대 초중반의 신경향파적 특질이 그 이후 도래하는 과학적 사회주의에 의해 일소되는 것으로 기술하지만, 문학사의 어느 국면에나 존재하는 서발턴의 다듬어지지 않는 분노는 한순간에 흔적 없이 해소되거나 억압한다고 단번에 사그라지지 않는다. 해방기에 우리 문인들이 보였던 폭발적 에너지를 1930년대의 정치적·미학적 혁신 운동의 반복 내지 변주라는 관점에서 관찰하는 것도 가능하다. 1930년대, 일제 말기, 해방기 등 우리가 편의적으로 구별해 부르는 이 시기들은 결코 섬처럼 존재하지 않는다는 사실은 10년 단위의 단계적 문학사 서술이 불가피하게 지우게 되는 흔적 같은 것이다.

이런 맥락에서 문학사의 매 시기를 그 이전과 이후의 '가교架橋'로 바라보는 관점의 도입이 필요하다. 가교로서의 1930년대 문학을 살피는 작업은 어쨌거나 '1930년대'로 묶인 10여 년의 시간을 문학사적으로 유의미한 한 시기로 간주한다는 것을 전제한다. 여기서는 우선 1931년 9월에 발발한 만주사변과 1940년 8월에 이루어진 민간신문 (『조선일보』·『동아일보』)의 폐간을 1930년대와 그 이전 및 이후를 가르는 중요한 분수령으로 삼는다.

만주사변과 카프 검거사건으로 상징되는 정치적 억압 국면이 역설적으로 1930년대 문학의 번성을 야기했다면, 1930년대와 1940년대의 분기점을 이루는 민간신문 폐간은 임화, 김남천, 이태준 등의 문인들에게 "문학이 생산되는 토양과 발표 지면의 상실, 문단의 상실, 모국어의 상실이라는 제 국면의 상실"로 인해 "문학 인프라가 와해되는 경험"[14]으로 받아들여졌다. 1930년대로 접어들면서부터 민간지에 대한 일제의 탄압이 가속화하자 비판적 어조의 기사나 사설은 점차 지면을 얻기 어려워지고 대신 흥미 위주의 사실 보도나 문화·예술·생활면의 확충이 이루어졌다. 신문 학예면의 번성도 이러한 정세 변화와 밀접히 결부된다. 카프가 퇴조하는 시기인 1933년에 결성된 '구인회'의 정체성을 '反카프=모더니즘' 문학 단체로 도식화하는 관점에서 벗어나 신문 학예면과 주요 잡지 문예란을 구인회 출신 작가들이 독점하다시피하게 되는 문학 장의 변동 양상[15]에 초점을 맞춰야 한다는 데 대해서는 박헌호(1996), 조영복(2003), 김민정(2004) 등의 선구적 논의

---

14 조영복, 「1930년대 신문 학예면과 모국어 체험」, 『어문연구』 31권 1호, 한국어문교육연구회, 2003, 179~180면.
15 1930년대 잡지 목록 및 그 주요 내용에 관해서는 조남현, 『한국문학잡지사상사』, 서울대 출판문화원, 2012를 참조할 것.

가 있었다. '구인회'의 발표매체 장악 양상에 주목한 박헌호는 '카프의 해산=순수문학 발흥의 기회'라는 도식이 순수문학조차도 노골화하는 식민지적 폭압에 의해 왜곡·굴절될 수밖에 없었다는 문학사적 사실을 간과하게 만든다면서 "카프의 해산을 순수문학 발흥의 기회로 인식하기보다는 노골적으로 야만화해가는 1930년대적 현실에서 경향문학이나 비경향문학이 모두 맞닥뜨릴 수밖에 없었던 굴곡의 계기로 인식"해야 한다고 주장했다.[16] 문화적 식민지화의 정점을 찍었던 민간신문 폐간의 경험은 왜 해방기에 우리 문인들이 그토록 여러 매체를 양산하게 되었는지를 이해하는 배경이 된다.

이 시기 일본 제국의 자본과 권력은 일상의 거의 모든 부면으로 침투했다고 해도 과언이 아니었다. 따라서 일제의 식민체제가 일상화·내면화된 1930~40년대에 조선 사회가 필요로 하는 인텔리겐치아는 이전 시기의 지사志士 또는 투사鬪士형 인물로 정형화될 수 없었다. '민중적 큰 일'을 도모하기 위해서라면 성욕쯤이야 억누를 수 있다는 투사적 결단은 "수염이 나의 얼굴에 주는 영향을 미학적 견지에서 고찰"[17]하려는 독특한 개인적 취향이나 "큰 뜻을 가진 것만은 좋은 일이나 살아가는 데는 상극"[18]이라는 현실적 판단과 뒤섞여 공존하고 있었다.

만주사변과 민간신문 폐간으로 상징되는 1930~40년대 식민지

---

16 박헌호, 「'구인회'를 어떻게 볼 것인가」, 상허학회 편, 『근대문학과 구인회』, 깊은샘, 1996, 25~26면.
17 박태원, 「수염」(『신생』 3권 10호, 1930.10), 『성탄제 外-한국소설문학대계 19』, 동아출판사, 1995, 65면.
18 송영, 「능금나무 그늘」, 『조광』 5호, 1936.3, 347면.

조선의 열악한 상황은 정치적·미학적 혁신의 기운을 일으켜 시대의 전위가 되겠다는 문화예술가들의 욕망을 부채질했으며, 이렇게 불러일으켜진 바람은 일제 말기와 해방기에 이르기까지 꽤 오랜 기간 때로는 강하게 또 때로는 미약하게 지속되었다. '전향'이라는 사건을 전후로 하여 이전 시기를 정치적 상상력 충만한 이념의 시대로, 이후 시기를 스타일리스트(모더니스트)가 활약하는 이념의 퇴조기로 파악하는 관점으로는 왜 김남천이 박태원의 스타일을 향한 오마주를 드러냈는지, 송영과 안회남은 왜 전향하지 않고도 이미 항상 굴욕적인 남성 지식인을 등장시켰는지, 그리고 왜 잡지 『문장』은 통념과 다르게 자신들의 야심을 그토록 거침없이 드러냈는지 설명할 도리가 없다. 식민지 조선은 우리의 현대문학이 나고 자란 비옥한 토양이었다. 1930~40년대 문학 장은 전위에 대한 대중적 감각이 재구성되고 조선 반도의 문화적 식민지화에 대한 문인들의 좌절과 비애가 심화되었으며, 카프vs구인회의 진영 논리나 전향소설이라는 주류 장르의 문법으로 포착되지 않는 타자들의 향연이 펼쳐진 시공간이었다.

요컨대 1930~40년대는 운동/생활, 현실/내면, 사회적인 것/개인적인 것, 구조/주체, 객관/주관과 같은 위계적이며 빈곤한 이분법적 상상력으로 파악하기 힘든, 식민지 조선의 문예부흥기였다. 리얼리즘 문학과 모더니즘 문학의 경합은 1930년대 문예부흥의 역사를 설명하는 하나의 작은 에피소드에 불과하다. 모더니즘과 리얼리즘이란 과연 대립적 이데올로기인가라는 물음이 1930년대 우리 문학사 및 정신사에서 제기되는 근본적인 질문의 하나라는 지적[19]에는, 어쨌거나 리얼리즘과 모더니즘이 이 시기를 이해하는 핵심어라는 사실이 전제돼 있다. 1930년대 문학 특유의 비옥함을 되살리려는 이 책의 관점에서 보면 리얼리즘과 모더니즘이라는 개념은 단지 폐기하는 것이 아니라 좀 더 두텁게 만들어 자원화할 필요가 있다.

"이름의 희망은 각각의 개념이 자신을 교정하기 위해 자기 주위에 모은 개념들의 성좌에 있다"[20]라고 한다. 아직도 모더니즘 혹은 리얼리즘이라는 이름에 희망을 걸 수 있다면 그것은 그러한 범주·개념에 묶였던 대상 텍스트들이 모조리 거기서 해방된 후 다시금 새롭게 배치되는 텍스트들의 성좌星座에서도 그러한 이름들이 발견될 수 있을 때에 한해서일 것이다. 기왕에 우리 문학사가 모더니스트와 리얼리스트로 구별해 따로 논하거나 '비주류' 또는 '여류'라는 이름으로 제쳐 두었던 작가들을 새로운 논의의 구도 속으로 초대해 다시 관찰할 필요가 있다.

텍스트들의 성좌星座

문단의 자리는 임자가 없다. 좋은 작품을 쓰는 이의 자리다. 흔히 지방에 있는 신진들은 자기의 지반이 중앙에 없음을 탄한다. 약자의 비

---

19 김윤식·정호웅, 『한국소설사』, 예하, 1993, 257면.
20 테오도르 아도르노, 이순예 역, 『부정변증법 강의』, 세창출판사, 2012, 322면.

명이다. 김동리는 경주, 최명익은 평양, 정비석은 평북에 있되 빛난다. 예술가는 별과 같아서 나타나는 그 자리가 곧 성좌의 일부분이다.[21]

성좌星座란 말 그대로 별자리를 뜻한다. 이태준이 말한 바 '나타나는 그 자리가 곧 성좌의 일부분'인 별은 우리가 찾아내는 순간 이미 전체의 부분이며 하나의 아름다운 무늬이다. 즉 별이 배치를 만드는 것이 아니라 배치가 곧 별인 것이다.

그렇다면 1930~40년대 문학이 품고 있는 비밀도 하나의 번호 즉 리얼리즘이나 모더니즘 또는 전향과 같은 단일 키워드가 아니라 이 모든 번호들·개념들·텍스트들의 배치에 의해 벗겨지는 것이 아닐까? 하나의 텍스트를 최대한 '두텁게' 읽는 것, 그 텍스트를 지속적으로 외부화하는 작업이 필요하다. "깊이는 내면성으로의 퇴각이 아니"며 "외화하는 힘과 결코 분리될 수 없"[22]음을 기억할 필요가 있다. 외관을 부수어내려고 노력할 때 획득되는 것이 바로 깊이이다.[23] 텍스트를 지속적으로 외화하면서 그 경계와 표피를 깨뜨리려는 노력이 텍스트 깊게 읽기의 지름길이라고 할 수 있다. "한 작가의 문학적 정체성은 그 작가만의 탐구만으로는 불가능하고 주변의 다른 작가들과의 대비적 고찰을 통해야 가능"[24]하다는 지적은 100여 년 남짓한 기간을 대상 시기로

---

21 이태준, 「누구를 위해 쓸 것인가」, (『무서록』, 박문서관, 1941), 상허학회 편, 『무서록 외─이태준 전집 5』, 소명출판, 2015, 44면.
22 테오도르 아도르노, 앞의 책, 232~233면.
23 위의 책, 235면.
24 강진호, 「현대소설사와 이태준의 위상」, 상허학회 편, 『이태준과 현대소설사』, 깊은샘, 2004, 15면.

삼을 수밖에 없는 한국 근대문학 연구자들에게 적지 않은 시사점을 던진다. 해묵은 텍스트를 텍스트들의 새로운 성좌에 놓아봄으로써 적극적으로 외화하는 것은 텍스트의 깊이를 탐색하는 작업과 다르지 않다.

> 대상이 처해 있는 성좌 속에서 대상을 인식한다는 것은, 대상이 자체 내에 저장하고 있는 과정에 대해 인식하는 것이다. 이론적 사상은 자신이 해명하고자 하는 개념의 주위를 맴돈다. 마치 잘 보관된 금고의 자물쇠들처럼 그 개념이 열리기를 희망하는 것이다. 이 때 그 열림은 하나의 개별적인 열쇠나 번호가 아니라 **어떤 번호들의 배열**에 의해 이루어진다.[25]

널리 알려진 정지용의 「향수」는 카프의 준*기관지적 성격을 띤 『조선지광』 65호(1927.3)에 실려 있다. 이 작은 에피소드는, 월북한 왕년의 시문학파 정지용과 그의 대표작 「향수」, 그리고 『조선지광』 모두를 낯설게 만드는 효과를 지닌다. 『비판』(1931~1939), 『신동아』(1931~1936), 『조광』(1935~1944) 등의 잡지는 이처럼 '발견'과 '재해석'이라는 실증주의적 손길을 기다리는 텍스트로 가득하다.

그러나 텍스트의 배치를 다르게 할 때 우리가 새롭게 알게 될 것들은 더욱 많다. 카프 vs 구인회, 리얼리즘 vs 모더니즘 등의 구획 짓기와는 다른 방식으로 텍스트의 성좌를 그릴 때 김남천과 박태원, 그리

---

25 테오도르 아도르노, 홍승용 역, 『부정변증법』, 한길사, 2010, 242면.

고 송영과 안회남이 각각 근거리에서 관찰되고, 전향 작가군이 아니라『문장』그룹이, 이태준 대신 지하련이 재구성된 해방 전후 풍경의 주인공으로 빛난다. 이러한 재배치와 재조명은 한 작가의 삶과 문학을 이해하는 데 일관성만이 생명은 아니라는 메시지를 우리에게 던진다. 인간의 삶을 살 만한 가치가 있게끔 만드는 것은 변치 않는 균형 잡힌 태도가 아니라 과도한 편들기나 끊임없이 왔다 갔다 하는 불균형에 있다는 지젝의 통찰을 떠올려 보아도 좋겠다.[26] 안정이나 일관성이 아닌 과잉과 단절만이 보여줄 수 있는 삶의 진실이 있다. 일관성이란 한 작가 안에서 아니라 여러 작가의 관계망 속에서 찾아야 하는 가치일 수도 있다. 아도르노의 표현을 빌린다면 "개념들의 성좌Konstellation; constellation에서 무개념자가 해명되도록 개념들이 수합"[27]되어야 한다. 어쩌면 한 작가에게는 단절과 비약으로 보이는 것이 텍스트들의 성좌에서는 일관되며 심지어 유기적 현상으로 보일는지 모른다.

작가론 고유의 영역 그러니까 김남천'다운' 것 또는 이태준'다운' 것을 해명하는 일만큼이나 중요한 것은, 김남천다움을 초과하는 김남천의 모습, 혹은 이태준다움에 대한 믿음을 배반하는 이태준의 모습을 포착하는 작업일 것이다. 무엇보다도 김수영이 '알맹이'라고 칭했던 이들의 월북이 우리가 계속 마주칠 수밖에 없는 문학사의 심연이라면 우리는 계속 다른 번호들을 동원해 이들이 남긴 텍스트를 해독

---

26 슬라보예 지젝, 이현우 · 김희진 역,『실재의 사막에 오신 것을 환영합니다』, 자음과모음, 2013, 127~129면.

27 테오도르 아도르노(2012), 앞의 책, 252면.

decode해보는 수밖에 없다. 식민지시기를 이렇게 호출하는 작업이 혹시 남아있을지도 모를 냉전적 사유의 찌꺼기를 걸러내는 일과 결부되기를 기대해본다. 이런 생각들을 바탕으로 포착된 1930~40년대 문학이 지금 우리가 이해하는 바로서의 한국 현대문학의 한 기원이라고 할 수 있다면 어떠한 점에서 그런지를 알아보는 것이 바로 1930~40년대 문학이라는 관찰 대상의 현재성을 구성한다. 물론 이 기원을 탐색하면서 보게 될 것은 우리가 지극히 당연하고 자연스럽다고 여겨온 것들이 재구성되고 해체되는 지점들일 것이다.

미학적 실천이라는 프리즘 ————

1. 전위가 뿌린 혁신의 씨앗들

1930~40년대라는 식민지 조선의 문예부흥기를 자세히 들여다보면 볼수록, 사회적인 것과 개인적인 것을 대립적으로 파악하는 관점이 더 이상 유효하거나 타당하지 않다는 것을 금세 알아차릴 수 있다. 아도르노는 심리학 전문가 프로이드가 사회적인 것과 개인적인 것 간의 대립이 사실은 억압적 사회가 남겨 놓은 흔적이라는 점을 인식하지 못했다고 비판한 바 있다.[28] 개인과 사회를 모순 관계에 가두어 두는 것

---

28 테오도르 아도르노, 김유동 역, 『미니마 모랄리아』, 길, 2009, 87~89면.

은 자유로운 개인이 아니라 억압적 사회라는 메시지는 우리에게 많은 것을 시사한다. 공약불가능한 서로 다른 개인들의 이야기에 반^半자동적으로 '반사회적'이라거나 '현실도피적'이라는 낙인을 찍는 것은 결국 '인간은 이기적이며 사회와 불화할 수밖에 없는 존재'라는 신화를 역사적 사실인 양 그대로 받아들인 결과이다. 신변소설의 작가로 알려진 안회남에게 따라다니는 'B급 작가' 이미지나, "사랑에 의한 의식의 결정이라는 말류 유심론의 밀수입"이라는, 송영을 향한 한설야의 혹평도 그러한 관성이 작용한 대표적 예이다.

"바깥이 있을 때에만 안도 여문다"[29]라는 것을 아는 자유로운 개인만이 그러한 대립의 허구성을 폭로할 수 있다. 과연 결혼과 연애를 다루면 비속한 소설이 되고 혁명과 운동을 다루면 위대한 소설이 되는가? 몽상가는 병적이고 계몽주의자는 건강하다는 것은 누구의 감각인가?[30] 세상을 중요한 것과 부차적인 것으로 구분하는 작업은 그것의 '비진리'가 드러날 때까지 계속 추적돼야 하는데, 그것은 모든 '중요성의 위계질서'에 반드시 어떤 강제성이 채워져 있기 때문이다.[31] 혁명을 연애보다, 전향을 실직보다 더 무겁고 중요한 사안으로 간주하는 것은 자기반성의 포기에서 나오는 '중요성의 숭배' 심리에 근거한다. 사유는 바로 그런 위계적 분류 체계 자체를 자신의 사유 대상으로

---

29 위의 책, 63면.
30 '가벼운' 사안과 '중대한' 사안이 있다면 문제는 과연 누가 그것을 정하느냐에 있다는 지적도 경청할 만하다. 정희진, 「불감증의 위계」, 『경향신문』, 2013.4.11.
31 테오도르 아도르노(2009), 앞의 책, 170면.

삼아야 한다는 아도르노의 통찰을 따라, 개인과 사회, 사랑과 혁명, 실직과 전향, 몽상과 행동에 얽힌 모든 중요성의 위계질서를 의심하는 데서부터 우리의 논의를 시작하려고 한다.

지금껏 일상이나 신변 문제를 다루는 1930~40년대 문학의 의의는 대체로 다음 몇 가지 경우에 한하여 인정되어 왔다. 첫째, 공적 영역에서 활동하던 남성 운동가가 일상적 삶으로 회귀하는 과정에서 느끼는 굴욕과 좌절의 양상을 다루는 경우. 1930년대 후반 카프 출신 작가들의 전향소설이 대체로 이런 관점에서 해석되어 왔다. 두 번째는 '일상=소비(문화)'라는 관점을 취한 경우인데 1930년대 문학을 일상사(풍속사)의 연장선상에서 맥락화한 연구들이 대체로 여기에 속한다. 모던보이와 모던걸의 자본주의적 소비문화를 스케치하는 과정에서 1930년대의 현대성이 새삼 조명되었다. 마지막으로 일제 말기에 관한 일상사적 접근법은 총동원 체제가 조선 민중의 일상에 기입되는 방식과 그것에 수반되는 크고 작은 균열의 지점들을 포착하는 데 집중해 왔다.

최근 다시 활발하게 읽히기 시작한 비판이론이나 탈식민주의·여성주의 이론에 따르면 일상은 그렇게 만만하거나 비정치적 공간이 아니다. 왕년의 운동가의 복귀를 기다리는 평화롭지만 권태로운 공간도, 생산에 반하는 단순한 소비 또는 사치의 영역도 아니다. 일상은, 일상적인 차별과 억압, 그리고 그에 맞서는 자유로운 개인들의 대결과 협상이 벌어지는 역동적인 시공간이다. 일상은 무엇보다도 삶과 노동력의 재생산이 일어나는 치열한 정치적 공간이다. 여성주의 이론가들은 전통적 마르크스주의자들이 기본적으로 인간 재생산을 역사적 변천을 겪지 않는 생물학적 행위로 보았다는 점을 비판하면서 가정, 학교, 교회, 거리 등 일상적 삶의 영역에서 벌어지는 생명과 노동력의 재생산 문제에 집중할 것을 주문한다.[32] 여기서 말하는 재생산은 크게 세 가지 차원에서 접근할 수 있다. 생산 시스템의 재생산을 뜻하는 알뛰세적 입장과 가사노동논쟁을 야기했던 노동력의 재생산이 첫째와 둘째에 각각 해당된다면, 세 번째 차원에는 인간의 생물학적 재생산 문제가 포함된다. 임신에서 출산까지의 생물학적 과정만이 아니라 태어난 아이를 어른으로 키우는 전 과정이 재생산인데, 가부장제에 적합한 다음 세대를 키우기 위해 여성의 자발적 헌신을 동원하는 데에 가부장제의 성패가 달려있었다고 해도 과언이 아니라는 것이다.[33] 일상이 지닌 이와 같은 역동성과 복합성에 눈을 돌릴 때 1930~40년대 문학을 새로운 관점으로 유형화하고 분석하는 길이 열릴 수 있다.

이 책에 등장하는 1930~40년대 작가들은 가정, 학교, 거리 등에서 일어나는 일상적 차별과 억압의 문제에 매우 민감하게 반응했고 또 그것을 집요하게 탐구했다. 이들은 자본과 권력, 장소와 시간, 자기와 타자, 그리고 역사의 진보에 대한 감각을 재구성하고 그에 기반을 둔 다양한 미학적 실천을 감행한다. 여기서 말하는 미학적 실천이란 예술가가 사전에 무언가를 알거나 믿고 나서 어떤 계획을 실행에 옮기는

---

32 앨리슨 재거, 공미혜·이한옥 역, 『여성해방론과 인간본성』, 이론과실천, 1994, 76~88면.

33 우에노 치즈코, 이승희 역, 『가부장제와 자본주의』, 녹두, 1994, 93~99면.

것이 아니라, 도취되거나 관찰하고 기록하는 예술가의 미학적 행위 자체가 자기 자신과 관찰 대상, 그리고 그들을 둘러싼 세계 모두를 변용시키는 과정을 가리킨다. 다시 말해 이는 주어진 목적을 실현시키는 것이 아니라 목적에 이끌리는 의식적 실천 능력과 '다른' 방식으로 활동하는 것, 목적으로부터 자유롭게 자기의 힘을 관철하는 것을 뜻한다.[34] 프랑크푸르트학파의 전통, 그중에서 특히 아도르노 미학을 계승한 독창적 비판이론가로 알려진 크리스토프 멘케는 '미학적인 것'은 결코 고정된 어떤 상태가 아니라 구체적 생성임을 강조한다. 대상을 감각적(미학적)으로 파악하는 것은 하나의 활동이자 성취이지 한갓 수동적 인상이나 임의적 효과가 아니라는 것이다. 미학이 주체를 본질적으로 실천적인 것으로 이해한다고 말할 수 있는 것은, 바로 끊임없는 연습과 실행을 통해 인간의 감각적 성취가 완성될 수 있기 때문이다. 이것이 바로 "미학적인 것은 오직 비미학적인 것의 미학화"로서만 존재한다고 말할 수 있는 이유이다.[35]

　　미학적 주체 개념에 따르면, 주체는 실천에 대립해 있는 심급이 아니며, 이미 실천 이전의 심급도 결코 아니다. 능력으로 이해된 힘을 통해 주체를 규정함으로써 차라리 미학은 주체를 실천 성취의 심급, 곧 일반적인 활동방식의 매번 특수한 성취의 심급으로 정의한다. **실천은**

34　크리스토프 멘케, 김동규 역, 『미학적 힘−미학적 인간학의 근본개념』, 그린비, 2013, 150~154면.
35　위의 책, 45~51면.

외적 관계에 있다는 의미에서 주체의 소유물이 아니라 그것이 주체에게 고유한 것이기 때문에 주체의 소유물이다. 만일 그 고유한 것이 없다면 주체는 아무것도 아니거나 주체가 아니다. 그래서 미학적 주체는 일반적인 활동방식 또는 실천이라는 외적인 것에 대립하는 내적인 것도 아니다. (…중략…) 매번 특수한 주체를 통해 매번 특수한 실현 속에서만 실천은 존재한다.[36]

매번 특수한 실현 속에서만 존재하는 실천·연습·수행이야말로 주체를 주체이게끔 만드는 미학적 힘이라고 할 수 있다. 감각적 성취는 주체적 성취이며, 연습과 숙련을 통해 다져지는 미학적 실천은 이성적 주체가 만든 미추나 선악의 기준 자체를 바꿔버리는 힘을 발휘한다. 따라서 여기서 말하는 미학은 정치와 대립되는 미학이 아니라 미학과 정치의 구별에 대립하는 미학이며, 실천은 사유에 대립하는 실천이 아니라 실천과 사유의 구별에 대립하는 실천이라고 할 수 있다. 바로 이것이 한 작가의 문학과 삶을 관찰할 때 그가 자신의 일관된 신념을 얼마나 오래 고수했느냐가 아니라 얼마나 집요하게 이를 갱신해 나갔느냐를 주목해야 할 이유일 것이다.

이러한 맥락에서 이 책 2장에 등장하는 도시의 순례자라는 인물형은 모더니즘 문학의 한 특성으로 설명되던 방식에서 벗어나 확장된 맥락에서 새롭게 고찰될 것이다. 1930~40년대 문학에서 광범위하게 발

---

36 위의 책, 51면.

견되는 도시 산책 또는 답사 모티프를, 감성의 도야와 회복이라는 미학적 실천의 한 양상으로 의미화할 수 있다면, 운동가형 인물의 '정치적 각성' 여부를 놓고 작품의 성패를 논하는 관습적 독해에서 벗어날 수 있을 것이다. 공장에서 일어나는 주인공의 정치적 각성만큼이나 중요한 것은, 거리를 배회하는 인물이 경험하는 "세속의 계시"[37]이다.

3장에서는 '아버지'로 상징되는 타자와의 관계를 중심으로 1930년대 문인들의 일상적 세대감각과 거기에 수반되는 탈중심화한 자기 서사의 미학을 탐구한다. 송영과 안회남은, 식민지시기 지식인-문인들의 내면과 그들의 성취를 설명하는 두 개의 기본 축이었던 '고아의식'과 '계몽주의'를 우리 눈앞에서 곧바로 후경화하는 독특한 문학 세계를 구축했다. 남성 주인공의 비대해진 내면 대신 이들의 부재와 귀환을 둘러싼 일상의 촘촘한 관계망이 조명되고, 전향이라는 사태가 발생하기 이전부터 이미 항상 굴욕적인 식민지시기 '남자패'들의 운명이 나르시시즘의 소실점을 중심으로 펼쳐진다.

4장에서 주목한 일제 말기 잡지 『문장』은 전통과 전위의 관계에 대한 통념적 이해를 뛰어넘는 지평에서 1930~40년대 문화를 총결산하려는 의욕을 보였고, 『문장』의 신인 지하련은 인격화한 진보의 양상을 근거리에서 포착하는 미학적 실천을 보여주었다. 지하련이 맺은 빛나는 결실과 그가 겪은 좌절은 1930년대 유산의 상실이라는 우리 문학사의 뼈아픈 손실을 집약한다.

---

[37] 위의 책, 149면.

이러한 논의들을 가로지르는 화두는 '반부르주아 운동=계급주의 운동'의 일방통행로에서 벗어나 권력과 자본에 대항하려 했던 1930~ 40년대 우리 문화예술가들이 과연 어떠한 미학적 실천을 감행했는가 이다. 시대의 전위가 되고자 했던 이들의 욕망은 왜 예기치 않은 방향 과 방식으로 굴절될 수밖에 없었는지, 그리고 이들 중 일부는 왜 결국 북한 체제를 '선택'한 사회주의자로 기억되는 삶을 살 수밖에 없었는 지 살펴보려고 한다. 저급한 문화, 부족한 자본, 엄혹한 검열, 봉건적 아버지, 무지한 대중, 비민주적 가장. 이들을 좌절시켰던 여러 계기들 을 세심하게 고려하면서도 객관적 조건으로 결코 회수되지 않는 여섯 작가의 지극히 현대적인 감각과 사유의 흔적들을 더듬어 가보려 한다.

2. 해방이라는 에필로그

아도르노에 따르면 숙성한 자본주의는 무엇보다 빈곤한 상상력과 부 패한 감각을 경계해야 한다.[38] 자본주의화가 본격적으로 진행되었던 1930~40년대 식민지 조선에서도 더 이상 꿈꾸기 어렵다는 것만큼 문인들을 절망시킨 사실이 또 있었을까? '꿈을 꾸자'고 호소했던 비평 가 임화도 다르지 않았다.

인간은 태초로부터 이러한 꿈을 가진 것으로써 비로소 인간이 ―

---

[38] 테오도르 아도르노(2009), 앞의 책, 78면.

(동물이 아닌!) 된 것이다. '만일 꿈꿀 자격을 상실하여 때로 미래로 뛰어 본다든가 겨우 그의 손에서 만들어지기 시작한 창조의 전모를 상상으로서 꿈꿀 수가 없다면 그의 모든 정력을 소모해 버릴 광대한 계획을 세우고, 까맣게 먼 곳에 있는 그 종국을 향하여 그것을 어떻게 인도할 수가 있겠는가? **꿈꾸자!** 그러나 우리들의 꿈에 있어서는 현실의 생활을 주의 깊게 음미하여 우리들의 꿈과 우리들의 관찰을 조응시켜 우리들의 몽상을 실현할 것을 진실하게 믿는다는 조건 하에…….' 즉 행동과 함께 있는 꿈……. 이것만이 창조의 꿈으로서 이러한 꿈으로 현세기를 대표하는 저작은 「캐피탈」일 것이다. 이러한 과학상 저작의 수준과 어깨를 나란히 할 **문학적 몽상의 기념비**는 아직 건설되지 않았다. 「캐피탈」의 저자가 과학과 행동을 가지고 성취한 사업을 나는 펜을 가지고 정복하리라고 한 제2의 발자크는 과연 누구일까? 나는 이러한 몽상의 낭만주의에 전력을 가지고 찬동한다.[39]

식민지시기 우리 문학에 등장하는 인물들 중에서 그야말로 충분히 '꿈꾸거나 사유함'으로써 빈곤한 상상력과 부패한 감각을 뛰어넘으려 한 이들은 누구인가? 이 책에서 살펴보려는 몽상가나 순례자, 애도자, 탕아, 관조자 등은 혁명가·운동가·계몽주의자 못지않은 비중으로 우리의 진지한 탐색을 기다리는 인물유형이라고 할 수 있다.

---

39 임화, 「위대한 낭만적 정신」,(『동아일보』, 1936.1.1~4), 신두원 편, 『문학의 논리─임화문학예술전집 3』, 소명출판, 2009, 27~28면.

빈곤한 상상력을 경계해야 한다는 아도르노의 경고와 몽상의 중요성을 강조한 임화의 발언은 위와 같이 서로 공명하면서 행동에 대한 강박에서 벗어나도록 우리를 이끈다. "언제나처럼 부정적으로, 존재하지 않는 것에 접근하는 한조각 현존"[40]으로서의 사유는 당장의 실천보다는 그 실천을 가능케 하는 인간의 유토피아적 욕망에 계속 기름을 붓는다. "사유가 마비되면 무기력하고 우연한 실천만이 남는다." 사유란 이미 늘 하나의 행위이다. 혹은 실천의 한 계기이다. "의도는 변화를 남기"기 때문이다.[41]

식민화와 전쟁, 분단 등의 경험은 우리 문학에 등장하는 몽상가나 사색가, 관조자 등의 인물 유형을 자본과 권력에 무비판적으로 순응한 이들로 섣불리 단정하게 만든 것이 사실이다. 실천에 대한 강박이 이러한 태도를 강화하는 데 한몫했을 것이다. 등장인물의 풍부한 몽상이나 삶에 대한 관조보다는 이들의 정치적 각성이나 실천이 창작과 비평의 준거로 작용해 왔다고 해도 과언은 아닐 것이다. 각성에서 실천으로의 도정을 이상적 모델로 삼을 때 사유하는 노동자보다는 행동하는 지식인이 주요 인물형으로 부각되게 마련이다. 읽지도 못할 잡지책일망정 손에서 놓으려고 하지 않는 버스 차장의 일상을 포착한 안회남의 「병든 소녀」(『신동아』 3권 6호, 1933.6)처럼 꿈꾸고 사유하는 여성 노동자의 일상을 스케치한 작품을 설명할 언어를 개발할 필요가 있

---

40 테오도르 아도르노(2012), 앞의 책, 327면.
41 위의 책, 100~115면.

다. 누군가는 이렇게 묻고 싶을지 모른다. 이 소녀가 책을 읽는다고 해서 사회가 바뀌는가? 가라타니 고진이라면 어쩌면 이 질문에 이렇게 답할는지도 모른다. '책 읽는 사람이 있는 사회로 변할 것'이라고.[42]

이 책이 시도하는 것은, 일상의 영역에서 벌어지는 차별과 억압에도 불구하고 저마다의 유토피아를 꿈꾸는 현대적 인물형을 식민지시기 우리 문학에서 찾아내고 이들의 성취와 좌절의 기록을 들추어내는 것이다. 이 책에서 조명되는 여섯 작가의 반자본주의적·반봉건적·반제국주의적 상상력을 유토피아적 상상력으로 통칭한다면, 우리 문학사가 모더니스트와 리얼리스트로 불렀던 문인들이 각자의 포지션에 맞게 변환시켰던 문제의 코드는 다름 아닌 유토피아였다고 볼 수 있다. 이에 식민지시기 우리 문학의 위상을 근대/사상사의 맥락에서 설명해 온 선구적 업적들을 바탕으로, 이 책은 1930~40년대 우리 문학을 현대/미학의 관점에서 재구성함으로써 1930~40년대 문학 특유의 비옥함을 지금 여기의 관점에서 되살리고자 한다. 근대(성)에 대한 사상사적 탐색과 나란히 현대(성)에 대한 미학적 탐색 또한 이루어져야 마땅하리라 생각된다. 정치적 각성보다는 세속의 계시를, 나르시스적인 주체보다는 탈중심화된 자기를, 진보라는 이념의 문제보다는 민주적 감각의 문제를 텍스트 해독decoding의 중심 과정에 놓아볼 필요도 있겠다. 1930년대의 작가·비평가가 시도했던 미학적 실천의

---

42 가라타니 고진은 과연 데모를 함으로써 사회를 바꿀 수 있느냐는 질문에 대해 "데모로 사회는 바뀐다. 왜냐하면 데모를 함으로써 '데모를 하는 사회'로 바뀌기 때문이다"라고 답한 적이 있다. 가라타니 고진, 조영일 역, 『자연과 인간』, 도서출판 b, 2013, 199면.

양상을 여러 경로를 통해 탐색하고 이들 '문사文士'의 존재 방식을 1910년대의 '지사志士'나 1920년대의 '투사鬪士'형 인물들과 견주어 가며 살펴보는 작업도 요구된다. 카프 또는 구인회라는 집단적 정체성을 일단 괄호에 묶고 김남천, 박태원, 이태준, 송영, 안회남, 지하련의 미학적 실천이 열어 놓은 가능성의 틈새와 끝내 이들이 마주칠 수밖에 없었던 장벽에 대해서도 이야기해보고자 한다.

문제는 "차단되었음에 대한 의식을 통하지 않고는 열린 것은 사유될 수 없다"[43]는 데 있다. '상처 입은 자가 치료할 것'이라는 말로 요약되는 이런 사정을 아도르노는 "개념들만이 개념이 방해하는 것을 완성할 수 있다"[44]라거나 "사유에 고유한 강압이 사유가 해방되는 매체"[45]라는 등의 표현으로 바꾸어 쓴다. 요점은, 밝은 미래를 향한 길이 가로막혔다는 데 대한 명징한 인식과 이것이 야기하는 비애의 감각을 통하지 않고서는 유토피아에 대한 사유도 가능하지 않다는 것이다. 가능하지 않은 상황에서 가능성을 꿈꾸는 몽상가나 사색가 혹은 관조자들은 실천에 대립하거나 선행하는 것이 아니라 실천과 함께 혹은 실천을 통해 탄생한다. 패배가 예정되어 있음에도 '불구하고' 또는 그렇기 '때문에' 발휘되는 것이 바로 미학적 실천이다. 좌절과 불운으로 인한 고통은 객관적이다. 즉 "고통이란 주체에 하중이 걸리는 객관성의 무게"이며 주체는 고통을 가장 주관적인 것으로 체험하지만 그것의

---

43 테오도르 아도르노(2012), 앞의 책, 254면.
44 위의 책, 322면.
45 위의 책, 306면.

표현은 "객관적으로 매개"되어 있다. 괴로움을 표현하려는 욕구가 모든 진리의 조건이다.[46] 즉, 행위주체에게 고통은 객관의 무게로 전달되며 그가 자신이 느끼는 비애를 '표현'하는 한 그것은 객관적으로 매개될 수밖에 없다. 예술의 행위가 단순한 개인성의 표명이 아닌 이유이다.[47]

우리의 일상은 상품에 의한 식민화와 온갖 종류의 소외에 의해 침식된 영역이다. 그러나 일상은 또한 의미 있는 사회 변화를 위한 제1의 유일한 장 즉 "가능한 것의 실현을 위한 필연적인 출발점"[48]이다. 달리 말하면 일상이야말로 '반노동'의 시간과 '비화폐'의 형태를 꿈꾸며 미학적 실천을 행할 수 있는 유일한 시공간이다. 이 책은 반부르주아적 상상력이 과학적 계급의식이라는 일방통행로로 향하지 않는 여러 장면들을 포착하고, 아도르노의 비판이론을 징검다리 삼아 리얼리즘 혹은 모더니즘으로 구분되어 왔던 텍스트를 오가며 1930~40년대 작가들의 미학적 실천 양상을 탐색해나갈 것이다.

이 책에서 다루는 여섯 작가의 모든 텍스트가 양립하지는 않을 것이고 또 여기서 그것을 종합하려고 하지 않을 것이다. 이 책의 목적은 종합하는 데 있지 않다. 지젝의 표현을 빌리자면 핵심은 개개의 행위를 종합하여 해석하는 것, 즉 더 넓은 문맥 속에 위치시키는 것이 아니라 그것을 오히려 그 역사적 배경에서 절단해내어[49] 색다른 구도로

---

46 위의 책, 244면; 테오도르 아도르노(2010), 앞의 책, 73면.
47 크리스토프 멘케, 신사빈 역, 『예술의 힘』, W미디어, 2015, 18면.
48 테오도르 아도르노(2010), 앞의 책, 50~51면.

'재배치'하는 데 있다.

1930년대라는 문예부흥기의 한국 근대문학은 어떠한 방식으로 해방기를 예견했는가? 월북이라는 문인들의 공통된 행보를 새롭게 독해할 수 있는 실마리는 결국 1930년대에 숨어 있는 것이 아닐까? 이 책이 끝내 명쾌하게 답하지 못한, 그러나 여전히 가장 풀고 싶은 의문은 이것이다. 답하지 못할 질문을 던졌다는 점은 이 책이 끝내 안고 가야 할 한계이지만 이러한 시도가 우리 앞에 던져진 수수께끼의 답에 접근하는 하나의 점근선이 될 수 있기를 바란다.

1930년대 문학을 그 특유의 미학적 실천력으로 결산하고 있는『문장』지와 지하련은 정치적 실천의 우위성에 대한 근대문학 담당층의 강박이 우리에게 과연 무엇을 남겼는지 반추하게 만든다. '알맹이'들이 월북을 감행한 것은 혹시 더 많이 행동하기 위해서가 아니라 더 깊이 사유하고 충분히 꿈꿀 공간이 이들에게 필요했기 때문이 아닐까? 이곳에서는 더 이상 꿈꾸지 못한다는 것, 이것이 1930~40년대 우리 문인들의 슬픈 초상이 들려주는 이야기이다. '슬픈 사회주의자'라는 책 표제의 '슬픔'은 각각의 운동가·지식인·작가를 넘어선 것이다. 그것은 이들보다 '크다'. 월북한 슬픈 사회주의자들의 1930~40년대 이야기에 조금만 더 귀 기울여 보자. 해방은 '도둑처럼' 왔을지 모르나 우리 작가들에게 1945년은 자신들이 겪은 1930년대의 끝자락이기도 했을 것이기 때문이다.

---

49 슬라보예 지젝(2013), 앞의 책, 182면.

뫼비우스의 띠에 그려진
전위의 행적

1930년대 문학의 지리적 상상력을 가늠하고자 할 때 가장 먼저 떠오르는 것은 경성이라는 공간과 구인회 출신 문인들의 존재이다. 박태원의 「소설가 구보씨의 일일」(1934)은 최근까지도 문학 연구자들에게 각광 받는 모더니즘 문학의 대표적인 텍스트로 자리 잡고 있으며 박태원 문학의 고현학과 산책자 모티프에 관한 연구는 전례 없는 양적·질적 성과를 낳아 왔다. 근대화한 식민지 도시 경성에 대한 문화론적 고찰들이 열어젖힌 논의의 새 지평과 이에 관한 반성적 고찰 및 평가[50]도 이후 연구에 많은 영향을 미쳐 왔다.

---

50 황호덕의 평가가 대표적이다. "나는 오랫동안 식민지 시대의 도시론·문화론이 갖는 이데올로기적 함정에 대해 의식해 왔다. 그리고 이러한 논의가 경성 모더니즘론과 명동의 낭만을 통과해 어떤 망각에 이르는 과정에 대해서 모종의 의혹을 가져 왔다. 그러나 도시 문화론에는 간단히 식민성의 간과라고만 비판될 수 없는 의의들도 없지 않았다. 도시성과 얽힌 많은 가치(해방된 여성, 욕망,

지금까지 축적되어 온 경성 관련 연구를 일별할 때 가장 먼저 눈에 띄는 사실은, 마르크스주의 문예운동가들의 경성 체험이 이들의 미학적 실천으로 의미화된 예가 드물다는 점이다. 카프 문인들에게 포착된 대도시 경성이란 도시 빈민과 노동자들에게서 계급의식이 싹트기를 바라는 정치적으로 의미 있는 공간이었음을 부정하기는 어렵다. 「도시의 유령」(『조선지광』, 1928.7)의 이효석이나 「스리」(『조선지광』, 1927.5)의 유진오, 그리고 여러 작품에서 도시빈민문제를 다룬 이기영 등이 이를 잘 말해준다. 그러나 카프 문인들에게 도시는 매혹과 찬탄, 혹은 환멸과 우울의 감정을 경험하게 하는, 지극히 현대적인 감각들이 범람하는 미학적 공간이기도 했다. 이들은 도시 순례자나 사색가·몽상가를 작품에 등장시키며 자신들의 이러한 미학적 체험을 형상화했다. 정작 문제는 카프 문인들의 미학적 도시 체험이 역사적으로 존재하지 않았다는 것이 아니라 그러한 현상을 의미화할 만한 담론의 틀 자체가 존재하지 않았다는 데에 있다.

　　도시 순례라는 미학적 실천과 결부되는 마르크스주의 문예운동가들의 독서 및 사색의 체험 양상을 해석한 만한 담론을 찾기 어려운 것은, 리얼리즘과 모더니즘이라는 공간적 분할 구도가 1930년대 문학

연애, 소비모드)들이 식민지 당대부터 오늘에 이르기까지 수많은 대중잡지와 매체들을 통해 시종일관 마초적이고 보수적인 비판들을 받아왔기에, 또 이러한 도시문학의 연구들이 기왕의 민족문학사적 맹목성들을 제어하고 탈구축하려는 전략의 일부였다는 점에서, 이 주제는 간단히 말하기 어려운 복합성 역시 가지고 있다. 그러나 분명한 것은 그들이 스스로의 한계와 문턱들에 대해서는 좀처럼 언급하지 않아 왔다는 사실이다." 황호덕, 「경성지리지, 이중언어의 장소론―채만식의 「종로의 주민」과 식민도시 (언어) 감각」, 『대동문화연구』 51, 대동문화연구원, 2005, 137면.

연구에 미친 한 결과가 아닐까 싶다. 그러나 폐허가 된 도시에서 유토피아를 발견하려던 벤야민의 작업이나 도시가 공장의 역할을 대신할 것으로 보면서 르페브르와 마찬가지로 도시를 오늘날 전복 정치의 공간으로 간주한 앤디 메리필드[51] 등의 논의만 참고해보더라도 1930년대 문인들의 경성 체험을 일부 모더니스트의 취향 문제로 간주하는 것은 그다지 설득력이 없어 보인다. "산업주의만큼이나 도시주의에, 공장만큼이나 거리에 초점을 맞춘"[52] 접근법을 취해, 독서와 사색을 즐기는 몽상가나 도시를 거닐며 상념에 빠지는 순례자형 인물을 박태원으로 대변되는 모더니스트들의 단골 메뉴로만 볼 것이 아니라 좀 더 확장된 시야에서 재조명할 필요가 있다. 1930년대 문학이 도시의 일상적 삶에서 이루어지는 병든 감각의 회복과 미학적 실천의 중요성을 환기하는 주인공을 등장시키고 있다는 점에 주목해 이 책에서는 1930년대 리얼리즘 문학 연구자들로부터 별다른 주목을 받지 못했던 몽상가 · 순례자의 형상을 김남천, 박태원, 이태준의 텍스트를 왕복하

---

51 앤디 메리필드는 새로운 마르크스주의적 휴머니즘은 도시에 대한 권리에 기초해야 한다면서 이는 공간에 대한 권리 · 토지에 대한 권리 회복과 관련된다고 주장한다. 왜냐하면 "한때 자유주의는 작업장에서 사람들을 착취함으로써 잉여 가치를 추출했다. 이제 신자유주의는 사람들의 삶의 공간을 박탈하는 것에 의해, 공통의 것을 접수하는 것에 의해, 우리 도시의 중심부를 재전유하는 것에 의해 그 몫을 추출"하기 때문이다. 앤디 메리필드는, 스스로를 비록 마르크스주의자라고는 부르지 않지만 도시에 대한 권리를 되찾고자 하는 반자본주의자들의 다양한 싸움과 실천에서 21세기 마르크스주의가 발견될 것이라고 본다. 이러한 비계급 반자본주의 저항자들은 '새로운 세계를 건설하기 위해 권력을 잡는 게 아니라 생산력주의라는 시장 합리성에서 벗어남으로써 자신들의 삶에 대한 권력을 되찾으려는' 사람들인데, 이들과 만나는 '비계급'이라는 개념은 정치적 영역을 확대하며, 정치적 영역을 잠재적으로 더 풍요롭게 그리고 여전히 불확정적이지만 더 포괄적으로 만든다는 것이다. 앤디 메리필드, 김채원 역, 『마술적 마르크스주의』, 책읽는수요일, 2013. 23~57면.

52 앤디 메리필드, 남청수 외역, 『매혹의 도시, 맑스주의를 만나다』, 시울, 2005, 27면.

며 만나보고자 한다. 순례의 주체를 모더니스트로 한정짓지 않고, 순례 장소를 경성으로 국한하지도 않을 것이다. 위 세 작가의 작품에 등장하는 인물들의 도시 순례를 '반노동의 시간과 비화폐의 형태'[53]를 향한 유토피아적 갈망과 결부지어 해석할 수 있다면, 주인공의 '정치적 각성' 여부를 작품 평가의 잣대로 삼아 온 관습적 독해방식을 넘어서는 길이 보일는지 모른다.

---

53 "노동과 가정, 생산과 재생산 — 일상생활의 총체성 — 이 교환 가치에 의해 포섭되고 식민화하고 침입당하는 한, 실제로 노동자들은 일하지 않을 때조차 편안하지 않다." 따라서 우리의 상상력은 반노동의 시간, 비화폐의 형태로 일하는 시간에 번성한다. 앤디 메리필드(2013), 앞의 책, 54면.

꿈꾸는 김남천

1. 전위에 대한 감각의 재구성

카프(1925~1935)가 두 번의 방향전환을 거치는 동안 변화의 주요 국면마다 임화가 동료들에게 요구한 것은 '전위의 눈'으로 세계를 보라는 것이었다. "노동계급은 무산계급의 전위의 눈을 가지고 세계를 보는 것"[54]이라든가 각각의 역사적 순간에 있어 계급의 제 관계는 "프롤레타리아 전위의 눈"[55]으로 보아야 한다는 표현들이 보여주듯 "철칙 규율 하에서 움직이는 조직적인 생활"[56]을 영위하는 전위야말로 프롤레타리아 예술운동을 주도하는 이상적 주체로 상정되었다.

우리 문학사에서 대표적인 '조직 만능주의자'[57]로 일컬어지는 김남천(1911~1953)의 문학 또한 전위로서의 자기규정을 전제하지 않고는 이해하기 힘들다. 이런 사정들 때문에 1930년대 카프 조직의 면모를 일신한 대표적 소장파 임화와 김남천은 자연스럽게 한데 묶여 고찰되어 왔다. 다만 임화의 초기 활동에 드러난 다다이스트로서의 면모라든가, 김남천의 일제 말기 문학에 나타난 전향자의 내면 문제 등이

---

54 임화, 「무산계급 문화의 장래와 문예작가의 행정 ― 행동 선전 기타」(『조선일보』, 1926.12.28), 신두원 편, 『임화문학예술전집 1 ― 시』, 소명출판, 2009, 25면.

55 임화, 「탁류에 抗하여 ― 문예적인 時評」(『조선지광』 86, 1929.8), 위의 책, 139면.

56 임화, 「노풍 詩評에 항의함」(『조선일보』, 1930.5.15~19), 위의 책, 157면.

57 채호석, 「임화와 김남천의 비평에 나타난 '주체'의 문제」, 상허문학회 편, 『1930년대 후반문학의 근대성과 자기성찰』, 깊은샘, 1998, 193면.

김남천

박태원

두 작가에 대한 차별화된 논의를 이끌어내는 논점들이었다.

"다다이즘에서 카프에로의 길"[58]이라는 표현은 1920~30년대 식민지 조선에서 전위가 되고자 한 일군의 지식인·예술가가 걸어간 길을 집약적으로 보여주는 면이 있다. 그러나 잡지 『신흥』(1929~1937)이나 『혜성』(1931~1932), 『제1선』(1932~1933) 등의 잡지 표제들뿐 아니라 '신흥문학', '신흥미술', '첨단', '모던', '전위' 등과 같은 당대의 클리셰들이 가졌던 복잡한 미학적·정치적 함의를 간과하게 만드는 측면도 분명 존재한다.

근대 초기 일본에서 아방가르드라는 용어가 어떻게 번역·변용되었는지를 고찰한 나미가타 츠요시에 따르면, 1920~30년대 일본의 신흥미술(예술)은 서구 최전선 파리의 아방가르드 미술과 그 영향력 아래에서 창작된 일본의 전위적인 미술 작품들을 의미했다.[59] 아방가르드라는 말은 전시 주력부대를 이끌던 소수정예의 돌격대를 가리키는 군사 용어에서 유래하는데, 이것이 문학과 예술의 맥락으로 확장되어 주요 비평용어로 자리를 잡게 된 것은 19세기 프랑스의 급진주의자들, 특히 생시몽과 올린드 로드리그 등의 활동 덕분이었다. 이들은 "예술가가 인류의 도덕사에서 '전위대'를 구성해 왔다"는 사상을 지니고 있었다.[60] '제1선'이라는 도발적 표제의 잡지가 지향하는 바를

---

58 김윤식, 『임화연구』, 문학사상사, 2000, 35면.
59 나미가타 츠요시, 최호영·나카지마 켄지 역, 『월경의 아방가르드』, 서울대 출판문화원, 2012, 83~86면.
60 M. 칼리니스쿠, 이영욱 외역, 『모더니티의 다섯 얼굴』, 시각과언어, 1998, 130~132면.

짐작하게 하는 대목이다. 1932년 5월호 『제1선』 권두언은 "'혜성'이라는 명칭은 넘우도 막연하고 현실의 '사람'과의 각가운 늣김이 적엇기 때문"에 '혜성'에서 '제1선'으로 이름을 변경했다면서 앞으로는 "대중과 한가지로 제1선에 나서서 그 여론을 위하야 문화의 계몽과 향상을 위하야 그리고 특히 침체된 문예의 진흥을 위하야 전력을 다하려"[61] 한다는 포부로 이루어졌다. 대중과 여론의 중요성을 환기하면서 스스로를 식민지 조선의 전위로 자처하려는 편집진의 욕망을 드러낸 것이다.

1930년대 전반기에 두드러지기 시작한 이러한 현상을 포괄해 전위에 대한 대중적 상상력의 재구성이라고 이름붙일 수 있다면 이에 대응하는 문학·예술가들의 고민과 실천에 대해서도 이전과는 조금 다른 각도에서의 고찰이 필요할 듯하다. 당시에 시대의 전위가 되려는 욕망에 부풀었던 일군의 문학·예술가들은, 레닌의 팸플릿 『무엇을 할 것인가』에 등장하는 혁명가로서의 전위라는 정치적 모델과, 다다이즘과 초현실주의 그리고 미래파에 이르는 다양한 전위예술이라는 미학적 모델 사이에서 끊임없이 흔들렸다. 이 요동은 어쩌면 자신들이 무엇을 지향해야 하는지가 아니라 무엇을 부정해야 하는지가 확실하지 않았기 때문에 야기된 것인지도 모른다.

문제는 1930년대 식민지 조선이라는 시공간에 과연 적극적인 부정이 필요할 만큼 '충분히 부패한' 부르주아 예술이 존재했었는가 하

---

61 「권두언—제호 내용 체재를 변경하면서」, 『제1선』, 1932.5, 5면.

는 점이다. 부패란 건강한 부르주아 문화가 쌓일 만큼 쌓인 뒤에야 진행되는 것이 아닐까? "전통을 제대로 증오할 수 있기 위해서는 그것을 자신 속에 가지고 있어야만 한다"[62]라는 아도르노의 지적을 떠올린다면, 난숙한 부르주아 문화 자체가 형성되지 못한 1930년대 식민지 조선에서 시대의 전위가 되려던 일군의 예술가들이 무엇을 '제대로' 부정할 수 있었는지는 여전히 의문이다. 예술이라는 사회적 부문체계가 독립적으로 분화함으로써 형성된 유미주의에 대한 대응으로 역사적 아방가르드 운동이 발생했다고 보는 페터 뷔르거의 관점[63]을 빌려 오더라도 사정은 마찬가지이다.

그러나 목표가 불확실했다고 해서 과정이 치열하지 않았던 것은 아니다. 우리가 흔히 구별해서 부르는 예술적 전위와 정치적 전위되기의 길은, 적어도 1930년대 식민지 조선의 예술가들에게는, 뫼비우스의 띠처럼 궁극적으로는 서로 통할 수밖에 없는 동일한 유토피아적 충동의 소산이었다. 최고의 예술을 지향하면서 바로 그것으로써 식민지 조선의 전위가 되고자 한 이들에게, 예술적 전위와 정치적 전위는 삶과 예술을 분리하고 예술의 자율성이라는 온실 속으로 도피한 재래의 부르주아 예술을 부정하고 공격하는, 같은 뿌리에서 나온 두 가지로 인식될 수밖에 없었다. 칼리니스쿠의 말대로 예술적 아방가르드와 정치적

---

62 테오도르 아도르노, 김유동 역, 『미니마 모랄리아』, 길, 2009, 77면.
63 페터 뷔르거, 최성만 역, 『아방가르드의 이론』, 지만지, 2013, 36~37면. 페터 뷔르거는 유미주의가 만들어 낸 고립된 미적 경험을 다시금 실생활과 실천의 영역으로 돌려보내려는 시도로 역사적 아방가르드 운동을 규정한다. 같은 책, 78~81면.

아방가르드는 모두 "동일한 전제, 즉 삶은 근본적으로 변화해야 한다는 데서 출발"했다는 사실이 1930년대 식민지 조선의 상황을 논할 때 각별히 시사적일 수밖에 없는 이유이다. 칼리니스쿠는 예술적 아방가르드와 정치적 아방가르드의 '돌연한 결별'이라든가 '완벽한 결합'을 상정하는 일부 학자들의 의견에 동의할 수 없다면서, 둘의 관계는 실제로 매우 복합적이며 특히 "심지어 역사적 아방가르드라고 불리는 것마저도 적어도 한 번 이상 정치적으로 고무된 바 있"었음을 강조한다.[64]

전위는 실패함으로써만 성공한다는 역설이 널리 알려져 있기는 하나, 식민지가 된 조선 땅에서 지식과 예술에 종사하는 공인公人들에게 이런 '멋진 실패'는 불가능하거나 너무 사치스러운 것이 아니었을까? 식민지 조선에서 전위가 된다는 것은 이러한 의미 있는 실패조차를 허용하지 않는 척박하며 절박한 정치·문화적 환경에서 그럼에도 불구하고 대중에게 지속적으로 부정과 저항의 몸짓을 보여주어야 함을 의미했을 것이다. 이는 주어진 질문에 대한 해답 찾기의 과정이 아니라 새로운 질문을 구성하는 지난한 과정에 들어섬을 뜻한다. 시대의 전위가 되고자 했던 수많은 예술가들이 프롤레타리아 예술운동의 길로 나아갔다면, 그것은 대항할 적을 확정하기 위한 필연적 선택이었을 수도 있다.

이 장chapter은 카프가 지향한 정치적 전위되기와 구인회가 지향한 예술적 전위되기의 모델이, 가시적 분화 이전뿐 아니라 그 이후에도

---

64 M. 칼리니스쿠, 앞의 책, 143~144면.

끊임없이 상호 침투할 수밖에 없었다는 가설에 따라 쓰인 것이다. 여기에서는 김남천과 박태원을 마주 보게 하는 우회로를 걷는데 '조직 만능주의자'로 알려진 김남천 특유의 정치적 성향이 예술적 전위라는 모델에 대한 지속적인 동경과 참조에 기반을 두고 있었다는 사실을 밝히는 데 논의의 초점이 맞춰질 것이다. 사실 위의 가설을 그대로 따른다면 카프가 지향한 정치적 전위되기의 길이 구인회 출신 작가들에게 구체적으로 어떠한 호소력을 띠고 있었는지를 아울러 구명해야 하나 이에 관한 논의는 후속 작업에서 좀 더 구체화하기로 한다.

전위, 신흥, 첨단, 모던 등의 용어가 익숙해질 대로 익숙해진 1930년대 문학 장을 생각할 때 가장 먼저 떠오르는 구도는 카프와 구인회가 그리는 평행선이다. 양 진영에서 특권화되다시피 한 예술적 재현의 대상도 농촌과 도시로 구별되는 것이 보통이다. "전투적인 마르크스주의의 이름으로 표명된 반도시적 열정"[65] 때문일까? 카프의 비평 담론에서 본격적인 도시문학론을 찾기는 어렵다. 그러나 우리는 김남천을 위시한 카프 진영의 문학·예술가들이 자본주의화한 근대 경성을 순례하며 '세속의 계시'[66]를 경험한 장본인들이라는 엄연한 사실을 간과해서는 안 된다. 세속의 계시란, 벤야민이 종교적 깨달음이나 약물('해시시')에 의존하지 않고도 보이지 않는 것을 볼 수 있게 하는 지상의 깨달음을 설명할 때 쓴 개념으로, 그에 따르면 "독서하는 자,

---

65 앤디 메리필드(2005), 앞의 책, 15면.
66 벤야민이 사용한 'profane Erleuchtung'이라는 용어는 국내에서 '세속의(세속적) 계시'와 '범속한 각성' 두 가지로 번역되어 있는데, 이 책에서는 어감을 고려하여 전자로 통일한다.

사유하는 자, 기다리는 자, 거리 산보자는, 아편 복용자, 몽상가, 도취된 자와 마찬가지로 각성한 자의 유형들"[67]이다. 일상을 비밀로 만들고 그 비밀을 일상 속에서 재발견하는 "변증법적 시각의 힘"[68]은 독서나 사색, 산보에 도취된 자들의 일상적 경험 속에서 얻어진다는 것이다. 맹목적 도취를 불러일으키는 종교를 아편 같은 것이라고 비난한 레닌과 달리 벤야민에게 도취란 현실과 이상을 변증법적으로 결합하는 동력이며, 따라서 그에게 꿈은 빠져듦이 아니라 깨어남의 경험이다. 김남천 문학에 등장하는 몽상가와 순례자는 바로 이처럼 일상생활에서 '세속의 계시'를 받아 '깨어난 자들'이라고 할 수 있다.

우리 문학사에는 마르크스주의 문예운동가들의 도시 체험과 이들의 현대적 감각을 해석할 만한 담론이 거의 존재하지 않는다. 그러나 폐허 속에서 유토피아를 발견하려던 벤야민의 작업을 상기한다면, 1930년대 문인들의 도시 체험과 현대적 감각을 일부 모더니스트의 취향 문제로 국한하는 것은 별로 적절해 보이지 않는다. 독서와 사색을 즐기는 몽상가들이나 도시를 거닐며 상념에 빠지는 순례자형[69] 인물에 대한 다른 차원의 접근이 필요하다.

---

67 발터 벤야민, 「초현실주의-유럽 지식인들의 최근 스냅 사진」, 최성만 역, 『역사의 개념에 대하여 외-발터 벤야민 선집 5』, 길, 2009, 164면.
68 위의 책, 163면.
69 당대의 신문과 잡지에서는 도시 산책이나 산보라는 말보다 도시 순례라는 용어가 압도적으로 자주 사용되었다. 좀 더 깊은 고찰이 필요한 문제이나 다만 여기에서는 경성이 환기하는 식민지 조선의 비극적 운명을 감안했을 때 지식인-문인들에게 경성이라는 공간은 유희적인 산책이나 한가한 산보보다는 다분히 진지한 뉘앙스를 띠는 순례의 대상으로 표현되는 것이 더 적절하게 여겨졌으리라 추측해본다.

2. 평양의 몽상가들

김남천이 카프 제1차 검거 사건을 겪은 후 자신의 옥중 체험을 그린 단편소설 「물!」을 발표한 것이 1933년 6월이다. 그해 11월 「생의 고민」이라는 소설을 『조선중앙일보』에 연재하려다 미완에 그친 후 김남천은 1934년 1월 『조선중앙일보』에 「문예구락부」를 연재하기 시작한다. 상처喪妻한 직후의 김남천이 이 소설을 연재할 당시 『조선중앙일보』 학예부장은 이태준이었는데[70] 이태준이 재직할 당시 이상의 「오감도」(1934.7.24~8.8)와 박태원의 「소설가 구보씨의 일일」(1934.8.1~9.19)이 연재되었다는 것, 그리고 김남천이 이 소설을 마지막으로 이후 3년여 간을 창작의 공백기로 남겨두었다는 것 등 몇 가지 사실만 열거해 보아도, 지금껏 김남천 관련 주요 연구사에서 왜 「문예구락부」가 본격적으로 논의되지 않았는가 하는 점은 다소 의아스럽다. 그는 이 작품을 끝으로 「남매」(『조선문학』, 1937.3)를 발표할 때까지 오랜 기간 소설을 쓰지 않았는데 그 사이 카프 해산이라는 사건이 있었고 해산 직후에는 조선중앙일보사에 입사한 경험도 있다.[71] 1930년대의 한복판을 창작의 공백기로 남겨 둔 김남천에게 이 공백이 무엇을 의미했는가를 밝히기 위해서는 「문예구락부」와 「남매」 연작 간의 거리를

---

[70] 김남천 역시 대략 1935년을 전후로 하여 『조선중앙일보』에서 일했고 일장기 말소사건 직후인 1936년 9월 퇴사한다. 『조선중앙일보』는 1937년 11월 5일 자를 마지막으로 폐간된다.

[71] 김남천, 「『비판』과 나의 십년-회고의 몇 토막」(『비판』 10권 5호, 1939.5), 정호웅·손정수 편, 『김남천 전집』 II, 박이정, 2000, 333면. 이하 동일 서지사항은 간략히 표기함.

가늠해야 한다. 이 시기에 발표된 김남천의 유려한 산문들이 이 가늠의 기준이 된다.

김남천의 「문예구락부」는 평양의 한 고무·양말공장 단지 안에 있는 창성 양말공장을 배경으로 한 작품이다. 공장 주변 환경에서 시작해 비좁고 뜨거운 공장 내부와 그 안에서 일하고 있는 주요 인물의 모습이 차례로 클로즈업되면서 시작되는 이 소설은, 평양 보통문안 창광산 가는 길에 흩어져 있는 공장과 부락의 음울한 풍경을 밑그림으로 삼고 있다. 춥고 음산한 바깥 풍경과는 대조적으로, 웬만한 유행가는 다 꿰고 있는 '소리의 선수' 원찬과 변사 흉내 잘 내는 '활동사진쟁이' 국선, 원찬과 연인 사이인 듯한 경숙, 그런 경숙과 원찬을 놀리는 동두 등의 젊은 직공들은 그들 나름의 활기와 정열, 그리고 은근한 반항심을 드러낸다. 원찬의 구성진 노랫소리를 질투하는 국선이 원찬에게 결투 비슷한 것을 신청하면서 "목소리엔 젓스니 주먹으루 하잔말이지, 꽤 맛설 맘 잇거든 잇다― 파하구 보통문안으루 가자"[72]며 충동질하자 와자지껄 다들 한 마디씩 거들기도 하고, "엥헤라 좃쿠나 와인다― 노리로구나"를 흥얼거리던 원찬이 갑자기 "공장에서 보는 달은 왜 저리도 파랄가. 기름과 먼지에 ×뭇친 녀직공의 얼골일세" 또는 "×××의 배땍이는 웨저리두 부를가 아마도 우리들×가 그 속 안에 가득찻네"와 같은 불온한 노래를 부르고는 시치미를 뚝 따자 "직장안은 일시에 조용하여"[73]진다.

---

72 김남천, 「문예구락부」, 『조선중앙일보』, 1934.1.25.

아침 일곱 시 반부터 밤 열두 시까지 계속 '와인다—'를 지켜야 하는 고된 노동에도 불구하고, 원찬은 공장 밖에서 문예구락부 회원으로 활동하는 문학청년이다. 경숙과 국선이 여기에 합류하면서부터 문예구락부 멤버와 내부 사정이 작품에서 묘사되기 시작하는데, 이 구락부의 장소 제공자인 일룡은 『추월색』을 읽고 있고 "연전 하이카라라는 별명을 가진"[74] 현옥은 『신여성』을, 골—뎅 쓰메에리를 해 입은 갑손은 『별나라』를 각각 읽고 있다. 학생모를 쓴 인호도 뒤늦게 등장한다. 원찬이 『추월색』을 읽고 있는 일룡의 취향을 탓하자 일룡이 소설의 재미와 효용을 언급하면서 자신의 독서를 변호하기도 한다. 개인별로 작문을 발표하는 순서에서는 원찬이 시를, 현옥과 인호가 감상문을 각각 낭독하는데, '태양고무의 화부'인 일룡이 자신의 협소한 경험(공장 경험)을 탓하며 글을 써 오지 못했다고 변명하자 자신의 경험을 잘 살려서 글을 쓰는 것이 옳다는 취지에서 저마다 한 마디씩들 한다. 문제는 인호의 다음 글이다.

우리들이 일하는 것가튼 공장안에두 도서관가튼 것이 설비된 곳이 땅우에 잇다는 것을 알엇다. 나는 그런때를 꿈꾸엇다. 얼마나 조흐랴! 마음대로 일하고 자미난 책을 읽고 휴게실에 가 이야기하고 우렁찬 노래를 부르고 우리끼리 연극두 하고 뿔두 차고. 나는 지금 밥도 못먹을

---

73 김남천, 「문예구락부」, 『조선중앙일보』, 1934.1.26.
74 김남천, 「문예구락부」, 『조선중앙일보』, 1934.1.27.

제2장
뫼비우스의 띠에 그려진 전위의 행적

형편이다. 그러나 내가 생각하는 건 결코 꿈이 아닐줄 안다. 그러기에 나는 비관하지 안는다. 울지도 안는다.[75]

자료 보존 상태가 좋지 않아 1월 30일 자 연재분과 2월 1~2일 연재분 내용이 거의 파악되지 않는다는 난점 때문에, 인호와 갑손을 제외한 구락부 다른 멤버들의 작문 내용을 구체적으로 알기는 어렵다. 그러나 전후 문맥을 따져볼 때 이 장면 이후 원찬은 자꾸만 창가를 불러 공장에 소동을 일으키는 문제 인물로 지목되고, 마침내 그와 공장 감독이 갈등을 일으키는 것으로 소설이 마무리되는 듯하다. 소설 도입부에서 원찬이 불렀던 구성진 노랫가락이 실제로 얼마나 불온한 메시지를 전하는가는 노래를 들은 직공들의 무거운 침묵에서 충분히 짐작되는데, 원찬을 비롯한 문예구락부 멤버들이 꿈꾸는 삶은 이처럼 노동과 예술, 행동과 사유가 조화롭게 공존하는 이상적 공동체였다. 여가 시간에 공장 안에서 독서와 토론, 연극, 스포츠를 즐길 수 있는 권리를 '꿈꾼다'는 인호의 말에 일룡은 "공장안에다 공장주인이 도서관을 맨들어준 게 잇단 말인가? 서울에 그런 게 잇나?"를 물으면서 그의 감상문에 큰 호기심을 보인다.

이 작품에서 또 하나 주목되는 지점은 서로가 서로의 취향에 개입하여 그들 나름의 문화적 자의식을 형성하거나 표현하는 대목이다. 예컨대 원찬이 일룡에게 "형님은 추월색이 그리 자미나우?"라는 질문

---

[75]   김남천, 「문예구락부」, 『조선중앙일보』, 1934.1.31.

을 던지자 멤버들 간에 작은 논란이 일어난다. "그게 뭐 소설이야 껄넝한 거"라는 원찬의 말에 일룡이 『추월색』은 숙영낭자전 같은 부류와 다른 엄연한 '신식소설'이라고 변호하자 다시 갑손이 "나는 원 그런 건 보기 실터라. 책껍질이 울긋불긋한 게"[76]라면서 일룡의 취향에 반기를 드는 식이다. 그뿐만이 아니다. 원찬이가 "요놈 너 평양좌 십전빵 구경갈려는 게구나"라면서 갑손의 의중을 슬쩍 떠보자 갑손이 "그런 엉터리 인치키 연극은 졸업한지 오래"[77]라면서 발끈한 데 이어 "갑손이는 평양좌 십전빵 구경이 퍽으나 불명예스럽게 생각되는 모양이엿다"라는 서술자의 논평이 나오는 대목도 흥미롭다.

소설 속 문예구락부 멤버들의 강렬한 문화적 욕망과 세련된 취향에는 다름 아닌 김남천 자신의 욕망과 취향이 투영되어 있을 가능성이 매우 높다. 김남천이 호세이대학에서 '독서회 및 적색 스포츠단'에 가입했다 제적되었고 평양 고무공장노동자 총파업에 관여하여 격문을 작성하는 등의 선전선동활동을 한 적이 있다는 개인사[78]가 이러한 추측을 뒷받침한다. 불온한 젊은이들이 조직한 구락부(클럽)의 활동 무대를 대학에서 공장으로 옮겨 놓은 김남천에게 과연 문예클럽은 무엇을 의미했을까? 김남천이 지니고 있던 '조직 만능주의자'로서의 면모[79]를 언급하는 것만으로는 설명이 부족하다.

---

76 김남천, 「문예구락부」, 『조선중앙일보』, 1934.1.29.
77 김남천, 「문예구락부」, 『조선중앙일보』, 1934.1.27.
78 정호웅, 『김남천─그들의 문학과 생애』, 한길사, 2007, 25~26면.
79 채호석, 「김남천 문학 연구」, 서울대 박사논문, 1999, 43면.

이 질문에 답하기 위해서는 우선 「문예구락부」의 배경이 되는 창성 양말공장 안팎을 재현하는 작가의 시선에 주목할 필요가 있다. '조직' 의 중요성에 대한 김남천의 신념은 기존 연구에서도 여러 번 지적되어 왔는데, 노동자의 문예클럽을 소재로 삼은 「문예구락부」의 주요 무대 가 전반적으로 몽환적인 분위기에 감싸여 있다는 점이 새롭게 덧붙여 질 필요가 있다. 평양 보통벌 근방의 고무공장을 배경으로 하는 이전 작품인 「공장신문」(『조선일보』, 1931.7.5~15)이나 「공우회」(『조선지광』, 1932.2)와 비교해볼 때 「문예구락부」의 무대는 상당히 공들여 묘사된 흔적이 있다. 「문예구락부」의 배경이 되는 보통벌 근방은 김남천의 수 필에 산재한 고향에 대한 그의 기억과 밀접히 결부되어서인지 상당히 사실적인 동시에 환상적 필치로 그려지고 있음을 알 수 있다.

밤도 열시가 넘엇다. 양력설을 지낸 겨울은 눈속에 뭇처서 얼어들 어간다. 보통벌을 건너오는 바람이 움집가튼 초가○어리를 흔들고 빠 락크의 양철집웅을 울린다. 철도길을 넘어서서 토성○우에 나라니 하 여섯는 아카시아와 백양목이 보통강을 건너오는 눈석긴 바람에 떨면 서 그미테 훗터저잇는 공장과 부락을 둘러싸고잇다. 네모난 노픈 굴뚝 을 달빗속에 뚝 벗틔고 잇는 다섯여섯 공장은 문간에 매여달은 등불이 희미하게 빤짝거리는외에는 어둠컴컴안 그림자에 잠겨잇슬뿐이다. 고무공장은 전긔불이 올무렵엔 작업을 마치고 대문을 굿다란 쇠뭉치 로 닷처진다. 밧과 논속에 한뭉치 두뭉치씩 모혀잇는 땅에 부튼 집들 은 불빗조차 보이지 안는다. 이 적적한 보통벌 넓은 공긔 속에 그러나 바람에 석겨서 희미한 긔계소리가 아직도 날너오고 잇다. 그 소리는 흰눈과 찬바람에 차잇는 넓은 뜰우에 헛터지고 휠○리워 기퍼가는 겨울밤의 정적을 깨트릴수는 업섯다. 그러나 그 소리는 끄닐줄을 몰른다. 보통문안, 양○○ 오정포○○○ 창광산 가는 길 — 이것을 ○○○○ 보통집과 다름업는 조고만집, ○○날님으로 홀딱홀딱지은 유리창 달린 빠락크 — 그 속에서 긔계소리는 끈임업시 흘너나왓다.[80] (○표는 식별불가능한 문자)

보통강을 넘어오는 매서운 겨울바람, 아카시아와 백양목에 둘러싸인 눈 덮인 보통벌의 공장과 부락들, 희미하지만 끊이지 않고 새어나오는 기계소리 등은 독자의 오감五感에 호소하는 방식으로 공장 주변 풍경을 각인시킨다. 이어지는 공장 안쪽 풍경은 장시간 노동에 시달리는 젊은 직공들의 누적된 피로와 분노, 그럼에도 불구하고 감추어지지 않는 이들의 활기와 생명력으로 가득 차 있다. 공장 안과 문예구락부 내부를 특징짓는 이러한 묘한 대위법적 조화는 이 텍스트가 그리는 세계의 몽환적 성격을 더욱 강화한다. 이들이 읽는다는 『신여성』이니 『별나라』니 하는 잡지들이나 『추월색』 같은 소설, 그리고 직접 지어서 발표하는 동시나 감상문 등은 실제 현실 속에 지시 대상을 갖고 있는 리얼한 대상인 양 가장하고 있으나, 실제로 이것들은 김남천 특유의 "리얼리스트한 몽상의 소치"[81]일 가능성이 높다. 『인간문

---

80 김남천, 「문예구락부」, 『조선중앙일보』, 1934.1.25.

제』(『동아일보』, 1934.8.1~12.22)에서 강경애가 실감나게 묘사했듯 당시 대부분의 노동자들은 작문은커녕 삐라조차 읽을 수 없었다.[82]

> 선비? 그가 참말 선비인가? 그러면 내가 날마다 전해주는 그 삐라도 보겠지. 그가 글을 아는가? 아마 모르기 쉽지! 참 공장에는 야학이 있다지, 그러면 국문이나는 배웠을는지 모르겠구면…… 하였다. 어디서 배울 곳이 있어야지! 나는 신철이보고 가르쳐 달랄까? 그는 빙긋이 웃었다. 삼십에 가까워 오는 그가 이제야 국문을 배우겠다고 신철의 앞에서 가갸 거겨 할 생각을 하니 우스웠던 것이다. 보다도 필요와 여유도 없었던 것이다.[83]

김남천은 자신이 말하는 리얼리스틱한 순결한 몽상이 현실도피적 공상이나 관념적인 "로만티크한 몽상"과는 판이한 것임을 강조한다. 정치의 병졸을 자처하며 입으로는 예술을 버리겠다고 했던 시절에조차 자신은 추운 하숙에 웅크리고 앉아 소설과 희곡을 쓰는 데 온 정열을 쏟아 부었고, 그것을 가능케 한 힘이 바로 이 순결한 몽상이었다는 것이다.

> '정치를 위하야는 예술을 버려도 좋다. 예술의 대가가 되는 것보다

---

81 김남천, 「江南을 그리는 향수―몽상의 순결성」, 『조광』 4권 3호, 1938.3, 72면.
82 손유경, 『프로문학의 감성구조』, 소명출판, 2012, 280~281면.
83 강경애, 「인간문제」, 이상경 편, 『강경애 전집』, 소명출판, 1999, 371면.

정치의 병졸을!' 나는 이렇게 입으로도 중얼거렸고 혼자 결심도 하였었다. 그러나 이 바쁘고 긴장한 시기에 나는 밤마다 틈을 타서 동경 하숙의 니불속에 허리를 꾸푸리고 조고만 이야기를 소설과 희곡으로 꾸미고 있다.[84]

결국 「문예구락부」 전체를 가로지르는 특유의 몽환성과 이를 뒷받침하고 있는 작가 자신의 리얼리스틱한 몽상이야말로 김남천이 추구한 전위되기의 진면목이라고 해야 할 것 같다. 스스로를 정치의 병졸이자 전위로 자처하던 시기에도 자신은 '남천'이라는 센티멘털한 필명을 짓고 추운 하숙에 웅크리고 앉아 '이야기(소설)'를 꾸미곤 하던 문학청년이었다는 것을 숨김없이 밝히는 김남천은, 요컨대 한 번도 예술을 포기한 적 없었다. 그의 말을 따르면 '런던의 객사에서 방대한 저술을 한 선구자' 마르크스조차도 순결한 몽상가였다.

"전위와 공장의 행복한 결합"[85]으로 표현되는 김남천 초기 소설은 조직화의 과정이 지나치게 단선적으로 그려지고 전위의 활동이 신비화되어 있다는 점 때문에 당대뿐 아니라 후대에 와서도 비판을 받아왔다. 감옥 체험 이후 이 행복한 결합이 깨어졌다는 시각은 재고의 여지를 남기는데, 그것은 「문예구락부」에 이르러 전위와 공장의 행복한 결합이 김남천의 내면에서 깨어진 것이 아니라 오히려 더 단단해졌다

---

84 김남천, 「江南을 그리는 향수-몽상의 순결성」, 『조광』 4권 3호, 1938.3, 71면.
85 채호석(1999), 앞의 글, 39면.

고 보는 것이 더 적절하기 때문이다. 「문예구락부」에서 전위와 가장 가깝게 그려지는 원찬이라는 인물은 하루 종일 와인더 앞에서 일하지만 누구보다 좋은 음색을 지닌 소리꾼이자, 구락부 다른 멤버의 소설이나 연극 취향을 조롱할 만큼 비평가적 기질 또한 갖추고 있으며, 그 자신 좋은 시를 쓰고 싶어 하는 시인이기도 하다. 「공장신문」과 「공우회」에서 그려지던 공장과 전위의 낙관적 결합이 비현실적이고 추상적이었다면, 「문예구락부」에 와서는 그 몽환에 가까운 비현실성이 해소되기는커녕 한층 더 심화된 셈이다. 시를 쓰고 노래를 부르는 주인공의 예술적 실천과 공장에서 전위되기라는 정치적 실천이 동궤를 돌고 있기 때문이다.

김남천은 출옥 후에도 여전히 혹은 더 열렬하게 공장과 전위의 행복한 결합을 꿈꾸었고, 그 결합은 독서와 작문, 그리고 사색이라는 미학적 실천에 의해 최고 수준에 도달할 수 있다는 리얼리스틱한 몽상이 김남천을 여전히 깨어 있게 했다. 몽상함으로써 깨어있던 김남천에게 현실과 비현실은 어쩌면 전도된 형태로 존재한 것이 아니었을까? 리얼리스틱한 몽상은 과학적인 역사 인식을 기반으로 한다는 그의 표현이 뻔한 수사법에 불과한 것이 아니었다면, "오늘은 이 일 내일은 저 일을" 하고 "아침에는 사냥하고 오후에는 낚시하고 저녁에는 소를 치며 저녁 식사 후에는 비판"[86]할 수 있는 이상적 삶은 그에게 엄연히 실

---

86 칼 맑스 · 프리드리히 엥겔스, 「독일 이데올로기」, 최인호 외역, 『칼 맑스 · 프리드리히 엥겔스 저작 선집』 1, 박종철출판사, 2001, 214면.

재하는 현실이었음이 틀림없다. 낮에는 격문을 쓰고 밤에는 소설과 희곡을 짓는 자기 자신을 그러한 현실의 주인공으로 설정했을 수도 있다. 그러나 "이것은 續문예구락부라는 제목으로든지 또 딴 일홈으로든지 엇잿든 인호와 동무들의 인물에 의하야 더욱 발전될 이야기다"라는 附記까지 남겼음에 불구하고, 「문예구락부」를 끝으로 「남매」로 창작을 재개하기까지 김남천은 3년여 간 소설을 쓰지 못한다.

한 가지 덧붙일 것은, 기존 연구에서 서북 지역, 특히 "평양의 로컬리티가 흔히 일본의 식민지 문화자본이 이식된 경성과의 대립구도 속에서, 전통 문화와 풍류를 간직한 정신적 구심으로 해석"[87]되어 온 것은 문제가 아닐 수 없다는 점이다. 이태준의 「패강랭」(1938)이 이렇게 반복되는 평양 로컬리티론의 핵심에 있었다. 그러나 앞에서 언급된 김남천의 「문예구락부」나 뒷장에서 다루어질 「녹성당」(1939) 등으로 시야를 조금만 더 확장하면 전통과 풍류의 지역이라는 평양에 대한 규정이 실은 매우 일면적인 관찰의 소산임을 알 수 있다. 김남천의 작품을 중심으로 평양의 '로컬 모더니티'가 우리 문학에 나타나는 양상에 관해서는 앞으로 더 깊은 논의가 필요하리라 생각된다.

---

87 정주아, 「움직이는 중심들, 가능성과 선택으로서의 로컬리티」, 『민족문학사연구』 47, 민족문학사학회, 2011, 17면.

3. 마르크스주의자가 받은 세속의 계시

고경흠 주도의 당 재건 운동이 일찌감치 실패로 돌아가고 카프마저 해산을 코앞에 둔 시점에 김남천은 경성의 혜화동 하숙집으로 삶의 거처를 옮겨 온다. 이후 창작상의 극심한 부진을 겪으며 경성 거리를 순례하던 그는 뜻밖에도 다음과 같은 초현실적 감각을 지면에 드러내게 된다. 카프 해산계 제출은 1935년 5월 21일, 아래 수필의 집필 시점은 5월 15일이다.

> 다섯 평도 안 되는 세모 혹은 네모난 땅조각에 대문과 마조 서서 변소가 잇고 그 엽흐로 장독대 물독 나무후간 그리고 두 줄 세 줄 가로세로 매여 노흔 쇠줄에는 명태가티 꿋꿋한 와이샤쓰의 팔대기다리를 격겨서 매여달닌 부인네의 속옷 중의 심지어는 방 걸네조로 — 스 구멍 뚜러진 양말 三科의 미술품 갓고 초현실파의 회화 가튼 지저분한 풍경 — 골목에서 떠드는 졸망구니 아해들의 재재거리는 소리를 귀를 막을 듯이 피하여 들어오는 내 집 대문에서 문턱을 넘어서자 맥고모자를 벗기듯이 떠러트리는 빨내를 얼골에 들쓰는 일이 우리들의 정원이 주는 첫 인사가 안인가![88]

---

88 김남천, 「얼마나 자랏슬가 내 고향의 '라이락'」, 『조선일보』, 1935.6.17; 『김남천 전집』 II에는 이 글이 『조선일보』 5월 15일 자로 소개되어 있는데 여기서 바로잡는다. 김남천이 자신의 글 말미에 1935년 5월 15일로 글 쓴 날짜를 밝히고 있어 착오가 생긴 듯하다.

아름답게 잘 꾸며진 고급 정원과, 자신이 사는 후미진 지역의 비좁고 지저분한 풍경을 대조적으로 그리고 있는 위의 산문에서 김남천은 '三科'와 '초현실파' 미술이라는 문제적 단어를 등장시킨다. 여기서 말하는 '三科'란 1924년 10월 일본에서 결성된 전위적 미술운동 그룹 '三科造形芸術協會'[89]를 일컫는다. 反아카데미즘의 정신을 기반으로 하는 일본의 전위적 미술 운동은 대정 데모크라시기를 지나며 점차 확산되었는데, 다다이즘 경향의 신흥미술운동단체였던 '三科'도 그러한 분위기에 힘입어 결성되었다. 그러나 이 그룹은 1926년에 해체되어 일부는 좀 더 사회참여적인 프롤레타리아 미술 운동으로, 나머지는 보다 전문적이며 탈정치적인 예술 운동으로 나아가게 된다.[90] 김남천이 위의 글을 쓸 당시 김복진도 같은 지면에 「서울의 면모」라는 수필을 연재하고 있었다. 김복진은 일찍이 「신흥미술과 그 표적」이라는 글에서 三科를 비롯한 일본 전위미술운동의 경과와 특성에 대해 세세히 서술한 적이 있는데 어수선하고 불결한 경성 골목에서 초현실주의 미술과 三科의 다다풍 회화를 떠올리는 김남천의 감각은 김복진이라는 콘텍스트 속에서 더 도드라져 보인다.

89 『월경의 아방가르드』 번역자 나카지마 켄지와 三重県立美術館長 酒井哲朗의 「生きられた混沌−1920年代の日本美術」(www.bunka.pref.mie.lg.jp/art-museum/catalogue/1920_nihonbi/sakai.htm)에 따르면 '三科'의 정식 명칭은 '三科造形芸術協会'이다. 그러나 많은 논저들에서 이를 三科造型美術会로 쓰고 있어 바로 잡을 필요가 있다.

90 이현아, 「1950∼60년대 일본 미술그룹의 전위적 성격 연구」, 이화여대 박사논문, 2007, 11∼18면; 박계리, 「김용준의 프로미술론과 전위미술론−카프, 동미회, 백만양화회를 중심으로」, 『남북문화예술연구』 7, 남북문화예술학회, 2010, 217∼218면.

현대 예술은 모든 생명과 시대성을 잃어버리고서도 민중의 인습적 존경을 요망하고 있다. 이런 까닭으로 활기 있는 청년은 이 형해만 남은 예술의 전당을 무시하여 버리는 것은 가장 당연한 일이다. 일본 예술계에 있어 이와 같은 큰일은 대개 **삼과**三科에서 하여 왔다. 그것은 삼과가 흉한 얼굴로 사람이 놀랄 만한 장난이나 의식적 기만이나 우열을 가지고 하더라도 그래도 그 당시에 있어서는 훌륭한 '존재의 이유'를 가졌었고 한층 더 중대한 공적과 공헌과를 일본 예술에 끼치었었다.[91]

김남천의 이 시기 산문에 三科 회화나 초현실주의 미술에 대한 언급이 등장한다는 것은 예사로운 일은 아니며, 실제로 김남천은『조선일보』에 직접 삽화를 그리기도 했다. 최근 권철호 선생이 발굴한 김남천의 '유모어콩트'「거북님」(『조선일보』, 1939.2.28~3.3)[92]에는 김남천이 그린 세 컷의 삽화가 함께 실려 있다.

1934년 1월에 발표한「문예구락부」이후 김남천은 소설을 쓰지 못했지만 그의 유려한 산문들이 그 공백을 메우고 있었다. 여기서 눈에 띄는 점은, 굴욕감을 맛보면서도 어쩔 수 없이 생활로 복귀한 우울한 전향자의 내면이 아니라 번화한 경성 거리의 멋진 건물과 살진 도야지 같은 버스에 매료된 순례자의 미적 감흥이다. 공백기의 김남천

---

91 김복진,「신흥미술과 그 표적」,『조선일보』, 1926.1.2.

92 발굴 자료를 이 책에 수록할 수 있도록 허락해 준 권철호 선생님(홍익대 강사)께 깊이 감사드린다.

김남천, 「거북님 1」, 『조선일보』, 1939.2.28.

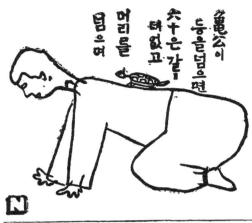

김남천, 「거북님 中」, 『조선일보』, 1939.3.2.

김남천, 「거북님 下」, 『조선일보』, 1939.3.3.

이 창작의 새로운 에너지를 얻기 위해 쏟은 안간힘 같은 것이 여기서 엿보이기도 한다.

언제부터 버스 타는 데 즐거움을 느끼게 되었는가 하고 나는 지금 생각해본다. 아카시아 숲속에서 뛰뛰 크락숀을 울리고 커브를 휘어돌 때 그에게 길을 비켜 주면서 '앞으로 보니 그놈이 꼭 흰 양도야지 같고 나' 하고 생각했을 때부터인가 혹은 대화정에서 종로를 넘어 돈화문을 향하여 달아나는 그놈의 뒷모양을 바라보면서 ○○○○○○ 궁둥이에 달아 매인 육중한 코끼리가 날쌔게도 달아난다고 미소한 때부터인가. 그러나 버스를 탈 때 가슴의 울렁거림을 느끼지 않고 버스에 올라앉아 상쾌한 바운드를 향락하면서 창틈으로 불어 들어오는 아침 공기를 면도한 얼굴 위에 희롱하며 둘 없는 만족을 가지게 된 것은 미상불 내가 혜화동에다 하숙을 잡고 동소문에서 안국동을 아침 아홉 시마다 이 친구의 신세를 지게 되면서부터일 것이다. (…중략…) 묵묵히 내려서 앞차로 가는 사람, 중얼중얼 불평을 입 안으로 씹으면서 차에서 내리는 사람, 자리를 잃지 않으려고 엎푸러질 듯이 뛰어가는 늙은이 ― 이 추한 풍경을 은색의 코끼리가 없애버릴 때, 나 그대의 향락자는 은색 도야지의 영원한 숭배자가 되리다.[93]

「남매」 연작의 하이라이트로 꼽히는 「소년행」(1937)에서 주인공

---

93 김남천, 「夏日散話―버스」(『조선중앙일보』, 1935.7.10), 『김남천 전집』 II, 33~36면.

봉근은 평양 인근 시골 마을에서 평양으로, 그리고 평양에서 다시 경성으로 삶의 거처를 옮기는데 그가 소설 끝부분에서 경성 거리의 아스팔트 위를 자전거로 질주하는 모습은 그래서 매우 인상적이다. "제비 같은 자동차와 산도야지 같은 사이드카─가 그의 경쟁의 대상이었다."[94]

그러나 이러한 도취가 찬탄의 감정만을 수반한 것은 아니다. "三科의 미술품 갓고 초현실파의 회화 가튼 지저분한 풍경"이 순례자의 시선을 좀 더 강렬하게 사로잡기 때문이다. 창작의 공백기에 쓰인 김남천의 산문에 등장하는 순례자들은 창작의 새로운 자양분을 찾아 헤매는 박태원의 '구보'와 놀라우리만큼 흡사하다. 작품다운 작품을 쓰지 못하는 자신의 생활을 자조적으로 돌아보는 「歸路─내 마음의 가을」(1935)은 물론이려니와, 자신의 상상만큼 화려하지 않고 초라하기만 한 경성 풍경에 대한 실망감을 드러낸 「街路」(1938)의 화자도 눈여겨봐야 할 인물들이다. 여기서 김남천과 박태원 문학이 공유하고 있는 사색과 순례의 모티프는 '반노동의 시간과 비화폐의 형태'[95]를 향한 주인공들의 유토피아적 갈망을 상징하는데, 이들의 세계에서 육체노동과 정신노동의 이분법, 그리고 여기에 기반을 둔 자본주의적 분업은 무화되기 때문이다. 한가롭게 몽상하고 산보하는 시간을 노동 시간의 일부처럼 보이게 함으로써 이들은 자신들의 노동 가치를 몇 배로 증가시키는 전략을 구사한다. "산책자의 무위는 분업에 반대하는 시

---

94 김남천, 「소년행」, 『조광』 3권 7호, 1937.7, 170면.
95 앤디 메리필드(2013), 앞의 책, 54면.

위"[96]인 셈이다.

「귀로」의 화자는 "거리의 산책인들도 이미 이불 속에서 단꿈을 이루었을 시각"인 밤 열한 시 반 안국동에서 동대문으로 향하는 전차에 앉아 상념에 잠기는데, 소설다운 소설을 쓰지 못하는 자신의 처지를 비관하며 숨 막힐 듯한 고독을 느낀다. "언제부터 자전거와 버스의 충돌에 흥미를 가지게 되고 언제부터 나의 신경은 竊盜의 名簿를 노려보기에 여념이 없어지고 언제부터 나의 붓은 飮毒한 젊은 여자를 저열한 묘사로 갈겨쓰는 것에 취미를 가지기 시작하였던고?"[97] "이야기의 주인공을 거리로 끌고 나오면 그를 가장 현대적인 풍경 속에 산보시키고 싶은 충동"을 느낀다는 「가로」의 화자는 그러나 주인공의 눈앞에 펼쳐진 경성 풍경이 "옹졸스럽기 짝이 없"으며 "치사하고 초라하기 한이 없"다는 데 대단히 실망한다. "건물은 실로 돈냥이나 먹인 것들인 모양인데 서로 상의하고 짓지 못한 것이어서 그런지 조화라곤 맛볼 수 없게 되어 있다"고까지 한다. 그러나 그나마 볼 만한 곳, 그래서 '현대인'이자 '도회인'인 자신의 주인공들이 "현대적 긍지를 맛보며 5월의 페이브먼트를 양껏 즐"길 수 있는 곳은 태평통뿐이라는 것이다.[98] 시기적으로는 좀 떨어지지만 임화가 『국민신보』(1939.7)에 일문으로 게재한 「京城散步道-本町」[99]에도 "경성 시민에게 적절한 복도이고, 잿

---

96 발터 벤야민, 「산책자」, 조형준 역, 『도시의 산책자』, 새물결, 2008, 31면.
97 김남천, 「歸路-내 마음의 가을」(『조선중앙일보』, 1935.9.23), 『김남천 전집』 II, 36~38면.
98 김남천, 「街路-長安今古奇觀」(『조선일보』, 1938.5.10), 『김남천 전집』 II, 65~67면.
99 임화, 「京城散步道-本町」(『국민신보』, 1939.7), 나카지마 켄지 역, 『문학의 오늘』, 2012 가을, 351~353면.

날 夜市이며, 좋은 사교장"이 되고 있는 본정 거리에 대한 세밀한 관찰과 묘사가 두드러져 주목된다. 임화와 김남천의 현대적 도시 감각은 이렇게 수렴하고 있었다.

1930년대 중후반의 김남천은 이처럼 경성 번화가의 근대 문물을 놀라움과 찬탄의 시선으로 바라보면서 동시에 미적으로 세련되지 못한 조야한 건물이나 차라리 초현실적으로 보이는 더럽고 궁색한 경성의 이면을 대위법적으로 묘사하고 있다. 이 시기 김남천의 글에는 "사회적 실천에 참여하는" 이성적 주체 능력의 시원이자 심연인 "어둡고 유희적인 힘들의 심급" 즉 감성적 주체의 힘[100]이 감지되는데, 그것은 그의 산문이 도시 순례라는 '연습'에 기반을 둔 미학적 실천의 한 양상을 가감 없이 드러내고 있기 때문이다. 김남천을 한 항으로 하는 미학적 주체의 계보 그리기는 "미학이 발생한 어두운 메커니즘을 자기 안에 있는 타자로 견디는 방식으로 주체적인 능력을 사유"[101]하기 위한 필수적인 작업이 아닌가 생각된다. "미학은 주체 속으로 미학적인 것이 틈입하는 것을 그[주체]에게 고유한 어두운 힘들의 작용으로서 기술한다."[102] 1930년대 말 김남천 문학에는 이처럼 사회적 실천에 참여하는 밝은 주체의 심연으로서 유희하는 힘들의 심급에 있는 어두운 자기가 포착돼 있다. 일제 말기 전향문학을 대표하는 김남천의 이념

---

100 이성적 주체의 시원이자 심연으로 자리 잡고 있는 '前주체적이고 反주체적'인 감성의 어두운 힘에 관해서는 크리스토프 멘케(2013), 앞의 책, 63~80면 참조.
101 위의 책, 57면.
102 위의 책, 94면.

가적 면모에는 경성 도시 순례라는 이러한 행적이 '자기 안의 타자'로 간직되어 있었음을 기억할 필요가 있다.

이러한 맥락에서 빠질 수 없는 것이 바로 박태원이다. 김남천과 박태원은 동경의 호세이대학에 1929년 같은 해에 입학한 동문이지만 서로 다른 이유로 중퇴 및 퇴학한 후 1930년대 카프와 구인회의 기둥으로 각기 다른 문학적 여정을 밟는다. 문제는, 소설 창작의 공백을 메우고 있는 김남천의 산문들과 그 이후에 발표된 일련의 소설 및 비평에, 박태원의 문학적 성취에 대한 김남천의 숨길 수 없는 오마주가 곳곳에 드러나고 있다는 사실이다. 김남천이 마치 三科의 회화처럼 보인다고 표현한 경성의 어두운 속사정에 가장 밝았던 것은 『천변풍경』(1936)과 「성탄제」(1937), 「골목 안」(1939) 등을 쓴 박태원이었다. 실제로 김남천의 「녹성당」은 흔히 박태원 소설 문체의 가장 큰 특징으로 흔히 지적되는 '장거리문장'과, 작자의 목소리가 직접 개입하여 텍스트 안과 밖의 경계를 허무는 '메타렙시스'[103]를 곳곳에서 차용하고 있음을 주목해야 한다. 이를테면 "늑거리 상점이라면 늑게 파는 상점, 다시 말하면 싸게 파는 상점이라는 뜻인데, 웨 하필 '싸게 파는 늑거리 상뎜'은 뭐냐고 할런지 모르나, 도리우찌 쓰고 전반같은 동정을 달은 세루 두루막이 밑으로, 옹구 뿔바지를 척 느러트린 젊은 주인님에게 물을라치면, 따는 그럴듯도 하야 가로대, 싸다는 말은 경언이오 늑다는 말은 평안도사투리다, 그러니까 북도사람 남도사람 모두 끌어드릴

---

103 김미지, 「박태원 소설의 담론 구성방식과 수사학 연구」, 서울대 박사논문, 2008, 30~32 · 62~86면.

셈치고 붙였다 하니, 조선 안의 잇속은 혼자 차지할 뱃심인진 몰라도, 제법 한글어학자 따운 설명이 재미스럽지 않은배 아니다"나 "이렇게 이 부근의 상인신사 제시를 소개할려면 한이 없을테니 인제 이만해 두고, 그러니까 이런 틈에 끼어 있는 우리 녹성당 약국으로 이야깃머리를 돌리야겠는데……"라는 구절 등이 눈에 띈다.[104]

무엇보다도 김남천은, 『천변풍경』의 주요 등장인물과 작가 구보가 나누는 대화 형식으로 구성한 그의 독보적 서평에서 경성이라는 도시를 표피적으로 바라볼 때에는 '결코 볼 수 없는 (지저분하고 초라한) 것을 보는' 작가의 저력을 아래와 같이 풀어쓰고 있다. 벤야민이라면 박태원의 이러한 힘을 '세속의 계시'에서 말미암은 것이라고 불렀을 것이다.

점룡이 어머니 : 그래 당신이 무슨 턱에 우리 천변 사람들의 가난한 살림살일 모두 소설루다 써서 인제 낯을 들고 거리에 나다닐 수도 없게 헌단 말유.

(…중략…)

구보 : 너 누구들헌테 그런 건 들었니.

재봉이 : 아니 그럼 우리들이 걸 모를 줄 아셨어요. 이래뵈두 무선 전신대가 다 있어요. 순동이 집에 다마 치러 온 사람들이 이야기하는 것두 못들어요. 최재서, 이원조, 임화, 안회남, 또 누군가 이 평양 녀석 김남천

---

104 김남천, 「녹성당」, 『문장』 1권 2호, 1939.3, 71~73면.

이라던가, 그 분들이 모두 허는 소릴 우린 귀가 없다구 못들어요.

　구보 : (약간 노기를 띠며) 내가 한 푼의 가치도 없는 너희들에게 인간성을 넣어 주고 너희들의 생활 가운데 휴머니티를 넣어 준 줄은 모르구서 백제 이게 무슨 배은망덕의 무지한 버릇들이야. 이쁜이를 강 서방한테서 찾어다 준 건 누구야. 금순이를 유괴마의 손에서 뽑아 준 건 누구야. 기미꼬의 의협심을 공개헌 건 누구며 빨래터의 매가를 올려 준 건 누구며 도대체 너희들이 사는 아레대, 이 천변가를 유명하게 헌 게 다 누구 덕분이란 말이냐.[105]

　김남천이 발견한 박태원 득의의 영역은 "한 푼의 가치도 없는" 인간군상에게 "인간성을 넣어 주고" 그들의 "생활 가운데 휴머니티를 넣어" 주었다는 데에 있다. 도시 순례자 박태원은 다른 이들이라면 보지 못했을 남루하고 보잘 것 없는 존재들의 삶을 포착한 것이다. 공백기의 김남천은, 실존 인물이자 소설 속 주인공인 도시 순례자 구보를 따라 걸으며 자신 또한 경성의 문물에 오감으로 반응하는 미학적 실천을 꾀해 봤을 것이다. 여기서 김남천과 박태원 문학의 주인공들이 공유하는 순례와 사색의 체험은 '세속의 계시(범속한 각성)'의 전형적 계기들이라고 할 수 있다. 세속의 계시란, 종교적 깨달음이나 약물('해시시')에 의존하지 않고도 일상적인 독서와 사유, 몽상, 산보를 통해 보이지 않는 것을 보게 되는 힘, 즉 일상을 비밀로 만들고 그 비밀을 일

105　김남천, 「뿍 레뷰—박태원씨 저 『천변풍경』」, 『동아일보』, 1939.2.18.

상 속에서 재발견하는 변증법적 시각의 힘을 가리킨다.

이제 남은 문제는, 이러한 도취가 벤야민이 말한바 혁명의 씨앗으로 발전했는가 하는 점일 것이다.[106] 몽상이나 순례 같은 도취 체험의 핵심은 빠져듦이 아니라 깨어남이다. 일상과 비밀 혹은 현실과 초현실 간의 변증법적 결합에서 중요한 것은, 둘의 경계가 무화된 무아몽중의 상태가 아니라 자신을 그러한 경계에 위치 짓고 둘 사이를 오갈 수 있는 깨어 있는 상태를 지향하고 유지하는 것이다. 김남천이 말한 "리얼리스틱한 몽상" 즉 "과거에 있는 것과 현재에 있는 것이 미래에 있을 것과 연관을 갖고 유구하게 흘르고 있다는 리얼리스트의 강렬한 역사적 인식의 우"에 건립된 "몽상"[107]이야말로 이러한 '각성으로서의 도취'라는 벤야민의 사유에 근사近似한 발상인 것이다. 『천변풍경』의 쾌활한 소년 재봉이를 상기시키는 「소년행」의 봉근을 속도감에 도취되어 아스팔트 위에서 질주하도록 만든 것은 '버스의 영원한 숭배자'가 되겠다고 한 김남천이다. 그러나 「요지경」(1938)의 박경호를 아편에 중독된 채 거리를 헤매게 만든 것 또한 김남천이다. 「소년행」에 등장하는 왕년의 사회주의자와 기생이 「요지경」에서는 둘 다 아편 중독자로 등장한다. 보호관찰 대상인 경호는 위궤양을 치료하다가 "아편쟁이"가 된 자신이 더 이상 살아가야 할 이유가 없다고 생각한다. 지향 없이 거리를 헤매다가 오랜만에 만난 친구와 점심을 나누면서도

---

106 "혁명을 위한 도취의 힘 얻기"라는 벤야민의 초현실주의 목표에 관해서는 발터 벤야민(2009), 앞의 책, 162~165면.
107 김남천, 「江南을 그리는 향수─몽상의 순결성」, 『조광』 4권 3호, 1938.3, 73면.

둘 사이에는 "묵어운 침묵"만이 흐르고 "본정 부근엔 전시기분이 농후"[108]해 거리는 살풍경하기까지 하다. 기생 운심이 역시 아편중독자로 금단 증상에 괴로워하기는 마찬가지이다. 여기서 중요한 것은, 아편에 중독된 경호의 진짜 문제가 무엇인지를 알아차리는 일이다. 경호의 위기는, 「문예구락부」의 주인공 원찬이 경험했던 것과 같은 현실과 비현실 간의 도치가 아니라, 현실을 현실로 감각하고 인식하게끔 하는 마음의 틀, 즉 리얼리스틱한 몽상이 파괴된 데서 비롯한다.

1930년대 중반의 김남천이 명과 암이 엇갈리는 경성의 풍경을 이미 주어진 그러저러한 현실(자연)로서가 아니라 초현실주의적으로 구성된 하나의 그림(인공물)으로 재구성하는 미학적 실천력을 발휘할 수 있었다는 것, 그리고 그 모색의 시간에 박태원이라는 모더니스트를 발견한 것은 행운임에 틀림없다. 김남천과 박태원이 1930년대 경성과 평양의 어두운 이면을 들춘 것이 식민지 현실을 고발하거나 폭로하려는 정치적 결단의 소치가 아니라 다분히 초현실주의적인 감각에 기반을 둔 미학적 반응의 결과였다고 한들 그들을 비난해야 할 이유는 없는 것이다. 다만 안타까운 것은, 이들 작품에서 명멸하던 몽상과 순례라는 세속적 계시의 계기들이 결국은 뇌관이 제거된 폭탄처럼 중독과 방황으로 굴러 떨어져버렸다는 사실이다. 전위는 실패함으로써만 성공한다는 역설이 널리 알려져 있기는 하나, 식민지가 된 조선 땅에서 지식과 예술에 종사하는 공인公人들에게 이런 '멋진 실패'는 불가능

---

108 김남천, 「요지경」, 『조광』 4권 2호, 1938.2, 253면.

하거나 너무 사치스러운 것이 아니었을까? 이것은 이 장의 서두에서 던졌던 질문이다. 김남천 문학의 몽상가와 순례자들이 살아 숨 쉬던 공간은 바로 이렇게 실패조차를 허용하지 않는 일제 말기의 척박한 정치·문화적 토양이었다. 모더니스트 박태원을 따라 도시 순례에 나선 김남천이 결국은 왕년의 주의자 경호와 기생 운심을 아편중독자로 만들 수밖에 없었다는 사실이 이를 증명하고 있다.

4. 김남천과 박태원의 숨은 상생

이 장에서는 '전위'에 대한 대중적 상상력이 확대된 1930년대에 시대의 전위가 되고자 했던 식민지 조선의 문학가들이 품었던 유토피아적 상상력과 이들이 현실적으로 마주칠 수밖에 없었던 시련을, 김남천과 박태원 문학에 나타난 몽상가 및 순례자의 형상 분석을 통해 살펴보았다. 김남천과 박태원을 마주세우는 이러한 작업이 혹여 김남천의 '본모습'이나 '진면목'을 은폐하거나 훼손할지 모른다는 우려를 낳을 수도 있겠다. 그러나 이 책의 목적은 김남천이 마르크스주의자가 아닌 모더니스트였다거나, 과학적인 마르크스주의자가 아닌 몽상에 빠진 이상주의자에 불과했음을 밝히는 데 있지 않다. 평양에서 서울로 삶의 터전을 옮긴 후 소설 창작의 공백기를 맞이했던 김남천이, 박태원의 문학적 성취에 대한 오마주를 흔적처럼 남겼다고 한들 그것이 김남천의 비마르크스주의자로서의 면모를 보여주는 것은 아닐 것이다. 만일 그러한 기우를 버리지 않는다면, 식민지 조선 문학인들의 존재 방식을 리얼리스트냐 모더니스트냐라는 형해화한 도식으로 재단하는 관행이 다시금 반복될지 모른다. 마르크스주의 문예운동가들의 독서 및 사색의 체험 혹은 도시 순례와 같은 일련의 미학적 실천 양상을 간과한 채 등장인물의 '정치적 각성' 여부를 놓고 그 작품의 진보성을 따지는 독법만으로는 카프도 구인회도 그 성취의 반쪽밖에는 보지 못할 것이다.

경성을 순례한 문인들의 욕망과 좌절은 텍스트들의 성좌가 발하는 빛에서 찾아낼 수밖에 없다. 김남천의 초현실적 도시 감각을 꽃피운 것은 「골목 안」을 쓴 박태원이었다는 점에서, 그리고 박태원의 몽상가·순례자형 인물들의 정치적 함의를 일깨워준 것은 「문예구락부」를 쓴 김남천이었다는 점에서 그러하다. 이렇게 파악된 1930년대 문학 장에서는 박성운(왕년의 주의자)의 불행이 구보(경성 모더니스트)의 행운으로 이어지는 것과 같은 사건은 발생하지 않았다. 카프의 김남천과 구인회의 박태원 간에 존재한 이러한 숨은 상생과 공감이 결국 해방기에 이들이 같은 길을 걷게 한 힘, 그리고 '지정학적 전위'[109]로서의 북한을 선택하게 한 아주 작은 하나의 씨앗이 아니었을까 조심스럽게 추측해본다. 식민지 조선의 전위이고자 했던 두 작가의 이런 교감이 없었다면 1930년대 식민지 조선의 문예부흥은 가능하지 않았을 것이다.

---

109 1930~40년대 만주를 '지정학적 전위'로 표현하고 있는 나미가타 츠요시의 앞의 책 『월경의 아방가르드』에서 차용한 개념이다.

제국의 비즈니스와 채표彩票의 꿈 ─────────

1. 1938년의 이태준

이태준(1904~?)이 「르포르타─쥬 : 이민부락견문기」를 연재하기 시작한 1938년 4월 8일 자 『조선일보』에는 다음과 같은 기사가 실려 있다.

> 만주국에의 조선농민이민은 양국당국의 금년도 계획실현에 의하여 드디어 지난 2월 하순부터 개척의 용사를 실흔 열차는 입식의 지역 간도성을 향하여 드러오기 시작하엿는데 당지 간도성공서省公署에서는 이민전선에 이상이 생기지 안토록 하기 위하야 착륙 제 일선의 지역 명월구에 임시 척정판사처拓政辦事處를 설치하고 백방의 노력을 다하여서 4월 1일로써 이민을 완료한 동시에 칠천오백구십사명을 다음 현별縣別과 가티 입식시켯다고 하는데 그 이민들은 모두 건전한 기개로 개척의 보무를 당당하게 보이고 잇다 한다.[110]

만주국 초기의 개척행정은 민정부와 실업부 등의 관련 부·국에서 담당하다가, 1935년 4월 처음으로 민정부 지방사 내에 척정과拓政科가 설치되었고 같은 해 10월 23일에는 지방사에서 독립한 척정사拓政司가 창설된다. 1938년 7월 이민사무처리위원회의 심의를 거쳐 결정된『조

---

110 「滿洲入朝鮮移民 豫定地에 安着!─延吉, 安圖, 樺甸 三縣에」, 『조선일보』, 1938.4.8.

이태준

선농민처리강요』 12항목 중에는 "재만 조선농민에 대한 관제 및 보도를 강화하기 위하여 만주국정부는 만주와 조선국경의 필요한 지점에 척정판사처拓政辦事處를 설치한다"라는 조항이 포함되어 있는데[111] 위의 기사에 등장하는 임시 척정판사처는 바로 이 척정판사처의 임시기구였다.

조선인의 만주 이민은 그러나 만주국 정부의 '개척 행정'이 아니라 식민지배의 전개 과정에서 국가권력과 경제조직이 맺는 관련성을 적나라하게 드러내는 '척식 비즈니스'적 성격을 강하게 띠고 있었다.[112] 일본은 침략 지역을 넓혀갈 때마다 각 지역의 경제 수탈을 목적으로 하는 국가기업을 차례로 설립한다. 일본 제국이 설립한 동양척식주식회사(1908), 선만척식주식회사(1936), 대만척식주식회사(1936), 남양척식주식회사(1936), 만주척식공사(1937) 등 5개의 척식회사는 분업과 경쟁을 바탕으로 하는 '척식 네트워크'를 형성하고 이민 사업을 추진함으로써 제국 인구를 재배치하고 이를 통해 식민지 경제를 개발하는 데 그 목적이 있었다. 당초 조선인의 만주 이민은 선만척식회사의 자회사인 만선척식회사가, 일본 농민의 국책 만주 이민 사업은 만주척식공사가 각각 담당하다가, 1937년 중일전쟁 발발을 계기로 만주 이민 사업이 일원화되어 만주척식공사가 조선인과 일본인의 이민 사

---

111 주성화, 『중국 조선인 이주사』, 학술정보, 2007, 195∼210면.
112 조선총독부가 통괄하는 선만척식주식회사는 조선인 이민에 관련된 자금을 조달해 만주국 법인의 자회사인 만선척식주식회사에 공급했다. 이민의 수용 측(관동군)과 송출 측(조선총독부) 간의 상호작용에 대한 고찰을 바탕으로 1930년대 조선인 만주 이민사를 일본 제국의 비즈니스라는 맥락에서 살펴본 정안기의 「만주국기 조선인의 만주 이민과 선만척식(주)」(『동북아역사논총』 31, 동북아역사재단, 2011) 참조.

업을 함께 맡게 된다. 특히 국책 만주 이민 사업을 위해 설립된 만주척
식공사는 척식이 이민 '사업'임을 명확히 규정하고 기업 조직 역시 주
식회사가 아니라 국가의 공적인 사업을 추진하는 공사임을 뚜렷이 하
였다. 한 마디로 말해 척식회사는 식민지 이주 및 개발을 위한 일본 제
국의 국가기업이었던 것이다. 국가기업은 국채에 준하는 회사채권을
발행하고 정부보조금을 받을 수 있는 특권을 가질 수 있었다.[113]

　이태준의 만주기행문을 이처럼 연재 당시의 사회적 맥락에서 검토
할 때 우선적으로 고려되어야 할 점은 이태준에게 1938년이 창작의
공백기였다는 사실이다. 「이민부락견문기」 연재를 제외한다면 1938
년 1월 『삼천리』에 「패강랭」을 발표했을 따름이다. 중일전쟁을 일으
킨 일본이 전쟁에 전력을 기울이기 위해 인적·물적 자원을 통제할 목
적으로 만든 국가총동원법이 공포된 것이 1938년 4월 1일인데, 이태
준은 1939년에 결성된 조선문인협회가 주도한 만주국개척시찰단이
만주로 파견되기 이전인 1938년 4월 초 혼자 만주로 답사를 떠난 것
이다. 권성우의 지적대로 과연 누가 이태준의 만주기행을 추천하고
지원했는가가 구체적으로 밝혀지지는 않았으나[114] 이태준의 만주행
이 단체 시찰의 성격을 띠고 있지 않았음은 분명하다.[115] 일본 제국의

---

113 조정우, 「'척식'이라는 비즈니스—식민지 국가기업으로서의 척식회사」, 성공회대 동아시아연구
　　소 기획, 유선영·차승기 편, 『'동아'라는 트라우마』, 그린비, 2013, 100~128면.
114 권성우, 「이태준 기행문 연구」, 『상허학보』 14, 상허학회, 2005, 219면.
115 이정은은 이태준이 문인보국회 일원으로 만주 시찰을 떠난 것으로 서술(「이태준 후기 단편소설의
　　변모 양상 연구—「만주기행」, 전후 작품을 중심으로」, 『한민족어문학회』 63, 한민족어문학회, 2013,
　　278면)하고 있으나 이는 조선문인보국회가 결성된 것이 1943년 4월 17일이라는 역사적 사실을
　　간과한 결과 빚어진 오류이다. 조선문인협회 및 문인보국회의 활동에 관해서는 이건제, 「조선문인

통제가 클라이맥스에 도달한 국가총동원법 공포 직후 이태준은 왜 '척식 비즈니스'의 산 현장인 만주로 떠났을까?

일제 말기부터 해방기로 이어지는 이태준의 행적은 그가 자전적 소설 「해방 전후」(1946)의 주인공 '현'을 통해 '보여주려' 했던 것과는 사뭇 다르게 상당히 불투명하며 복잡한 양상을 띠고 있었다. "일문에의 전향이라면 차라리 붓을 꺾어버리려" 했던 '현'과 다르게 이태준은 국민총력조선연맹 기관지 『국민총력』에 일본어 소설 「제1호 선박의 삽화」(1944.9)를 실었고[116] 공산주의(자)를 향해 내보였던 '현'의 끊임없는 경계가 무색하게 이태준은 1946년 여름 월북을 감행한다. 사정이 이러하다보니 극적 변신의 내·외적 계기를 찾아내거나 표면상의 단절에도 불구하고 존재하는 숨은 일관성을 밝히려는 작업들이 꾸준히 이어질 수밖에 없었다.[117]

이러한 연구사의 흐름에는 이태준의 만주기행문을 일종의 분기점으로 간주하는 관점도 포함된다. 만주기행문을 일제 말기에 이루어진 이태준의 본격적 협력 행위의 예고편으로 간주하는 관점이 그 하나라면, 그의 만주행을 해방 후 좌익 활동과 월북으로 이어지는 획기적 행

협회 성립과정 연구」, 『한국문예비평연구』 34, 한국현대문예비평학회, 2011, 433~463면 참조.

[116] 이 작품이 일본어로 쓰였다는 사실 자체가 이태준의 친일을 입증하는 증거라기보다는 개인주의의 위험성을 경고하고 그것을 비판한 데에 이 작품의 핵심이 있다고 본 김재용(『협력과 저항』, 소명출판, 2004, 65~66면)의 지적도 이태준이라는 텍스트의 불투명성과 관련된다.

[117] 서영채, 「두 개의 근대성과 처사 의식―이태준의 작가 의식」, 상허문학회 편, 『이태준 문학 연구』, 깊은샘, 1993; 박헌호, 「'구인회'를 어떻게 볼 것인가」, 상허학회 편, 『근대문학과 구인회』, 깊은샘, 1996; 신형기, 「해방 이후의 이태준」, 상허학회 편, 『근대문학과 이태준』, 깊은샘, 2000; 배개화, 「이태준―해방기 중간파 문학자의 초상」, 『한국현대문학연구』 32, 한국현대문학회, 2010 등이 대표적이며 이밖에도 대단히 많은 논저들이 있다. 상세한 서지는 생략한다.

보의 전주곡으로 바라보는 관점이 다른 하나이다. 후자의 경우부터 살펴보면, 김외곤과 권성우는 상고주의적 취미에 빠졌던 이태준이 만주기행 이후 부조리한 현실에 적극적으로 반응하는 작가로 변모했다는 관점을 취한다. 그러나 단 며칠 간 여행으로 "모더니스트 이태준이 시간이 흐를수록 만주국의 현실을 사실적으로 인식하는 리얼리스트로 변모"[118]하는 것이 가능할지는 의문이다. 같은 맥락에서, 이 무렵부터 고완미보다는 현실에 눈을 돌리게 된 이태준이 "만보산 사건을 취재하기 위해" 만주행을 '기획'했다거나 이국땅에서 고생하는 동포들의 신산한 삶을 응시하면서 그가 리얼리스트로 다시 태어나기 위한 문학적 잠재력을 축적했다는 해석[119]도 재고를 요한다.

다른 한편, 이태준의 만주기행문이 단편소설 「농군」(1939)과 상호텍스트적 관계에 놓였을 것이라고 예단한 결과 기행문이 소설의 밑그림에 불과하다는 해석이 도출되기도 했다.[120] 김철의 「농군」론이 야기한 일련의 논쟁 과정이 보여주듯이 만주(국)를 바라보는 이태준의 시선은 분열적인 (유사) 제국주의자의 관점으로, 또 때로는 민족주의자의 관점으로 이해되곤 한다. 그러나 이태준이 만주기행 이후 이전

---

118 김외곤, 「식민지 문학자의 만주 체험―이태준의 「만주기행」」, 『한국문학이론과 비평』 24, 한국문학이론과 비평학회, 2004, 312면.
119 권성우, 앞의 글, 196~199면.
120 김철, 「몰락하는 신생―'만주'의 꿈과 「농군」의 오독」, 박지향 외, 『해방 전후사의 재인식』 1, 책세상, 2006, 498면; 김철의 글에 대한 반론은 한수영, 「이태준과 신체제」, 문학과사상연구회 편, 『이태준 문학의 재인식』, 소명출판, 2004; 장영우, 「만보산 사건과 한·일소설의 대응」, 『한국문예창작』 12, 한국문예창작학회, 2007; 이상경, 「이태준의 「농군」과 장혁주의 『개간』을 통해서 본 일제 말기 작품의 독법과 검열―만보산 사건에 대한 한중일 작가의 민족인식 연구(1)」, 『현대소설연구』 43, 한국현대소설학회, 2010 등을 참조할 것.

보다 좀 더 적극적으로 체제에 협력하게 된다는 논법에는 의문의 여지가 많은데, 이태준이 "문인보국회 일원으로 만주에 다녀온 체험을 「만주기행」에 기록"[121]했다는 착오를 바탕으로 전개되는 논의가 대표적이다. 문인보국회는 1943년에 가서야 결성된 단체이며, 이태준이 단체 시찰이 아니라 개인 답사의 형식으로 만주로 떠난 것은 1938년이기 때문이다. 결국 만주기행을 '변신'의 결정적 계기로 보려는 작업들에는 논리의 비약이나 판단상의 착오가 개입되어 있음을 알 수 있다.

일본 제국의 자본 및 권력의 통제력이 절정에 이른 국가총동원법 공포 직후, 창작의 공백기에 직면한 이태준이 홀로 만주로 떠났다는 사실은, '모더니즘의 극복-리얼리즘의 성취' 혹은 '제국주의 vs 민족주의'라는 단선적인 해석의 지평에서 벗어나 그의 만주기행문을 재독해해야 함을 시사한다. 11회에 걸쳐 『조선일보』에 연재된 이후 일부 내용이 수정되어 『무서록』(1941)에 「만주기행」으로 재수록된 이 견문기에는, 만주 이민 국책 사업이라는 '척식 비즈니스'가 양산한 식민지인들의 음울한 초상이 다채롭고 모던한 감각으로 병치돼 있다. 이 텍스트에서 눈여겨봐야 할 점은 첫째, 이태준의 시야에 포착된 만주가 '비즈니스의 능률'을 본위로 하는 제국주의 질서와 자본에 철저히 길들여진 공간이었다는 점, 둘째, 이렇게 파악된 만주의 인물과 장소에 대한 묘사가 모자이크처럼 감각적으로 배치되어 있다는 점 등이다.

이 책에서는 이태준의 「이민부락견문기」를 모더니스트'였던' 작

---

121 이정은, 앞의 글, 278면.

가의 리얼리즘 텍스트가 아니라 이태준이라는 경성 순례자가 남긴 모던한 텍스트로 재조명해보고자 하며, 그의 만주행을 유사 제국주의자로 거듭나기 위한 결단·기획이 아니라 창작상의 위기에 처한 한 식민지 문화예술인의 우울한 월경越境으로 자리매김해보고자 한다. 이 월경의 체험과 기록을 창작상의 위기에 직면한 작가 이태준이 시도한 미학적 실천의 한 양상으로 의미화하려는 것이다. 이러한 논의를 통해, 카프 해산이라는 리얼리스트의 불행이 구인회 결성으로 상징되는 모더니스트의 기회로 이어지고 결국에는 모더니스트의 형식주의가 리얼리즘에 의해 극복되어야 했다는 문학사적 통념을 상대화하는 것이 그 궁극적인 의도가 된다.[122] 만주기행문을 연재했던 1938년의 이태준은 제국주의자도, 민족주의자도, 리얼리스트도 아닌 경성 순례자로서 제국주의 질서에 균열을 내는 미학적 실천을 감행한 것이다.

2. 경성 순례자의 만주 답사

이태준의 「이민부락견문기」가 일제 말기에 발표된 여타의 만주기행문(시찰보고)과 눈에 띄게 구별되는 지점은 여행의 목적지인 이민부락 자체에 대한 관찰보다는 그곳에 이르기까지의 과정에서 보고 들은 것

---

122 일찍이 박헌호는 '카프의 해산=순수문학의 발흥'이라는 도식이 "순수문학조차 식민지적 폭압성에 의해 왜곡될 수밖에 없었다는 사실을 은폐"한다면서 1930년대 말의 현실에서 경향문학과 비경향문학 모두가 맞닥뜨린 위기와 굴곡의 계기를 보다 깊이 탐색해야 한다고 강조한 바 있다. 박헌호, 앞의 글, 25~27면.

들에 대한 감상을 전면화하고 있다는 사실이다. 기행문 전체의 비중으로 따져볼 때 만보산 일대 쟝자워푸姜家窩堡 지역의 조선인 이민부락 풍경은 오히려 단편적으로밖에 제시되지 않은 반면, 평양에서 탄 봉천행 밤기차의 정경이나 봉천역 일대 및 봉천시가지의 풍경, 신경 밤거리의 우울한 정취, 그리고 쟝자워푸로 가는 길에 느낀 피로감 등은 매우 세심하게 다뤄지고 있다. "차에서 만난 친구들에게 끌리어 평양에 나리어 하로 놀고 다시 평양서 탄 봉천행은 밤차가 되엿다"[123]라는 「이민부락견문기」의 첫 문장을 보면 그의 여행은 계획된 것이 아니라 우발적이며 즉흥적으로 이루어졌을 가능성이 높다.

만주를 답사하는 이태준의 태도는 시찰·보고가 아닌 순례·감상에 가까우며, 그의 이러한 면모는 단편소설 「장마」(『조광』, 1936.10)에서 특히 두드러진 바 있는 경성 순례자 형상을 환기한다. 「장마」에서 이태준은 "낙랑이나 명치제과쯤 가면 사무적 소속을 갖지 않은 이상이나 구보 같은 이는 혹 나보다 더 무성한 수염으로 커피 잔을 앞에 놓고, 무료히 앉았을는지도 모른다"라고 생각하면서 집을 나서는 젊은 가장家長을 등장시킨다. 맑은 개울물을 보고도 빨래 걱정이나 하는 "조선 여성들의 불우한 풍속을 슬퍼"하던 '나'는 총독부행 버스를 타고 가다가 안국동에서 전차로 갈아탄 후 조선중앙일보사 앞에서 내리는데, 이 인물은 안국정으로 바뀐 안국동을 여전히 '안국동'으로 불러야 한다는 신념을 피력하기도 한다.

---

123 이태준, 「르포르타―쥬 : 이민부락견문기(一)」, 『조선일보』, 1938.4.8.

이 동洞이나 이里를 깽그리 정화町化시킨 데 대해서는 적지 않은 불평을 품는다. 그렇게 씨지네스의 능률만 본위로 문화를 통제하는 것은 그릇된 나치스의 수입이다. (…중략…) 모든 것에 있어 개성을 살벌하는 문화는 진전하는 문화는 아닐 게다.[124]

"선미禪味가 다분한 여수가 사회부장 자리에서 강도나 강간 기사 제목에 눈살을 찌푸리고 앉았는 것"이 "아무리 보아도 비극"인 이유, 그러니까 동아에선 빙허가 자리에서 썩고 수주 같은 이가 부인 잡지에서 세월을 보낼 수밖에 없는 것은, 이렇게 비즈니스적 능률과 통제만을 중시하는 저급한 문화에서 조선 지식인과 민중이 다 함께 살아내야 하기 때문이다. "언제 신문소설이 아닌 본격 장편을 한 편이라도 써 보나 생각하면 병신처럼 슬퍼"진다는 고백도 비즈니스 아닌 진정한 문화에 종사해보고자 하는 욕망의 한 형태이다. 이후 「장마」는 여학교에서 강의를 하는 자신에게 "소설에 나오는 것 같은 쪽 뽑은 신여성 하나" 소개시켜 달라고 조르는, 일장기 배지를 자랑처럼 달고 있는 중학 동창과의 불쾌한 조우로 끝이 난다.

경성 거리를 지나며 보고 듣는 거의 모든 것을 불우함과 슬픔, 불쾌로 체감하는 이 순례자는 이태준 개인의 심경뿐 아니라 '비즈니스의 능률'과 '통제'를 본위로 하는 일제 말기 문화가 당시 조선 문단(문인)의 정체성을 얼마나 강하게 뿌리째 흔들어 놓았는가를 여실히 보여준

---

124 이태준, 「장마」, 『조광』, 1936.10, 319면.

다.[125] 이태준이 목도한 것은 아도르노가 말한 바 "기업과 기술의 통일 전선"[126]이 파괴한 예술가의 피폐한 일상이었다. 임화의 통찰대로 1930년대 말 조선 문화는 본래의 계몽적·이상적 성격이 점차 희박해지고 문화인의 지사 내지는 선구자로서의 의미가 퇴색되는 대신 "명확한 기업화의 방면"을 걷게 되었다. "문화에 있어 자본주의의 확립에 따라, 문화인은 직업인으로서의 권리를 자각해야 할 것이며 자본은 문화인을 생산자로 대우할 줄 알아야 한다"[127]라고 임화는 주장했지만 당시 상황은 그렇지 못했다. 문화인은 직업인으로서의 권리를 자각하기는커녕 자기 자신을 대자본에 종속된 꼭두각시로 인식했고 자본은 결코 문화인을 생산자로 대우하지 않고 단순한 부품으로 간주했다. 이러한 불우한 조건 속에서 신문·잡지사에 앉아 세월을 보내고 있는 문우들이나 신문 연재소설로 연명하다시피 하는 자신의 처지를 비관하는 주인공을 작가의 분신分身으로 등장시킨다는 점에서, 이태준은 김기진(「프로므나드 상티망탈」, 1923)-박태원(「소설가 구보씨의 일일」, 1934)-김남천(「녹성당」, 1939) 등으로 이어지는 경성 순례자·산책자의 한 계보를 이룬다.

만주를 답사하는 이태준의 시야에 포착된 존재들은 민족과 계층,

---

125 김재용에 따르면 중일전쟁 이후 이태준은 '동양적 정신/서양적 물질'이라는 이분법에서 벗어나 "물질적 세계라는 조건 속에 살고 있는 인간"의 문제에 눈을 돌리기 시작했다. 「한국전쟁기의 이태준─『위대한 새중국』을 중심으로」, 『상허학보』 13, 상허학회, 2004, 139~140면.
126 테오도르 아도르노(2009), 앞의 책, 75면.
127 임화, 「문화기업론」(『청색지』, 1938.6), 하정일 편, 『임화문학예술전집 5─평론 2』, 소명출판, 2009, 59면.

지역을 막론하고 서술자에게 우울함을 선사한다는 공통점을 지닌다. 남루한 보따리에 파묻힌 조선인 이민자를 실어 나르는 봉천행 밤차, 무슨 '누樓'나 '관館'의 주인으로 짐작되는 노랑 수염의 노신사에게 몸을 맡긴 채 "먼먼 타국에 끌려가는 젊은 계집들", 영하 40도의 추위를 견디며 도적을 지키는 야번夜番 노릇을 하면서 하루 저녁에 고작 일 원 몇십 전 벌이에 만족해야 하는 백계 노인露人들을 관찰하는 이태준의 시선에는, 만주 이민 사업을 위시한 제국의 비즈니스를 향한 분노와 거기 동반되는 깊은 좌절이 담겨 있다. 신경 소재 만선일보사에서 "횡보, 여수, 태우 제형" 등을 만나는 장면과 그에 이어지는 신경의 밤거리 풍경 묘사는 경성 산책자의 손으로 쓰인 만주 답사기로서의 특성을 유감없이 보여준다. 이태준은 '태우 형'이라는 인물이 인도하는 대로 신경의 댄스홀과 만주인의 기방, 백계 노인露人들의 주점 '카바레' 등을 돌지만 결국은 "우울한 밤거리요 밤인생"[128]이라는 느낌에 사로잡히고 만다.

3. 장사하는 제국의 신기루

이태준이 '태우 형'이라고 부르고 있는 이태우李台雨는 조선협화회 중앙본부 문화부원 및 총무부장 출신의 언론인으로, 『만선일보』 지면에 만주국의 영화 관련 기사를 꾸준히 실었던 인물이다. 동양의 할리우

---

128 이태준, 「르포르타—쥬 : 이민부락견문기(八)」, 『조선일보』, 1938.4.17.

드를 목표로 하는 신경스튜디오 신설 계획을 소개하거나[129] 만영(만주영화협회)의 문화적 역할을 강조하는 한편[130] 틈틈이 영화평을 싣기도 했다.[131] 이태준이 신경 밤거리에서 받은 인상을 고스란히 물려받고 있는 듯한 이태우의 「만주생활단상」(『조광』, 1939.7)에는 자본주의화한 만주의 일상과 풍속이 잘 묘사돼 있다. 그는 만주라고 하면 으레 사람들이 '이민'이나 '농업'을 연상하지만 지금의 만주는 광공업도 함께 생각하지 않을 수 없는 지역이라는 말로 운을 뗀다. 1936년 말에 수립된 만주산업개발5개년계획을 언급하면서 이태우는 만주 농민의 도시 집중화와 주택난 등에 대해 설명한다. 그는 댄스홀과 바를 합친 러시아인 경영의 "캐봐례ー"풍경이나 조선의 문인·언론인 현황을 소개하다가 마지막에 가서 다음과 같은 의미심장한 서술로 글을 맺는다.

> 일만원의 꿈! 彩票가 기대리고 있답니다. 한 장에 일원 당첨만 되면 일약만원의 벼락부자가 되는 것이다. (…중략…) '쌜러리맨'의 유일한 사행꺼리가 되어있다. 마차부 양차부의 누더기 피복 속에도 이 만원의 꿈이 드러잇는 것을 모르고는 만주 고유의 '로멘티시즘'을 알 수 없다.[132]

---

129 이태우, 「동양 일대륙 문화의 상아탑ー만주국의 정화(精華) 만영(滿映)의 프로필」, 『만선일보(신년특집호 부록)』, 1940.1.1.
130 이태우, 「만주문화영화론」, 『만선일보』, 1940.1.28.
131 이태우, 「영화평 : 장화홍련전ー조선영화 "뻬스트텐"의 佳作」, 『만선일보』, 1940.2.21.
132 이태우, 「만주생활단상」, 『조광』, 1939.7, 71면.

사전에서 "일정한 액수로 표를 많이 발행하여 제비로 뽑은 몇 사람에게 차등이 있게 태워 주던 일 또는 그런 표"로 풀이하고 있는 '채표彩票'란 지금 우리가 알고 있는 복권을 뜻한다. 만주국에서 채표는 "'복민장권福民獎券' 又는 '유민채표裕民彩票'라고 불"리며 "빈민의 구제 시설, 의료 설비, 재해 구제, 사회 사업비에 충당하기 위하여 많이 실시"되었는데 한 장에 1원으로 매월 400,000원씩 발행되었다.[133] 그런데 만주국 채표는 만주국 거주자에게만 구입 또는 당선의 기회가 주어졌고 이 때문에 일확천금의 꿈을 꾼 인근 지역(평양이나 신의주 등의) 주민들이 몰래 구입했다가 큰 낭패를 보는 일이 여러 차례 기사화되기도 했다.[134]

거친 벌판에 사는 사람들에게 **채표의 꿈**이란 지극히 허물없는 것인 모양이다. 행운에의 갈망이 누구나의 가슴속에 서리우고 있는 것은 죄될 것 없는 노릇인 모양이다.

사실 만주 사람으로서 채표의 유혹을 모르는 사람이 없다. 정부는 당선의 행운을 미끼삼아 수십 만민에게 조금씩의 분담을 지게하고 긁어

---

133 「기밀실―우리사회의 제 내막」,『삼천리』, 1940.4, 23~24면.
134 「富籤罪で嚴重取締り "彩票の夢"何處へ―滿洲國發行北滿水災救濟票 邦人の購入は有罪」,『평양매일신문』, 1933.1.12[富籤(とみくじ)은 일본에서 복권을 가리키는 말이다―인용자];「滿洲國의 水災彩票取扱者를 嚴重取締 檢事局方針 決定, 刑法을 適用 깨어진 二萬圓의 꿈(平壤)」,『동아일보』, 1933.1.13;「滿洲水災彩票 賣買를 團東 一원에 二만 원 생긴다는 것 平北保安課에서 通牒」,『동아일보』, 1933.1.14;「彩票所持船夫 한 명을 체포 滿洲國水害救濟彩票(新義州)」,『동아일보』, 1933.2.20;「만주채표가진 원부자 격증, 중등교원과 승려도 섞였고 모두 이동반이 압수」,『조선중앙일보』, 1935.2.21;「만 원 당선도 일장꿈, 오십 원 물고 나가, 만주국 彩票를 사서 맞추었다가, 평양법원에서 몰수」,『조선중앙일보』, 1935.4.1;「滿洲國彩票를 놓고 兩分된 法律解釋 一심은 유죄로 二심은 무죄로 最後로 高等法院에」,『매일신보』, 1935.6.1.

모은 중으로 수만 원의 행운의 당선자를 뽑고는 나머지 수십 만금을 국민구제사업에 유용하자는 목적이었다. 그러나 이 중요한 구제사업의 고안보다도 백성에게 주는 채표의 인상은 참으로 그 당선 여부의 매력과 흥분에 있었다. 자기들 모두가 조금씩 추렴 낸 대금의 이익이 대체 어떤 구제사업으로 나타나 그 은혜의 물방울이 자기 몸에 미치게 되는지를 생각할 필요는 없다. 다만 도회 사람은 도회에서 채표를 사고, 시골 농민은 도회로 가는 사람에게 가만히 부탁해서 몇 원의 피돈으로 채표를 사오고, 일마같이 여행하는 사람은 여행의 도중에서 심심파적으로 몇 장씩을 사서 꼬깃꼬깃 주머니 속에 건사했다가 다음 달 보름날의 개표를 기다려 당선 낙선의 결과를 알고는 웃기도 하고 울기도 하면 족한 것이다. 행여나 맞춰낼는지, 혹은 미끄러질는지 하고 다음 보름날까지 꿈꾸고 조바심하는 그 한 달 동안의 흥분과 자극이야말로 중요한 것이다. 넉넉한 사람은 넉넉한 사람으로서의 유장한 꿈을 꾸고 가난한 사람은 가난한 사람으로서의 필사적인 갈망을 해서 그것으로서 생활의 동력을 삼는 그 감흥의 정도와 자극의 분량은 누구나가 일반이다. 요행 당선이 되면 춤을 추고 기뻐해도 좋고 낙선이 되면 눈물을 머금고 또 한 장을 살며시 사서 간직했다가 다음 달의 결과를 곱절의 새로운 흥분으로 기다리면 그만이다. 평생을 두고 속을는지도 모르나 평생을 감격에 살 수 있다면 이 또한 값싼 선물이 아닌가.

"일종의 국민적 도박이다." 일마는 그 국가적 행사를 과히 허물할 것 없이 만주 사람과 마찬가지로 지나는 길마다 신경쯤에서 몇 원으로 그 달의 흥분을 사곤 했다. 이제 알고 보니 자기를 조사하러 온 그 낯모를 관리까지도 자기와 한 가지 그 같은 도박 속에 한몫을 보고 있음을 고백하지 않았는가. 인생의 흥미는 다 마찬가지인 모양이다.[135]

인용문은 이효석의 『벽공무한』에 등장하는 주인공 천일마가 신경행 전차에서 이동경찰과 나누는 대화에 곧바로 이어지는 대목이다. 일마가 만주를 왕래하다가 사 두었던 채표가 일등으로 당선되어 이후 그의 운명이 바뀌게 되는 과정을 그린 이 작품에서 이효석은 만주국에서 채표가 갖는 의미를 '국민적 도박'이라고 명쾌하게 규정한다.

이효석의 『벽공무한』이 「창공」이라는 제목으로 연재되던 시점인 1940년경에는 이미 채표 소지 문제와 관련된 엄중한 취체가 상당부분 완화되었던 것이 아닌가 싶은데, 천일마를 조사하던 경관이 일마가 떨어뜨린 유민채표를 보고 처음에는 "만주에 거주하는 사람에게만 허락되는 것인데"라며 겁을 주다가 일마가 "거주는 안 해도 이곳 백성이나 별반 다를 것이 없도록 빈번히 다니는 까닭에 몇 번씩은 사"보게 된다고 말하자 사실은 자신도 한 장 가지고 있다고 고백하는 장면이 나오기 때문이다.

이태우가 "이 땅 쌜러리멘의 유일한 사행꺼리"이자 "馬車夫 洋車夫의 누더기 피복 속에도 이 만원의 꿈이 들어 있다"[136]라고 표현한 만주국 채표는 1등인 두채頭彩에 당선되면 일만 원을 얻을 수 있는 "국민적

---

135 이효석, 『벽공무한』(박문서관, 1941), 『벽공무한―이효석 전집 5』, 창미사, 2003, 20~21면.
136 이태우, 「만주생활단상」, 『조광』, 1939.7, 71면.

도박"이었다. 문화를 파괴하는 제국의 비즈니스에 강한 불만과 혐오를 품고 있던 이태준이 만주 이민촌에서 목격한 것은 불행하게도 바로 그것이었다. 농한기가 남조선보다 배나 길다는 농민들의 이웃 간 낙은 술에, 개인적 낙은 채표에 있다는 사실을 이태준은 아래와 같이 담담한 어조로 기록하고 있다.

醸造는 자유로 술이 익으면 서로 청하는 것이 이웃 간의 낙이요 개인으로 낙은 彩票의 꿈이라 한다. 만주국에서 매월 1회씩 1원씩에 파는 만 원짜리 채표이다. 이 나라에 거주하는 사람으로는 누구나 살 수 잇는 것으로 매월 한 사람씩은 두채頭彩가 빠지는 것이요 두채면 일 원 내고 만 원을 타는 것이다. 조선사람으로도 신경서 기름 장사하던 노파와 어떤 회사 급사로 잇던 소년이 타먹엇단 것이다.

"그거나 빠지면 우리도 다시 한번 고향 산천에 가 살아볼가요……그러치 못하면 밤낮 이꼴이다가 호인들 밧머리에 무치고 말죠…….."

이것이 그들의 유일한 희망이요 또 슬픔이기도 한 것이다.[137]

서구의 여러 나라들에서 복권이 제국주의의 팽창과 공공사업에 쓰일 재원 마련을 위해 적극적으로 활용되어 왔다는 사실을 고려할 때[138] 만주 이민이라는 국책 사업에 나선 일본 제국이 사행심을 조장

---

137 이태준, 「르포르타―쥬 : 이민부락견문기(十一)」, 『조선일보』, 1938.4.21.
138 데이비드 니버트, 신기섭 역, 『복권의 역사』, 필맥, 2003, 44면.

한 저의를 알아차리기는 어렵지 않다. 복권에 대한 수요에는 오락이나 유흥보다는 경제적 좌절감과 절망이 훨씬 더 결정적인 요소로 작용하며 생존에 대한 우려와 불안이야말로 "복권이 자랄 비옥한 토양"[139]이라고 할 수 있다. 복권은 기회를 박탈당한 저소득층에게 불리한 역진적 과세제도임이 분명함에도 불구하고 부를 거머쥘 수 있는 기회가 '모두에게' 열려 있다는 환상을 조장함으로써 빈민을 착취·억압하고 불평등을 정당화하는 데 요긴하게 쓰인다.

이태준이 쟝자워푸에서 만난 조선 농민 박씨가 증언하듯 왕도낙토의 땅 만주에서 힘겹게 '생존'[140]을 도모하는 농민들에게 유일한 희망이자 슬픔은 곡물 수확이나 안전 확보의 꿈이 아니라 '채표의 꿈'에 달려 있었다. 만주국의 채표는 조선 농민을 비롯한 빈곤한 이주자들의 절망을 담보로 제국이 벌이는 추악한 비즈니스의 민낯이었던 셈이다. 이태준이 조선인 이민촌에서 발견한 것은 개척 농민의 탄생이라는 국책의 결실이 아니라 물거품 같은 채표의 꿈에 삶을 저당 잡힌 이주자의 우울한 내면이었다. 이런 맥락에서, 만주국의 채표 이야기를 마무리하면서 이태우가 만주민족 특유의 "沒法子메이퐈ㅡㅅ 철학"을 언급한 것을 그냥 지나쳐버릴 수만은 없다. '메이퐈즈' 즉 '도리가 없다'는 만주민족의 "고요한 단념의 탄식"을 "생활투쟁에 피로"[141]한 자들의 체

---

139 위의 책, 96면.
140 서영인에 따르면 이태준의 「이민부락견문기」가 지배 이데올로기로부터 거리를 둘 수 있었던 것은 이태준이 만주개척을 생산이 아닌 '생존'의 문제로 바라보았기 때문이다. 서영인, 「일제말기 만주 담론과 만주기행」, 『한민족문화연구』 23, 한민족문화학회, 2007, 232면.
141 이태우, 「만주생활단상」, 『조광』, 1939.7, 71면.

넘으로 풀이함으로써 이태우는 '만주 유토피아니즘'의 이면에 도사리고 있는 극도의 절망감을 은연중 내비치고 있다. 이태준이 목도한 것도 이와 다르지 않았다.

만주기행문 연재가 끝난 후 창작의 공백을 깨고 이태준이 이듬해 처음 발표한 소설은 「농군」이 아니라 「영월영감」(『문장』 1권 1~2호, 1939.2~3)이었다. 이 작품에서 흥미롭게도 이태준은 '채표'의 자리를 '금광'으로 대체하며, 제국주의 비즈니스의 가공할 만한 파괴력을 다시 한 번 조명한다. 「영월영감」의 주인공은 왕년에 영월 군수까지 지냈건만 나이가 들어서는 금광에서 일확천금의 꿈을 꾸면서 뭔가 큰일을 도모하려다가 패혈증으로 세상을 뜨는 노인이다. 병원에 실려 온 이튿날부터 광산에서 기별이 오기를 고대하던 영월영감은 조카인 '내'가 그에게 마지막 기쁨을 선사해주기 위해 종로의 한 광산사무소에서 억지로 구해 온 노다지 한 덩어리를 품에 안고 부들부들 떨다가 아들이 도착하기도 전에 숨을 거둔다. 영월영감에게는 이 노다지가 이태준 식으로 말해 "유일한 희망이요 또 슬픔"이었던 것이다. 중요한 것은, 1930년대 조선에 불어 닥친 골드러시는 대전大戰을 준비하면서 금의 확보가 절실했던 일본 군부가 금광에 보조금을 지급하고 생산된 금을 고가에 매수하는 등 어마어마한 규모의 돈을 풀어가며 대대적으로 편 산금정책의 결과였다는 점이다.[142] 이태준은 누더기 걸친 조선 이주민들이 꾸는 '채표의 꿈'과 영월영감의 목숨을 앗은 '노다지의

---

[142] 전봉관, 『황금광시대』, 살림, 2005, 288~290면.

꿈'을 잇달아 형상화하면서, 이주정책이나 산금정책 같은 각종 국책이 결국은 일본 제국의 장사 놀음에 지나지 않는다는 사실을 폭로한 것이다.

　이태준의 기행문은 조선인 이민촌이 직면한 또 하나의 실질적 문제를 언급하는 것으로 마무리되고 있다. 이주제한 문제가 그것이다. 만주 이민(개척민)의 유형은 집단·집합·분산 등 세 종류로 분류되는데, 집단이민은 만선척식회사의 이름이나 국책으로 이루어지고, 집합이민은 만주국 정부의 위탁을 받은 지방 금융회사의 원조로 이루어지는 것이며, 마지막으로 분산이민은 예전부터 이루어지고 있었던 조선인들의 개별적 이주를 조선총독부의 이주증명서 발급 단계를 거치도록 바꾼 자유이민정책을 각각 뜻한다. 이태준이 만주를 기행하면서 들른 장자워푸의 조선인 이민촌은 이 중 마지막 유형에 해당되는 자유이민촌이었는데, 그가 자유이민촌으로 간 일차적인 이유는 집단입식지의 접근가능성이 자유이민촌에 비해 현저히 낮았기 때문이다. 즉 만선척식회사가 국책을 수행하며 이뤄놓은 집단입식지는 별다른 명분 없이 단신으로 들어가기 곤란할 뿐 아니라 그곳에 가려면 별도의 무장과 경비가 필요했다. 개척 사업이 본격화되기 한참 전에 이미 조선인 "이민 부락들이 연합해 가지고 설립 유지"해 오던 이 지역이 "만주국서 인수해 가지고 그들의 방침 하에서 경영"되는 바람에 "조선인 이민 지구가 아니"라는 이유로 언제 어떻게 "정리를 당할지" 모른다는 사실을 이태준은 지적하고 있다. 만보산 사건으로 대표되는 갖은 시련을 겪으며 간신히 버텨 온 조선 농민들의 이민촌이 식민지민의 이주와 식민지 개척이라는 제국 비즈니스의 확장 속에서 그나마 흔적처럼 남은 자율성까지를 상실하게 되는 과정이 그대로 드러난 것이다. "억압받는 집단들이 공동체적 구조를 유지하고 재생산 조건에 대한 일정한 통제력을 빼앗기지 않는다면 반드시 착취자와의 관계에서 자율성을 확보할 수 있다"[143]라는 전언을 상기한다면, 만주의 벌판으로 내몰려진 조선 이주민들은 생산 및 재생산 조건에 대한 일본 제국의 철저한 통제로 심각하게 그 자율성을 훼손당한 존재들이라고 할 수 있다.

　이태준에게 만주는 무엇보다 자본에 포획된 공간으로 다가왔다. 일본 제국의 자본은 농민들로 하여금 땅에서 나는 생산물이 아니라 부질없는 채표에 희망을 걸게 하고, 솜털도 채 가시지 않은 조선 소녀로 하여금 자본가(신사)를 따라 몸을 팔러 이역 땅으로 흘러가게 한다. 조선 지식인들이 배회하는 신경의 우울한 밤거리 풍경과 만주 유토피아니즘의 실체를 폭로하는 만주국 채표 열풍, 그리고 조선인 이주제한 문제가 야기한 농민들의 불안감 등을 묘사함으로써 이태준은 조선 이주민들의 자율적 공동체가 더 이상 가능해지지 않게 된 상황을 적나라하게 보여준다. 만주국 채표 열풍에 대한 비판적 인식, 그리고 자본-권력의 조직적 통제로 조금씩 파괴되어 가는 조선 농민들의 자율적 공동체를 향한 안타까움이 이태준 만주기행문의 주조음을 이룬다고 봐야 할 것이다. 무엇보다도 이 텍스트에서는 만주국의 이러한 현실에 비판적으로 개입하는 것 자체가 불가능해진 식민지 문화예술인들의

---

143 실비아 페데리치, 황성원·김민철 역, 『캘리번과 마녀』, 갈무리, 2011, 14면.

절망적 탄식이 배어나고 있다. 이태준의 「이민부락견문기」는 이처럼 이민부락을 둘러싸고 벌어지는 자본-권력의 횡포에 대한 자기반영적 감응의 기록이자, 개척이라는 미명 하에 이루어진 제국의 비즈니스를 자기 통제력의 지속적 상실로 체감할 수밖에 없었던 만주 지식인과 농민의 슬픈 초상을 감각적으로 병치한 모던한 텍스트라고 할 수 있다.

4. 문화인 이태준의 위기

「이민부락견문기」에 나타난 이태준의 여로는 '봉천행 밤차 → 봉천 시내(박물관, 동선당, 식당) → 신경행 특급 '아세아' → 신경 시내(만선일보사, 댄스홀, 기방, 카바레) → 소합릉 역 → 만보산 일대 봇도랑 마을 → 쟝자워푸 → 만보산 일대 봇도랑 마을'로 이어진다. 애초에 작가가 자신의 여행 목적을 분명히 밝힌 바도 없거니와 목적지에 해당하는 쟝자워푸가 작가에 의해 미화된 흔적도 보이지 않는다. 다만 작가가 들른 곳들을 묘사한 작은 조각들이 모자이크처럼 이어 붙여져 있을 뿐이다. 우연히 떠난 것처럼 보이는 출발의 광경이라든가 '채표의 꿈'에 얽힌 체념과 탄식으로 여정이 마무리되고 있다는 점 등은, 이태준의 만주 기행문이 작가의 협력 의지를 노출하는 「농군」의 밑그림이라거나 리얼리스트로 도약하기 위한 일종의 발판이었다는 기왕의 평가들을 비판적으로 되돌아보게 한다.

이태준의 독특한 정신세계를 해명하기 위해 그간 많은 논자들이 고민을 거듭해왔다. 몇 가지 일치된 논의의 지점을 찾는다면, 그것은 이태준이 근대 물질문명에 대한 강한 비판의식을 지녔다는 점에 있을 것이다. 또 다른 하나는, 이태준의 모더니즘이 '그 자체로'는 뭔가 부족하다는 거의 무의식에 가까운 통념이 아닐까 한다. "이태준을 상고주의자로 보는 시각의 일단에는 모더니즘의 실질적 내용을 어떻게 채울 것인가라는 심연이 항상 존재하고 있었"[144]다는 지적이 정확히 짚어낸 것처럼, 이태준은 모더니스트'이기만' 한 것은 아니라는 변명을 통해서만 그의 작품은 무의미의 심연에서 구해질 수 있었다.

모더니즘 문학 최고의 성취 중 하나를 예술(문학)이라는 자율적인 장에 대한 미학적 자의식의 표출로 꼽을 수 있다면, 구보, 여수, 빙허, 수주, 횡보 등이 처한 예술가로서의 위기를 제국의 비즈니스 확장이라는 맥락에서 문학적으로 형상화한 이태준에게 굳이 변신은 필요하지 않았을 수 있다. 만주기행을 분기점으로 하여 이태준이 모더니스트에서 리얼리스트로 전향했다거나 본격적으로 친일의 길로 들어섰다고 섣불리 판단하기 어려운 것도 이 때문이다. 이태준은 목적지에 도착하기까지 자신이 겪은 갖은 육체적·심리적 고초에 반사경을 들이대고, 커다란 빌딩 숲에 자리 잡은 신경 소재 만선일보사를 중심으로 영위되는 지식인의 우울한 삶과 대도시 신경의 암울한 뒷골목 풍경을 근거리에서 포착해, 그것들을 미학적으로 병치한다. 이로써 이태준은 제국주의 자본과 권력에 종속된 식민지인들의 비애와, 협소해질 대로 협소해진 일제 말기 조선 문인들의 문학 장을 반성적self-reflective

---

144 허윤회, 「시대의 인식과 그 불협화」, 상허학회 편, 『근대문학과 이태준』, 깊은샘, 2000, 55면.

기법으로 묘파할 수 있었다. 그는 이 텍스트에서 만주의 비참한 현실만 보여준 것이 아니라 그러한 현실에 침묵하고 눈감을 수밖에 없는 조선 문인들의 불우한 처지를 함께 보여준다. 그런 점에서 이태준의 「이민부락견문기」는 소설 「농군」이 아니라 「장마」와 「영월영감」을 곁에 둔 텍스트이자, 같은 시기에 발표된 이태우의 「만주생활단상」을 콘텍스트로 놓고 읽을 때 더 많은 스토리를 들려주는 텍스트라고 할 수 있다.

제국주의 자본-권력의 통제가 절정을 향해 달리던 일제 말기는 무엇보다도 자율성을 꿈꾸는 문화·예술인들에게 혹독한 시련을 안겨주었다. 국가총동원법 공포 직후 홀로 떠난 만주에서 이태준의 시야에 포착된 조선 문우들의 삶도 피폐하기는 마찬가지였다. 야만의 시대가 도래했다고 느낀 이태준은 1939년 『문장』 발간을 통해 작으나마 어떤 돌파구를 뚫고자 했을 것이다. "삐지네스의 능률만 본위로 문화를 통제하는 것은 그릇된 나치스의 수입"이며 "개성을 살벌하는 문화는 진전하는 문화는 아"니라고 한 이태준에게 1938년은 미학적 실천의 (불)가능성에 대해 가장 깊이 고뇌한 창작의 공백기였다.

이태준을 모던한 스타일리스트로 규정하면서 많은 연구자들이 머뭇거리는 지점은 월북이라는 사건이다. 임화의 꼬임에 넘어갔다거나, 사실은 그렇지 않다거나 하는 평가는 모두 그의 '변신'을 기정사실화하는 논법임을 알 수 있다. 그러나 이태준에게 '머묾'은 애초에 어울리지 않는 삶의 양식이 아니었을까? 자신의 원대한 뜻을 펼치기에 일제 말기 식민지 조선의 문화는 자본과 권력에 너무 깊이 침식되어 있다는 생각으로 이태준은 좌절했다. 이 절망감을 이기지 못한 그가 홀연 만주 답사를 떠났다는 점을 고려한다면, 아무 것도 달라지지 않았던 해방기에 그가 또다시 어디론가 떠나고자 했다는 것은 도리어 자연스러워 보인다.

이제 우리는 카프 해산 이후 전향한 작가들의 내면만 들여다볼 것이 아니라, 내용 없는 스타일리스트라는 오명에서 여전히 자유롭지 못한 경성 순례자들의 미학적 실천 양상에 대해서도 본격적으로 탐구해야 하지 않을까? 세속의 계시를 받은 경성 순례자들에게서 비로소 싹튼 '문(화)인'으로서의 소명의식이 이곳에서는 추구되거나 실현될 수 없다는 절망감을 이들은 공유했다. 『문장』 편집자 이태준의 문화적 야심과 그 좌절에 대한 이어지는 이야기는 이 책의 뒷부분으로 미루어 둔다. 꼭 어딘가를 지향하기보다는 이곳은 아니라는 위기의식이 이태준을 비롯한 우리 문인들의 대거 월북이라는 파행으로 귀결되었다는 것은 우리 문학사의 큰 손실이자 불행이 아닐 수 없다.

뭔가 새로운 지점에 도달할 때 우리는 과거를 다시 본다. 그것은 죽은 자와의 관계 변화라고 말해도 좋다. 그 경우 죽은 자는 변하지 않는다. 우리가 변하는 것이다. 그보다는 죽은 자가 처음으로 우리 앞에 등장하는 것이다. 그것은 사람들이 무시하고 억압했던 '타자'가 존재하기 시작한다는 의미다.[145]

김윤식이 『한국근대문예비평사연구』에서 '전형기轉形期'로 불렀던 1930년대는 말 그대로 기존의 문학 장이 급격히 재편되는 상황에 놓여 있었다. 가라타니 고진의 표현을 빌린다면 1930년대 문학인들은 "뭔가 새로운 지점에 도달"했거나 적어도 도달하려고 애썼던 존재들이라고 할 수 있다. 카프 해체와 구인회 결성으로 대변되는 1930년대

---

145 가라타니 고진, 송태욱 역, 『윤리 21』, 사회평론, 2001, 180면.

문학 장의 역동성을 고려한다면, 당대 문인들에게는 자신의 "과거를 다시 보"게 되는 어떤 계기가 분명 존재했으리라 추측할 수 있다. 이러한 모색기에 이들 앞에 등장한 죽은 타자는 무엇보다 아버지의 얼굴을 하고 있었다.

1930년대 문인들은 자신의 아버지 세대를 어떻게 기억하고 소설화했는가? 1930년대 문인들의 세대감각에 대해 질문하는 듯 보이는 이 문장은 사실 이들이 타자와 만나는 방식에 대해 묻고 있는 것이다. 1930년대 문학을 돌아볼 때 우리는 자연스레 카프(리얼리즘)와 구인회(모더니즘)의 경합 구도를 떠올리게 된다. 그러나 1930년대 문학 장의 변동은 카프와 구인회라는 두 세력 간의 '세대 내 투쟁'뿐 아니라, 카프와 구인회를 하나로 묶는 아들 세대와 이들이 지속적으로 타자화하는 아버지 세대 사이의 '세대 간 갈등' 양상과도 밀접히 결부돼 있었다. 문제는, 세대 간 갈등에서 경합하는 각 항은 세대 내 투쟁의 경우와 다르게 서로가 서로를 포함할 수밖에 없는 운명적 관계를 형성하고 있었다는 점이다.

1930년대에 왕성하게 활동하며 새로운 지식·문화의 전파에 앞장섰던 일군의 문인들이 꿈꾼 것은 봉건적이며 낙후된 재래의 조선 문화를 일신하는 일이었다. 그럼에도 불구하고, 이광수 같은 상징적 선배이자 가시적인 적을 향해 거듭 표명된 신진들의 대타의식에 관한 논의를 제외한다면 이 시기 작가들의 세대감각이 본격적으로 조명된 경우는 드물다. 한 가지 주의할 점은, 1930년대 말의 세대논쟁[146]이 기성 문인과 신진 작가 간의 대결이라는 보편적인 문학사적 에피소드에 해당된다면, 이 책에서 살펴보고자 하는 것은 1930년대 문인들의 세대 감각이 자기 자신을 서사적으로 재구성하려는 그들의 미학적 실천에 구체적으로 어떻게 개입했는가라는 좀 더 특수한 문제라는 것이다.

이 지점에서 주목되는 작가가 송영(1903~1979)과 안회남(1909 ~?)이다. 「아버지」(1936)라는 문제작을 써낸 송영과, 안국선의 아들로 널리 알려진 안회남은, 우리 근대소설이 그려 온 익숙한 가족 로망스의 궤적에서 이탈한 이채로운 부자관계를 형상화함으로써 1930년대 문인들의 세대감각과 이들이 타자와의 관계를 중심으로 '자기'[147]를 서사적으로 재구성하는 방식의 특이성을 엿볼 수 있게 한다. 아버지와 아들이라는 기표에 분석의 초점을 맞출 경우, 부친 살해로 특징지어지는 근대소설 특유의 가족 로망스를 이 두 작가가 어떻게 전복적으로 사유하고 형상화했는지도 알아차리게 될 것이다.[148] 송영과 안

---

146 김윤식, 『한국근대문예비평사연구』, 일지사, 1997; 한형구, 「일제 말기 세대의 미의식에 관한 연구」, 서울대 박사논문, 1992; 강진호, 「1930년대 후반기 신세대 작가 연구」, 고려대 박사논문, 1994; 류양선, 「세대-순수논쟁과 김동리의 문학비평」, 『한국 근현대문학과 시대정신』, 박이정, 1996; 서재길, 「1930년대 후반 세대 논쟁과 김동리의 문학관」, 『한국문화』 31, 서울대 규장각 한국학연구원, 2003; 홍기돈, 「일제시대 세대논쟁 연구」, 『인문학연구』 36, 중앙대 인문과학연구소, 2003 등을 참조할 것.

147 여기서 '자기'라는 용어는 "'자기'와 '역사' 사이의 심연"이라는 화두로 안회남의 문학 세계를 설명한 박헌호의 해설(박헌호 편, 『안회남 선집』, 현대문학, 2010, 249~261면)에 착안하여 도입한 것이다.

148 한국 근대소설에 나타난 가족 로망스에 관한 논의는 권명아의 『가족이야기는 어떻게 만들어지는가』(책세상, 2000)가 상세하다. 한편, 김명인에 따르면 식민지 한국 근대소설은 자신만만한 '부르주아 주체의 서사시'가 아니라 불안하고 분열된 '피식민 주체의 서사시'일 수밖에 없으며, 바로 그렇기 때문에 가족 로망스가 정지 혹은 지연되거나 변형될 수밖에 없다고 설명한다. "식민지라는 경로를 통해 외재적으로 자본주의적 근대의 길로 들어선 비서구 지역에서 아버지 부정과 새 아버지 모시기라는 가족 로망스의 시나리오는 처음부터 자연스러운 것일 수가 없"(김명인, 「한국 근현대소설과 가족로망스」, 『민족문학사연구』 32, 민족문학사학회, 2006, 334면)기 때문이다.

회남에게는 당대 문단과 이후 문학사에서 소위 주류가 아니었던 문인들의 운명이랄까 성향 같은 것을 짐작하게 하는 면이 있다. 세계의 중심에 선 자들은 '자기'를 설명해야 할 필요성을 그다지 크게 느끼지 않는다.

송영과 안회남은 1930년대 후반 문학 장의 중심축으로 여겨지는 전향소설의 문법을 다양한 방식으로 위반하는 서사의 골격을 세웠다. 대부분의 전향소설이 지식인 남성 주인공의 내면에 확대경을 들이대고자 했다면, 이 두 작가는 남성 인물의 나르시시즘이 소실점이 되어 사라지는 여러 폭의 그림을 선보였다. 송영의 소설에서는 부재하는 젊은 남성 투사('주의자')의 내면이 서술자에 의해 묘사되는 것이 아니라 남은 가족(아버지, 아내, 누이)의 상황과 만나 굴절되거나 부차화하는 양상을 보이며, 안회남의 소설에서는 죽은 아버지의 삶이 서술자의 관점에 따라 그려지는 것이 아니라 그를 회고하는 아들의 내면을 스크린 삼아 상연된다는 특징을 보인다. 요컨대 송영은 아들을 기억하는 아버지를, 안회남은 아버지를 기억하는 아들을 각각 서사의 중심에 세움으로써 자신이 선택하지 않은 삶의 조건과 갈등하는 인물의 '비자유'를 형상화한다. 자기 자신에게 불투명한 이러한 "관계적 존재"[149]는, 가령 이광수처럼 '나는 고아(이기 때문에 자유롭)다'라고 결코 외칠 수 없었다.

"일본 근대문학에서 강한 아버지와의 대립 혹은 왜소한 아버지에

---

[149] 주디스 버틀러, 양효실 역, 『윤리적 폭력 비판—자기 자신을 설명하기』, 인간사랑, 2013, 38면.

대한 혐오가 빠뜨릴 수 없는 주제가 되었음에 비하면 한국 근대문학은 이광수라는 고아가 그 기반을 만든 데에 연유하는 특징을 여러 면에서 반복적으로 보여준다. 한국 근대문학에서 아버지와의 대립이 문학적 주제가 되는 것은 염상섭의 『삼대』의 등장까지 기다려야 했다"[150]라는 지적은 이러한 맥락에서 재고를 요한다. 한국 근대문학의 외연에 대한 이해가 협애하다는 점에서 문제적일 뿐 아니라 '이광수의 고아의식 → 염상섭의 세대의식'이라는 설정 자체가 이광수의 고아의식을 실체화·특권화하고 『삼대』의 조상훈과 조덕기 간에 빚어지는 마찰이 우리 문학사의 흐름 안에 존재하는 것이 아니라 어떤 단절에 의해 초래되었다는 인상을 풍기기 때문이다.

　송영과 안회남의 소설에 등장하는 '아버지'라는 기표를 이 실존 작가들의 생물학적 아버지로 환원해 이들의 쇄말한 개인사를 복원하는 것이 능사가 아님은 물론이다. 이들 소설에 등장하는 아버지들은 주인공의 '유전적 반항' 또는 '유전적 방탕'의 기질을 이해하기 쉽게 만드는 한편으로, 인간 존재에 선행하면서 그를 초과하는, 다시 말해 한 인간을 운동가/소시민/방탕아 등으로 만든 타자들의 자국, 그리고 그것이 상징하는 관계성의 본질을 사유하게 만든다. 이 책의 주안점은 송영과 안회남의 날 것 그대로의 생애가 아니라 그들 작품 속 주인공들이 타자와의 관계를 중심으로 '자기'를 서사적으로 재구성하는 방

150　와다 토모미, 「외국문학으로서의 이태준 문학」, 상허학회 편, 『근대문학과 이태준』, 깊은샘, 2000, 114면.

식의 특이성을 밝히는 데 있다. 이 두 작가는 "사회적 참여자로서의 '주체'"와 구별되는 "스스로를 향유하며 창조하는 '자기'"[151]의 모델을 우리에게 제시해준다.

1930년대 말에 발표된 송영과 안회남의 소설을 통해 우리는 왕년의 주의자들이 겪는 내면의 질곡을 형상화한 전향소설의 주변부에서 얼마나 다채로운 문학의 향연이 펼쳐졌는지를 목도하게 될 것이다. 1930년대 말 텍스트들의 성좌 속에서 전향소설 너머 혹은 그 주변의 풍경을 바라보는 일은 전향문학에 대한 인식을 새롭게 하는 데도 적지 않은 보탬이 되리라 기대한다.

---

151 크리스토프 멘케(2013), 앞의 책, 167~168면.

추방된 내면, 관계의 향연

1. '현장'에서 바라본 관념과 현실

염군사焰群社와 파스큘라PASKULA[152] 두 단체가 뜻을 같이 하여 조선프롤레타리아예술동맹 KAPF(1925~1935)를 결성했다는 것은 문학사적으로 널리 알려진 사실이다.[153] 그런데 문단에서 활동했던 지식인 문필가 위주의 파스큘라에 비해 사회운동가 출신이 다수를 이루었던 염군사에 대해서는 아직 알려지지 않은 사실들이 더 많다. 멤버 대다수가 문인이 아닌 운동가였다거나 이들의 움직임이 북풍회와 관련되었다는 점 등이 밝혀졌을 뿐 그 구성원 각각의 구체적 활동은 충분히 소상하게 검토되지 못했다.

염군焰群, 즉 "화염의 뭉텅이"[154]라는 이름이 상징하는 것처럼 염군사는 '무산계급 해방을 위하여 문화를 가지고 싸운다'는 정열적 강령을 내걸었던 사회주의 문화 단체였다. 1923년 11월과 1924년 2월에

---

152 박영희의 PA, 성해(이익상)·석송(김형원)의 S, 김복진·김기진의 K, 연학년의 YU, 이상화의 L, 안석주의 A를 조합해 만든 단체명이다. 팔봉의 회고록에는 '성해'와 '상화'에서 'S'를 따왔고 '이'에서 'L'을 따왔다고 쓰여 있지만(김기진, 「나의 회고록─초창기에 참가한 늦둥이」, 『세대』, 1964.7~1966.1; 홍정선 편, 『김팔봉 문학전집 II─회고와 기록』, 문학과지성사, 1988, 190면) 이렇게 되면 석송 김형원의 자리가 남지 않게 된다. 아마도 '석송'을 '상화'로 잘못 표기한 것이 아닌가 싶다.

153 김윤식, 『한국근대문예비평사연구』, 일지사, 1997, 30~32면; 권영민, 『한국계급문학운동연구』, 서울대 출판문화원, 2014, 39~60면; 유문선, 「카프 결성 현장의 모습을 엿본다」, 『문학동네』 30, 2002 봄, 385~404면.

154 앵봉산인, 「조선 프로예술운동 소사(1)」, 『예술운동』 창간호, 1945.12; 임규찬·한기형 편, 『카프비평자료총서 I─카프시대의 회고와 문학사』, 태학사, 1989, 272면.

송영

각각 발행 예정이었던 『염군』 창간호와 『염군』 제2호가 조선총독부로부터 연이어 발매금지 처분을 받았다는 사실만 보더라도 이 단체의 성격과 특징을 한 눈에 알아볼 수 있다. 권영민에 따르면 한 가지 분명한 것은 "염군사의 조직과 운명이 문단 내에서의 존재로 국한되지 않고 사회주의 운동 조직과 내밀한 사상적 통로를 두고 있"[155]었다는 점이다. 이호, 김두수, 최창익, 최현 등의 사회운동 경력과, 송영, 이적효 등의 노동 체험이 염군사의 성격을 잘 대변한다고 할 수 있다. 문제는 염군사가 꿈꾼 이 같은 사회주의적 문화운동을 뒷받침해줄 만한 확실한 인적·물적 기반이 없었다는 점이다. 조직을 기반으로 하는 문화운동을 꾀하기가 점차 어려워지자 염군사에 몸담았던 문인들은 다른 사회운동 조직에 가담해 새 출발을 할 것인지, 아니면 기성 문단에 진출해 문필가로서의 삶을 살 것인지를 놓고 고민하게 된다. 이호, 김두수, 최현 등이 전자의 길로 들어섰다면, 최승일, 박세영, 김영팔 등은 후자의 길로 들어서서 좀 더 적극적으로 문단 활동 기회를 찾기 시작했다.

염군사 조직을 주도했던 송영(1903~1979)의 존재가 돋보이는 것은, 그가 염군사의 새로운 활로를 개척하기 위해 당시 『개벽』의 문예부 주임이었던 박영희를 찾아가 사회주의 문화운동을 위한 문단 조직의 통합과 그 확대를 타진했다는 사실에 있다. 거듭된 압수로 고민하던 송영과 최승일 등은 박영희나 김기진처럼 문화 자본을 지닌 문단

---

155 권영민, 앞의 책, 57면.

인사들과의 만남을 통해 새로운 돌파구를 마련하고자 했으나 사정은 여의치 않았다.[156] 송영은 박영희·김기진과 같은 배재고보 출신으로, 1901년생인 회월 박영희와 1903년생인 팔봉 김기진이 1916년에 각각 배재고보 입학했으니, 팔봉과 같은 1903년생으로 1917년에 배재고보에 입학한 송영은 이들의 1년 후배인 셈이다. 3·1운동이 일어 났던 1919년 "갑자기 팽창해진 진보의 사상"이 사회를 휩쓸고 각종 노동공제회, 청년연합회 등이 잇따라 생겨날 즈음 "이런 전체의 분위기에 한덩이 에네르기"[157]가 되었던 일군의 소년 중 하나가 송영이었다. 3·1운동 참가 경력으로 배재고보를 중퇴하게 된 그는 회람잡지 『새누리』의 동인으로 활동하다가 일본으로 건너가 유리공장에서 견습 직공 살이를 한다. 이즈음 회월은 세이소쿠[正則] 영어학교에서, 팔봉은 릿쿄대학[立教大学] 영문학부에서 각각 유학을 했다.[158] 귀국 후 송영은 이호, 이적효, 최승일, 김영팔, 심훈 등과 함께 염군사를 결성했으며, 1925년 『개벽』 현상공모에 단편소설 「늘어가는 무리」가 3등으로 당선되어 문단에 데뷔했다. 1927년부터 1934년까지는 서울 근교 소학교에서 교원 생활을 하면서 잡지 『별나라』에 관여한다. 1931년 카프 1차 검거 사건 때 피검되었던 그는 1934년 카프 2차 검거 사건 때에도 역시 피검되었다가 집행유예로 풀려난다. 1937년부터는

---

156 위의 책, 58면.
157 송영, 「신흥예술이 싹터나올 때」, 『문학창조』 창간호, 1934.6; 임규찬·한기형 편, 앞의 책, 171면.
158 박영희와 김기진의 초기 행적에 관해서는 박현수의 「박영희의 초기 행적과 문학 활동」(『상허학보』 24, 상허학회, 2008) 및 「수교와 교섭의 시기 한러관계-김기진의 초기 행적과 문학 활동」(『대동문화연구』 61, 대동문화연구원, 2008)을 참조할 것.

'동양극장'의 문예부원으로 생활했고 이후 1946년 월북할 때까지 송영은 수십여 편의 소설과 희곡, 평론, 수필, 아동문학, 그리고 벽소설 등을 창작했다. 한국전쟁 중에는 종군기자로 활동했으며 1979년에 북한에서 별세한 것으로 알려져 있다.[159]

이처럼 송영은 이북만과 더불어 노동현장에 투신한 경력이 있는 몇 안 되는 카프 멤버로, 노련하고 적극적인 문화운동가였다고 할 수 있다. 일찍이 "[송영―인용자]형이 우리 조선의 진보적 문학·예술운동의 역사 가운데서 반드시 차지해야 할 영예있는 지위에 대하여 경의를 표하"겠다며 운을 뗀 한 글에서 임화는 "불행히도 신경향파문학을 구성하는 양대의 예술적·조직적 부분의 하나이고, 이곳 문화영역 안에 가장 일찍이 경향성의 깃발을 올린 [송영―인용자]형과 이호 씨를 중심으로 한 염군사 그룹의 임무와 위치는 아무데서도 정당한 평가를 받지 못한 채 금일에 이"[160]르렀다는 의미심장한 발언을 한 적이 있다.

최근 들어 활기를 띠기 시작한 송영 연구의 입각지가 대부분 당대 문단 풍경과 이후의 문학사 서술에 드러나는 송영의 소위 비주류적 면모를 재해석하려는 데 있다는 점은 특기할 만하다.[161] 우리 문학사에

---

159 송영의 생애에 관해서는 박대호, 「송영 문학의 구조적 특성」, 김윤식·정호웅 편, 『한국 근대 리얼리즘 작가 연구』, 문학과지성사, 1988; 송영, 「어두운 밤 폭풍을 뚫고」, 리기영·한설야 외, 『작가수업』(조선작가동맹출판사, 1959), 『우리시대의 작가수업』, 역락, 2001; 정달영, 「송영의 생애와 문학운동」, 한양대 석사논문, 2005; 박정희, 「송영 문학에 대한 재조명」, 박정희 편, 『송영 소설선집』, 현대문학, 2010 등을 참조할 수 있다.

160 임화, 「畏友 송영형께」(『신동아』, 1936.5), 신두원 편, 『임화문학예술전집 3―문학의 논리』, 소명출판, 2009, 417면.

161 최근 발표된 임혁의 「송영 문학에 나타난 '체험'과 현실인식의 관련 양상 연구」(서울대 박사논문, 2016)가 그 대표적 성과이다.

서 송영은 일제 말 '국민연극'의 대중화에 힘썼던 인물로 주로 기록되어 있으며 특히 『별나라』를 중심으로 한 송영의 문화운동가로서의 면모는 아직까지 온전히 조명되지 못했다. 『별나라』 발간을 주재하면서 문학교육운동과 벽소설운동과 같은 실질적인 대중화운동에 앞장섰던 송영의 행적은 카프 논쟁사 서술에 빠지지 않고 등장하는 대중화 논쟁 당시에도 별다른 주목을 받지 못했다.[162] 팔봉과 회월의 회고록이나 문단사·문학사에서도 송영에 대한 언급은 쉽게 찾기 어렵다.

송영과 관련된 또 하나의 미스터리는 그가 현장운동가라는 드문 이력의 소유자임에도 불구하고 그를 향한 카프 진영의 비난이 주로 그의 작품이 지나치게 비현실적이며 관념적이라는 데 그 초점이 맞춰져 있었다는 점이다. 현장을 떠난 적 없었던 송영은 왜 현실을 그리지 못한다는 비난을 받았을까? 혹시 송영과 그의 비판자들은 '현실'이나 '관념'이라는 말을 판이하게 서로 다른 의미로 사용했던 것은 아닐까? 송영에게는 현실인 것이 회월에게는 관념이고, 팔봉이 현실적이라고 여긴 것을 송영은 관념적이라고 여겼던 것은 아닐까? 염군사 출신으로 지식인 문필가라기보다는 문화운동가로 활동한 송영은, 감옥이나 해외로 떠난 자들의 영웅적 행위보다 남은 자들 간의 연대를, 사건 이후의 지식인—이를테면 전향지식인—보다는 사건 배후의 부재하는 지식인을, 지식인의 전향(이념 문제)보다는 실직(생활 문제) 모티프를,

---

162 잡지 『별나라』 편집에 적극 관여했던 임화와 송영 간의 결속 및 교류 양상을 새롭게 밝힌 장문석·이은지의 「임화의 '오빠', 송영」(『한국학연구』 33, 인하대 한국학연구소, 2014.5)에서 이 문제가 부분적으로 다루어졌다.

그리고 남성 지식인의 내면보다는 여성인물의 시선과 욕망을 문학적으로 형상화한 보기 드문 시선의 소유자였다.

1930년대 말 송영의 소설에는 단 한 사람의 전향자도 등장하지 않는다. 송영 소설의 '주의자'들은 단지 부재한다. 이 책에서는 남은 자들 사이의 혹은 남은 자와 떠난 자(부재하는 자) 사이의 연대 문제를 다루는 송영의 독특한 관점을 그의 소설에 등장하는 아버지라는 기표 분석을 중심으로 살펴보고자 한다. 송영의 소설은 1930년대 사회주의 문화운동 주체들에게 '너는 어디를 향하고 있느냐'라는 질문이 아니라 '너는 어디서 왔느냐'라거나 '너는 어디에 있느냐'라는 실존적이면서도 현실적인 질문을 던진다. 운동가로서의 삶의 기원과 입장은 매 국면마다 끈질기게 탐색되고 반추되어야 할 문제임이 드러나면서, 송영 소설 속의 지식인 남성 주인공들은 자신의 내면이 아니라 자신을 둘러싼 관계의 망에 새롭게 눈뜨게 된다.

2. '유전적 야혈野血'의 흐름

송영의 초기 단편들에는 아버지 세대의 정신적 유산을 이어받은 아들들의 이야기가 반복적으로 등장한다. Y학원 여학생들의 동맹 휴학을 배후에서 조종하는 「선동자」(『개벽』 67, 1926.3)의 주인공 이필승은 대대로 내려오는 "유전적 야혈"을 지닌 인물로 그려진다. 홍원의 C신문 지국 기자 이필승은 이제 갓 25세가 된 청년으로 "체격이 장대하고 근육이 완강"하며 "왼몸에 굵다란 힘줄기는 언제든지 꿈틀꿈틀"할 뿐만 아니라 "높흔 코, 칫켜붓흔 눈, 그리고 쇠가튼 주먹"을 가진 "봉건시대에서 나온 듯한 협객풍의 장사"이다. 취재차 삼호에 들른 그는 예전에 자신이 Y학원 교사로 추천했던 K선생이 학교에서 쫓겨나는 현장을 우연히 목격하게 된다. 이 일을 계기로 그는 K선생의 복직을 원하는 Y학원 여학생들과 의기투합하게 되고 이들의 동맹 휴학을 선동한 사람으로 지목되어 학교 측에서 퍼뜨리는 갖은 악소문에 시달리게 된다. 그러나 무지한 군중들은 필승을 오해하여 마침내 집단 구타하는 지경에 이르게 되는데, 그 폭력의 현장에서 필승은 죽은 아버지를 생각하라는 어머니의 부르짖음에 정신이 번쩍 드는 경험을 한다.

> "너의 아버지 생각을 못하니." 양반 욕하엿다고 그의 아버지가 마저 죽엇슬 당시에 그의 어머니는 겨우 두 살 갓 된 필승이를 안고 피란을 하엿다. 젊은 남편은 사람의 몽둥이 속에 죽어가는 데에도 어린 자식을 위해서 그의 어머니는 울고 다라낫다. 천하는 니저도 어머니의 마음은 몬니젓다. 필승이의 머리속에는 이가튼 전광가튼 환각이 니러낫다. 그리하여 쏘다시 마음은 약하여젓다.[163]

필승의 늙은 모친은 그의 남편과 시아버지가 양반을 욕한 죄로 사람들에게 맞아죽었던 기억에 치를 떨면서 또다시 군중의 손에 맞아죽게 된 외아들 필승을 필사적으로 보호하려 한다. 이처럼 필승은 "유전

---

163 송영, 「선동자」, 『개벽』 67, 1926.3, 23면.

적으로 내려오는 반역의 핏발"이 선 인물로서 온몸에 흐르는 "유전적 야혈"을 시시각각으로 느끼며 행동한다. 「선동자」의 젊은 투사 이필 승은 봉건 시대의 양반을 욕하던 부친이 그러했듯 근대화한 조선 사회에서 자본과 권력을 가진 자들이 부리는 횡포 앞에서 결코 굴하지 않고 적극적으로 행동에 나선다. "재래 인습의 교양"을 받은 군중들은 선천적으로 "반역의 기풍이 있는 이"들을 미워하기에 필승의 조부나 부친은 그들의 손에 죽어나갈 수밖에 없었지만, 대대로 이어지는 '유전적 반항심'이 필승으로 하여금 다시 한 번 군중과 대치하게 만든 것이다. 선동자로서의 필승의 면모는 이처럼 유전적인 것으로 그려지고 있다.

송영의 「석공조합대표」(『문예시대』 2호, 1927.1)에서는 왕년의 '운동객'이었던 아버지가 평양 석공조합 대표로 뽑혀 서울로 올라가게 된 아들 창호에게 눈물로써 상경을 만류하는 대목이 등장한다. 기회는 앞으로 얼마든지 있다는 부친의 충고는 "펄펄 뛰는 듯한 젊은 자식들을 생지옥 같은 괴로운 생활을 시키는 어버이의 마음 숭고한 감정"에서 비롯된 것이다. 창호의 부친은 젊은 시절 "북만주로 돌아다니면서 학교도 세우고 회도 모으고 하던" 인물로, 아들 창호가 석공조합 대표가 되자 "기쁘고 거룩"하다는 감정을 숨기지 않는다.

서간도와 북간도의 연장 지역이라는 특징을 지닌 북만주 지역은 한인사회의 형성 시기가 서·북간도에 비해 비교적 늦었지만 이 지역에서는 중국정부의 행정력이 큰 힘을 발휘하지 못했고 만주국 성립 이전까지 일본 영사관의 경찰력 또한 별다른 영향을 미치지 않았다. 이런 배경 하에서 북만주지역에서는 간도와 마찬가지로 여러 독립운동 단체들의 활동이 두드러져 교육 기관 설립이라든가 종교 운동, 그리고 청년회・부녀회 등 사회단체 결성이 이루어졌다.[164] 1918년 무렵이 되면 독립운동의 일환으로 반일 인재를 양성하기 위해 한인들이 간도 지역에 세운 사립학교 수는 무려 82개교에 달했다.[165]

창호의 부친은 북만주 지역에서 일어났던 이러한 일련의 독립운동에 연루되었던 인물일 가능성이 높다. 여러 정황을 고려해볼 때 그는 1910년을 전후한 시기 해외 독립운동기지 건설을 이끌었던 지식인・운동가의 한 사람이었을 것이다. 사정이 이러하기에 창호는 "정으로나 마음으로나 철저하게 이해해주시는 아버지에게 대하여서는 참으로 거룩한 생각"이 날 수 있었다. 「선동가」의 필승이 부친으로부터 '유전적 야혈'을 물려받았듯 「석공조합대표」의 창호 또한 독립운동가 출신 부친에게서 크나큰 정서적・사상적 감화를 입고 있음을 알 수 있다.

이러한 맥락에서 주목되는 작품이 송영의 「노인부」(『조선지광』 94, 1931.2)이다. 개화파 운동가였던 아버지의 관점에 따라 아들 세대 젊은 투사들을 묘사하고 있는 이 작품은 매우 독특한 서사를 창출한다. 서울 근교의 조그마한 절 홍련사에서 화장장이 노릇을 하는 박첨지 영감은 김옥균・서재필・박영호・윤치호들과 한패가 되어 일세를 풍미하다가 만주로 건너가 학교를 세우며 30년 가까운 세월을 그곳에서

---

164 윤병석, 『간도역사의 연구』, 국학자료원, 2003, 29~31면.
165 김춘선, 「간도 지역이 왜 독립운동 기지가 되었는가」, 『내일을 여는 역사』 8, 2002, 147면.

지낸 왕년의 '운동객'이다. "재만동포의 위긔" "내어쫓긴 六天 동포는 장차 엇덧케 될가?"와 같은 신문 기사를 보고 노인의 "두 눈이 이상스 럽게 번쩍하엿"다는 데서도 그가 예사롭지 않은 노인이라는 사실이 어렴풋이 암시된다. 경기도 포천이 고향인 그는 일가친척 없는 그곳 을 떠나 서른 살 무렵 서울로 올라와 "쓰겁기 불갓튼 주먹들을 쥐고 날 쒸든 김옥균 서재필 박영호 윤치호들과 한패가 되엇든" 인물이다. 그 러다가 그들의 높은 뜻이 "물거품"처럼 되자 박첨지는 만주로 건너가 30년 동안이나 간도며 시베리아 벌판으로 돌아다닌다. "만주의 구석 구석마다 쏘쩌간 무리들이 훗터저 살어잇슬 째" 박첨지는 "죽을 째까 지 가리키자 — 배우지를 못해서 오늘 갓튼 일을 당햇다"라고 생각하 며 애국계몽운동을 벌였던 것이다. 박첨지의 부친은 "너 혼자만이 날 쒼다고 세상이 바로 잡히는 것이 아니"니 가족과 집안을 돌보라며 젊 은 아들의 출가를 만류했다. 그러나 박첨지는 '큰일'을 하기 위해서는 "집안을 니저버려야 할 줄 압니다"라면서 아버지를 뒤로 하고 만주로 들어가 30여 군데나 되는 학교를 짓는다. 그러다가 부득이한 사정으 로 결국 홀몸으로 귀향한 이후 그에게는 "아조 더운피가 업서진 셈"으 로 "주먹은 한숨으로 변하엿든 것"이다. 고향에 가보니 가족은 모두 뿔뿔이 흩어져 찾을 수 없고 옛 친구들은 부자가 되었다. 그러다가 한 친구의 소개로 그는 화장장이가 되었던 것이다. 이제 몸은 늙고 기운 은 없어졌지만 "그의 가슴에 큰쯧만은 사라지지 안엇다."

이러한 이력을 지닌 박첨지의 화장장에 동지의 시신을 화장하기 위 해 몇 명의 청년들이 찾아오면서 사건은 시작된다. 청년들이 박첨지를

'보통 노인'과 다르게 번쩍이는 눈과 예리한 판단력을 지닌 인물이라고 느끼던 차에 박첨지가 자신은 비록 "썩은 물건"이지만 "젊은 친구들의 하는 일만은 깃버하는 놈"이라고 밝히자 이들은 그에게 크게 감화된다. 이 젊은이들은 박첨지의 이력을 듣고 난 후 그를 "군민파 운동객"이었던 인물로 이해하는데, 여기서 말하는 '군민파'란 박영효 등이 주창한 '君民同治' 또는 '君民共治'의 사상을 따르던 일군의 개화파를 가리킨다.[166] 개화기 '군민파 운동객'이었던 윗세대의 정신세계를 묘사하는 작가 송영의 관점을 당대의 맥락에서 이해하기 위해서는, 이선근이 『동아일보』에 연재(1934.1.1~10.26)한 「조선최근세사」나 변영로가 번역한 서재필의 회고 *A Few Recollection of the 1898 Revolution*을 소개하는 『동아일보』 기사(1935.1.1)의 논조를 짚어보아도 좋을 것이다. 1930년대 지식인들은 갑신정변을 일으킨 개화파 운동가의 삶을 '역사화'하는 작업에 많은 관심과 애정을 보였다.

당시 김옥균이라는 캐릭터가 가진 대중적 흡인력은 특히 대단했다. "단지 친일파들에 의해서 독점되었다고 하기에는 그[김옥균−인용자]의 대중적 호소력과 감응력은 현재 우리의 인식을 훨씬 뛰어넘는 수준"[167]이었다. 식민지시기 내내 갑신정변의 영웅 김옥균에 관한 서

---

166 박영효의 가장 뛰어난 점은 그가 동양 전래의 '君臣共治論' 위에 서양 전래의 民治論을 절묘하게 결합한 '군민공치론'을 주창한 데 있다고 평가된다. 신동준, 『개화파 열전』, 푸른역사, 2009, 212~215면; 개화파의 서양 정치학 수용 양상 및 군민공치론의 의의와 그 한계에 관해서는 김학준, 『한말의 서양정치학 수용 연구−유길준・안국선・이승만을 중심으로』, 서울대 출판부, 2000; 정상우, 「개화기 군민동치 제도화 과정 및 입헌군주제 수용 유형 연구」, 『헌법학연구』 18, 한국헌법학회, 2012, 447~480면; 신용하, 『(신판)독립협회연구』, 일조각, 2006 등을 참고할 것.
167 공임순, 『식민지의 적자들』, 푸른역사, 2005, 296면.

사물은 지속적으로 생산되었고[168] 따라서 그가 누구였는지를 묻는 것보다 그가 어떤 방식으로 (재)구성되었는지를 묻는 것이 좀 더 효과적이라고 판단하는 경우도 있었다.[169] 갑신정변 50주년이 되던 해인 1934년 김기진이 『조선일보』에 연재한 「심야의 태양」도 이러한 시대적 흐름을 타고 창작된 것이다. 갑신정변 50주년을 앞둔 1930년대 초반에는 김옥균이나 갑신정변을 소재로 하는 음반과 영화 작업이 매우 활발하게 행해졌으며, 심지어 1934년에는 김옥균의 손자로 자처하는 가짜 인물 소동이 벌어지기도 했다.[170] 중요한 것은, 가령 김남천의 『대하』에서 개화기가 창문 너머 풍경으로 기능하고 있다면 김기진의 「심야의 태양」에서 개화기는 작가가 자신의 세대를 비추는 거울로 기능하고 있다는 점이다. "시대에 대한 통렬한 자기반성과 새로운 시대를 향한 의지"[171]가 이 작품에 녹아 들어가 있으리라고 판단하게 되는 것은 이 때문이다. 김기진은 이 소설을 연재하면서 어쩌면 카프에 몸 담았던 자신들의 열망과 좌절을 갑신정변 주역들의 열망과 좌절에 투사하고자 했는지도 모른다. 김옥균에 관한 팔봉의 남다른 애착은 일제 말기와 해방 이후까지 이어졌다. 우리가 여기서 주목하는 것은 '조선적인 것'에 대한 대중의 상상력 확대라는 문화적 현상이 아니라 '개

---

168 우한나, 「'김옥균'의 문학적 재현 양상 연구─식민지시기의 서사물을 중심으로」, 서강대 석사논문, 2011; 이상우, 「식민지시대 김옥균의 문화적 재현과 그 의미─식민지시대 김옥균의 극적 재현방식을 중심으로」, 『한민족어문학』 58, 한민족어문학회, 2011 등을 참조할 것.

169 공임순, 앞의 책, 297면.

170 정혜영, 「역사담물 시대와 역사소설의 새로운 가능성 모색」, 『한중인문학연구』 42, 한중인문학회, 2014, 125~126면.

171 위의 글, 125면.

화기의 역사화 작업'에 얽힌 세대 간 갈등의 정치적 함의라는 점에서 송영 소설에 나타나는 왕년의 개화파 아버지를 반드시 실존 인물로 가정해야 할 필요는 없다.

「노인부」의 화장장이 노인 박첨지가 갑신정변의 주역들을 환기하고 있다면, 그에게 감화를 입은 청년들은 사회주의 운동가로서의 면모를 보인다. 박첨지가 이 청년들에게 죽은 이의 이력을 묻자 자신들을 노동조합·농민조합·청년동맹·근우회·프롤레타리아예술동맹의 맹원들로 소개한 이 청년들은 죽은 동지가 "제일차 ×××사건"으로 ××에 들어갔다가 "원통한 죽엄"을 당했다면서 분노하고 슬퍼한다. 추측컨대 이 젊은이는 조선공산당 사건에 연루되어 투옥된 후 옥사한 인물일 것이다.

이 작품의 클라이맥스는, 이들이 장사지내려던 동지 '박보영'이 다름 아닌 박첨지의 아들이었음이 밝혀지는 후반부이다. 여기서 눈여겨보게 되는 대목은 절규하던 박첨지의 변화이다. 그는 자신이 직접 불사르고 있는 그 시신이 자기 아들이라는 충격적인 사실을 접하고 처음에는 매우 비통해하지만 이내 정신을 되찾고는 "여러분들은 저애보다 몃백갑절 힘잇게들 ××시오"라는 당부를 남기고 며칠 후 다시 만주로 들어간다. 사회주의 운동을 하다가 옥사한 아들을 자기 손으로 화장한 왕년의 '운동객'이 다시금 만주로 떠난다는 「노인부」의 설정은, 조합대표로 상경하게 될 아들 박창호의 장래를 염려하면서도 그를 심정적으로 지지하는 「석공조합대표」의 아버지보다도 한 발 더 나아간 것이다.

3. 아들의 부재, 아버지의 애도

그렇다면 송영은 왜 투사가 된 아들의 죽음을 애도하는 아버지를 등장시켰을까? 예컨대 임화의 「우리 옵바와 화로」(1929)에서 감옥에 간 투사-오빠의 정신을 계승하는 것은 당연하게도 그의 아랫세대인 '남동생'이다. 그런데 송영은 그 방향을 거슬러 아버지로 하여금 아들의 정신을 계승하게 한다. 왜 이런 일이 벌어졌을까? 「노인부」의 말미에 덧붙여진 다음과 같은 에필로그를 보자.

> 몃해가 지낫스나 이 노인의 소식은 알 수가 업섯다. 그러나 서울과 시골에는 점점 더―큰 ××이 일어낫다. 아츰에 호외가 나는가하면 밤중에는 호외는 쏘 돌앗다. 어늬 ……에서는 어늬 ……에서는 어늬 ×장에서는 ××에서는 어늬 강연회에서는 이러이러한 어쩌한 일이 일어낫다는 초호 축호의 활자를 뚜렷하게 보혓다.[172]

아들의 죽음을 계기로 박첨지 영감이 다시금 만주로 들어간 후 조선에는 점점 더 많은 분규가 발생했다는 사실을 전하는 위의 에필로그에는 여러 겹의 메시지가 숨어 있다. 첫 번째 메시지는 '대중극' 연출자 송영의 대중적 감각과 관련된 것인데, 그것은 작가 송영이 오빠를 떠나보낸 동생들(임화의 「우리 옵바와 화로」)이 느끼는 슬픔과 좌절에 비

---

[172] 송영, 「노인부」, 『조선지광』 94, 1931.2, 26면.

할 수 없이 더 크고 깊은 비애와 원통함을 환기하기 위해 아들을 떠나보낸 아버지라는 비극적 인물을 창안했을 가능성이다. 한국 현대사를 관류하는 '열사의 어머니' 이미지는 가장 성스럽고 절대적인 것으로 간주되는 모성이 국가 폭력에 의해 고통 받는 장면을 연출함으로써 이러한 죽음의 부당함과 이에 대한 분노의 정당성을 극대화한다. 즉 어머니는 "행위자가 아니라 공권력의 폭압성을 적나라하게 드러낼 수 있는 메타포"로 주목되어 왔던 것이다.[173] 이를 조금 다른 각도에서 선취한 송영의 소설에서는 이 어머니의 자리에 '과거의 행위자'("왕년의 운동객")인 아버지가 대신 들어서 있다.

핵심은 송영이 어머니의 자리에 아버지를 앉혀 놓고 있다는 점이다. 그것도 '보통 아버지'가 아닌 왕년의 운동객 아버지를 말이다. 그것은 위의 에필로그가 던지는 두 번째 메시지와 관련된다. 이 소설은 죽음조차 두려워하지 않는 투사로서의 삶을 살았던 아들로 하여금 끝내 죽음으로써 자신이 품었던 이념의 영원성을 보증하도록 만들 뿐 아니라, 이렇게 훼손되지 않은 이념을 보존한 채 죽은 아들 대신 왕년의 운동객 아버지를 다시금 운동선상에 뛰어들게 함으로써 혁명(정신)의 연속성과 순환성을 확고히 드러내는 서사 전략을 취한다. 노인 박첨지의 형상화에는 어쩌면 "휴화산도 터질 때가 있느니라"[174]에 드러나는 송영 특유의 정신승리법이 관련돼 있을지도 모르겠다. 송영은 아

---

173 오경미, 「민중미술의 성별화된 민중 주체성 연구─1980년대 후반의 걸개그림을 중심으로」, 한국예술종합학교 석사논문, 2013, 43~51면.
174 송영, 「신록의 우울」, 『조광』 5권 6호, 1939.6, 295면.

버지에서 아들로 이어지는 '유전적 야혈'을 서사 전개의 동인으로 삼는 데서 그치지 않고 그 아들을 죽임으로써 이러한 반항정신이 시간의 흐름에 따라 변질되고 부패될 가능성을 아예 제거하는 한편으로 휴화산(왕년의 운동객)을 다시 터지게(만주행) 하는 독특한 대안을 제시한다.

이러한 서사의 흐름은 민족이냐 계급이냐 라는 형해화한 이분법을 은근히 돌파해버리는 효과를 낳는다. 중요한 것은 그 돌파의 방식이다. 이 작품은 민족주의와 계급주의가 동시대 이념으로 어떠한 구조적 상동성을 지니고 있는가를 추적하는 것이 아니라, 아버지 세대의 반항적 정서가 어떻게 하여 아들 세대의 계급의식과 분노로 계승되는가를 그려낸 것이다. 이것이 바로 현장 운동가 송영이 습득한 일상의 감각이 아니었을까? 사회라는 고도의 추상적 영역이 아니라 가족이라는 손에 잡히는 구체적 삶의 터전에서, 민족주의나 사회주의란 각축을 벌이는 두 가지 서로 다른 이념이 아니라 때로는 민족이라는 기표에 또 때로는 계급이라는 기표에 의탁할 수밖에 없는 억눌린 자들의 생생한 분노를 객관화하는 작은 계기였는지 모른다. 이처럼 송영은 사회주의 운동가의 역량을 동시대 민족주의자들과의 결합과 분리라는 신간회 중심 서사로 채색하는 대신, 전 시기 항일독립운동가와 애국지사들의 유산 계승이라는 세대 간 문제로 조명하는 문학적 성과를 이룬다.

그렇다고 해서 송영 소설 속의 아버지 세대가 한결같이 아들의 뜻에 공명하는 정신적 지주로 등장하는 것은 아니다. 자전적 기록을 거의 남기지 않은 송영이지만 「아버지」(『중앙』 29, 1936.3)는 예외적이다. 이 작품에서 서주사는 옥중에 있는 아들 만식이가 집에 남겨 두고 간 책궤를 뒤져 쓸 만한 원고를 팔아 번 원고료로 어렵게 손주들을 키우는 처지에 있다. 송영이 실제로 『조선중앙일보』에 연재했던 희곡 「어서 막을 닫아라」도 서주사의 손을 거쳐 신문사에 팔린 것으로 설정돼 있다. 가난한 소설가 만식은 그가 쓴 소설이 여러 차례 압수를 당하는 등 말썽을 일으키다가 급기야 "크게 말썽을 일으켜서" 몇몇 동무들과 함께 예심에 붙어 고생을 하는 인물이다. 그의 부친 서주사는 젊은 시절 종로에서 큰 책점을 운영했던 인물로 한문 고서를 번역하거나 이인직·이해조의 신소설을 모방한 위조품을 써 내면서 화려한 시절을 보낸 것으로 묘사된다.[175] 개화기에 책점 소설가로 활약한 경험과 수완을 믿고 그는 아들의 미완 소설 「간난이」를 자신이 직접 고쳐 내 보려 했으나 '했다'나 '다'와 같은 문체를 자유자재로 구사하지 못하는 탓에 가필을 포기하고 만다.

쓸 만한 원고가 거의 바닥날 즈음 책궤를 뒤지던 서주사는 아들의 '창작각서'를 발견하게 된다. 이 글에는 아버지 서주사에 대한 아들 만식의 회고가 빽빽이 기록돼 있는데, 그 내용이 자못 충격적이다. 만식은 이 글에서 자신이 보고 듣는 수백 수천의 조선의 아버지 모습을 이

---

[175] 김성철의 「송영의 근대단편소설 「아버지」를 통해 살펴본 활자본 소설의 향유 양상」(『고전과 해석』 10, 고전문학한문학연구학회, 2011)에 따르면, 이 작품에 등장하는 아버지는 활자본 소설의 개작 및 재생산에 적극적으로 가담한 '책점소설가'로 이들은 판권지에 이름을 올리지 못했다. 같은 유형의 소설을 반복해서 재생산하는 이런 행위는 사실 활자본 고소설을 대상으로 많이 이루어진 것이다. 송영의 「아버지」는 이처럼 고소설 향유 집단의 인식을 그대로 지닌 아버지 세대와 신소설 및 근대서양소설에 심취한 아들의 삶을 대조적으로 그렸다는 점에 큰 의미가 있다.

책에 모아보려 한다면서 그 첫 단계로 자신의 아버지 모습을 기록하겠다는 포부를 밝힌다. 다음 문장들을 보면 그가 조선의 아버지 모습에 관심을 기울이는 이유를 대략 짐작할 수 있다.

> "나는 「아버지」라는 장편소설을 완성시키겠다. 조선에는 여러 아버지들이 있다. 트르게녭흐의 「아버지들과 아들들」 속에 나오는 아버지도 많고, 입센의 「민중의 적」이나 하이엘맨스의 「×××會」 속에 있는 아버지도 많다."
>
> "조선의 아버지는 조선의 아들과 딴 세상에 살고 있다. 감정과 사상이 달른 아버지와 아들의 나라 사이에는 다만 가느다란 부자유친이라는 인습의 줄이 얼키여있을 뿐이다."
>
> "조선의 아버지에게도 큰 정이 있거라."[176]

아들의 글에서 투르게네프의 「아버지와 아들」[177]이 거론된다는 점을 감안하면 구세대 아버지와 혁명적 신세대 아들 간의 갈등이야말로 서주사의 아들 만식에게 그야말로 인생이 걸린 문제임을 알 수 있다. 자전적 소설의 주인공 만식이 겪는 갈등이 작가 송영의 번민과 닮은꼴

---

176 송영, 「아버지」, 『중앙』 29, 1936.3, 276면.
177 투르게네프(1818~1883)의 「아버지와 아들」은 러시아 문학사상 가장 큰 논쟁을 불러일으켰던 작품의 하나로, 귀족 출신의 이상주의적 자유주의자인 '아버지 세대'와 잡계급 출신의 혁명적(급진적) 민주주의자인 '아들 세대'의 갈등과 대립이 작품 중심에 자리 잡고 있다. 투르게네프는 이 작품에서 세대 및 계급 간 갈등 문제뿐 아니라 세대와 계급 내부에 존재하는 다양한 이견과 충돌을 섬세하게 그려냈다고 평가된다. 이항재, 「해설―연대기, 혹은 영원한 화해와 무궁한 생명에 대하여」, 투르게네프, 이항재 역, 『아버지와 아들』, 문학동네, 2013.

이리라는 점도 짐작된다. 만식의 글은 아버지를 향한 아들의 분노와 원망으로 가득하다. 아버지는 기생을 향해서는 봄동산 같이 화창하고 나비 날개같이 가벼운 미소를 보내주면서 아들인 자신을 향해서는 왜 한 번도 웃어주지 않는가? 만식의 불만은 아버지의 이러한 무정함과 관련된다. 게다가 그의 아버지는 글방에서 배운 글자를 하나만 틀려도 만식을 발가벗겨서 방에 가두거나, 술을 먹고 들어와 행패를 부리다가 아들을 죽이겠다고 방치돌[다듬잇방망이 – 인용자]을 내던지는 등 폭력적인 가부장의 면모까지 보였다. "왜? 아버지는 나를 바로 보고 웃지를 않는가?" 아버지의 '야만적 강압'은 만식이가 '반동으로' 소설책에 더욱 더 빠져들게 만든다. 그러나 서주사는 서주사대로 아버지다운 권위를 지켜야 한다는 관념에 얽매여 만식에게 마음껏 사랑을 표하지 못했던 것이다. "예의를 지키기 위하여 정을 멸망시켜 버린" 것은 조선의 아버지들이 대대로 물려받은 인습이라는 것을 서주사는 비로소 깨닫는다.

「노인부」에서와 마찬가지로 이 작품 역시 부재하는 아들 대신 그를 애도하는 부친을 서사의 중심에 세운 후 그로 하여금 새로운 깨달음을 얻게 한다. 「노인부」에서는 아들의 죽음이 박첨지 영감의 다 꺼져가던 열정의 불씨를 되살려주었다면, 「아버지」에서는 투옥으로 부재하는 아들의 원고가 "생각은 좋으나 집안을 몰라보는 놈이라고 다소 괘씸하게 알던 생각은 눈같이 살어"지고 "차디찬 마루에서 뜰고 앉었는 아들의 고통을 뼈속드리로 멀리 느끼"게 하는 결정적 계기가 된다. 이처럼 부자의 정을 갈라놓은 봉건적 인습에 대한 서주사의 깨달음은 아들의 고통과 희망을 이해하는 차원으로 발전한다. 가령 "큰 뜻을 가진 것만은 좋은 일이나 살아가는 데는 상극"(「능금나무 그늘」, 『조광』 2권 3호, 1936.3)이며 큰 뜻이 있다는 것은 집안을 굶긴다는 것과 마찬가지라는 식의 판단에서 벗어난 것이다.

송영의 「여사무원」(『조광』 9, 1936.7)에 등장하는 '늙은 표본'과 '젊은 만세 사람' 간의 갈등 양상을 살펴보는 것도 흥미롭다. 이 작품에서 조선민족과 일본민족 간의 갈등이나 사무원과 집배인 간의 계급 갈등 이상으로 주요하게 다루어지는 문제는 바로 조선민족 내부의 세대 간 갈등이다. K우편국의 일본인 집배인은 대체로 월급月給거리가 많지만 대부분의 조선인 배달부들은 "조선 사람이니까 할 수 없다"라는 말을 수시로 들어가며 대개 일급日給 직원으로 살아간다. 사무원과 집배인 사이의 현저한 계급 차별도 존재한다. 일인과 조선인 간의 차별 대우에 민감하게 반응하며 곧잘 순종적이지 않은 태도를 보이는 이십 세 청년 영노의 눈에는 그러나 무기력하고 자포자기적인 늙은 조선 사무원들의 존재가 가장 불만스럽다. 영노는 불온한 민족주의 사상을 지닌 조선인들에게 붙은 '만세 사람'이라는 별명을 지닌 청년으로 몇몇 젊은 '만세 사람'들을 규합해 우편국의 조선인 종업원들의 친목 기관 백우회를 조직한다. 그런 영노가 일본 여성 우에하라와 연애를 한다는 설정도 흥미롭지만 정작 가장 눈길을 끄는 대목은 영노 같은 젊은 세대를 이해하지 못하는 조선인 '늙은 표본'들을 뒤로 하고 동경으로 떠난 영노가 마침내 노동 단체에서 활동가로의 삶을 시작했다는 점이다. 계급사상에 눈뜬 노동운동가 영노의 사상적 기반에 민족주의 사상이 자리 잡고 있다는 점도 특이하나 그 밑에 조선 민족 내부의 세대 간 갈등 문제가 도사리고 있다는 점 또한 놓치지 말아야 한다.

소설 마지막에 이르러서는 '만세 사람'들이 노동 운동에 투신하게 된 사정들이 슬쩍 풍문으로 돌려지고 있다. 민족 운동이나 계급 운동과 관련된 사건들을 과거사나 소문의 형식으로 포장하는 것은 그것을 더 이상 현안으로 보지 않는다는 안전한 서사 전략이 된다. 뉴스와 풍문의 경계가 허물어지면서 조선의 바깥(감옥/해외)에서 '현재' 일어나고 있을 일이 '과거'의 어느 한 때 일어났던 옛일로 위장되기 때문이다. 풍문이라는 안전한 재현의 틀 안에서 작가 송영은 '주의자'에 대한 기억을 독자들과 나누어 갖기分有를 바라고 있는 것이다. 이러한 방식은 "사건의 기억을 이 세상으로 다시 한 번 소환하는 말하기"[178]의 한 전형이라 할 수 있다.[179]

멫 해 동안이나 훌쩍 지내갔다.

K우편국 안은 여전이 바뿌고 먼지가 뽀얗게 차 있었다.

그러나 영노와 우에하라와 늙은 표본과 김복돌이들은 없었다.

그 대신 그 같은 다른 자네 같은 사람들이 이 "자네 같은 사람들은 할 수가 없어." 하는 소리를 듣고서 지내간다.

---

178 오카 마리, 김병구 역, 『기억・서사』, 소명출판, 2004, 172면.
179 사회주의자 재현 전략으로서의 '소문'의 형식에 관해서는 졸고, 『『삼천리』에 나타난 인물 재현의 정치학―'주의자' 관련 기사를 중심으로』(『한국문화』 48, 서울대 규장각한국학연구원, 2009)를 참조할 것.

(…중략…)

영노는 동경 가서 어늬 노동단체에서 활동을 한다고 한다.

김복돌이는 무슨 사건에 관련이 되어서 지대문 형무소에 예심 중에 있다고 한다.

그러나 하나도 정확한 소식들은 아니였다.

다만 '한다고 한다' 하는 소식에 불과하다. 다만 스탬푸 소리와 주서 소리와 소포 번호 읽는 소리와 "자네 같은 사람들은 할 수 없어." 하는 소리만이 차서 있는 K우편국 안에 소식만은 정확하다.

K우편국 안은 여전히 밥부지만 혹 나마이기 한 집배인과 '만세 사람'의 사무원들이 또 섯기여있지나 않을가!¹⁸⁰

'만세 사람'이 계급주의자로 변신한 사정을 풍문처럼 들려주면서 서술자는 무섭도록 질긴 일상의 힘을 꿰뚫어보고 있다. 천편일률적으로 돌아가는 우편국의 일상 속에서 혹시 모를 '만세 사람'의 존재를 기대한다는 점에서, 민족주의 이념과는 구별되는 민족 감정의 문제에 대한 송영의 독특한 관점을 읽어낼 수도 있다. 당대 어느 작가에게서도 쉽게 발견되지 않는 이러한 세대 문제의 형상화를 통해 송영은 일상적 삶에서 체감하는 민족 감정과 계급의식을 훨씬 구체적인 장면 속에서 보여줄 수 있었다.

과연 '조선의 아들' 송영에게 사회주의 문화운동가로서 살아간다

---

180 송영, 「여사무원」, 『조광』 2권 7호, 1936.7.

는 것은 무엇을 의미했을까? 「선동자」나 「석공조합대표」의 아버지들처럼 아들에게 '유전적 야혈'을 물려주고 아들과 교감함으로써 민족적 반항심과 혁명의 에너지 계승을 실현한 경우도 있지만, 「아버지」나 「여사무원」의 윗세대 인물들처럼 젊은이들에게 '봉건적 유습'의 '늙은 표본'으로 기능하는 아버지들도 있다. 「노인부」의 박첨지나 「아버지」의 서주사처럼 부재하는 아들을 애도하는 과정에서 새로운 깨달음을 얻는 아버지들도 있다. 「노인부」의 화장장이 노인으로 하여금 죽은 아들의 뜻을 따라 다시금 운동객의 삶을 살도록 하고 「아버지」의 서주사처럼 완고한 아버지마저도 아들의 큰 뜻에 공감할 수밖에 없게 만듦으로써 송영이 독자에게 전하고자 한 메시지는 무엇이었을까? 송영 소설의 무대에 남겨진 것은 아들의 시신을 불태우거나 부재하는 아들의 뜻을 기리는 노인들이다. 애도하는 아버지라는 특유의 인물형을 창출함으로써 송영은 일관되게 우리에게 부재하는 투사의 모습을 각인시킨다. 「여사무원」의 영노 또한 지금은 조선 땅에 부재한다. 돌아온 자의 내면에 천착하기보다는 남은 자와 떠난 자가 얽혀 있는 관계의 망에 주의를 기울임으로써 송영은 어쩌면 '장구한 혁명'의 모델 같은 것을 구상했는지도 모르겠다. 즉 송영은 진정성 넘치는 젊은 투사를 아예 부재하게 함으로써 그의 신념이 영원히 훼손되지 않도록 만들거나, 남은 가족 특히 아버지와 젊은 아들을 사후적으로 굳게 결속시킴으로써 혁명의 지속성을 환기할 수 있었다.

4. 송영식式 가족 로망스의 새로운 윤곽

지금까지 살펴본 것처럼 아버지와 아들의 관계를 서사의 중심에 놓은 작품들에서 송영은 '부재하는 아버지'와 '고아'라는 한국 근대소설의 특권적 인물형 대신 '부재하는 아들'과 '애도하는 아버지'라는 문제적 인물형을 창안해 당대의 세대 문제를 독특한 필치로 그려냈다. 그런데 송영은 아버지와 아들의 관계를 한 번 더 비튼다. 그는 통념적으로 볼 때 아버지와 아들 사이에서 발생할 법한 반역의 드라마, 즉 아버지를 죽이고 그 자리를 차지하려는 아들의 이야기를 어머니와 딸의 관계로 편곡한다.

　송영의 「성묘」(『여성』 1권 7호, 1936.10)는 대를 이어 어머니의 뜻을 거역한 딸들의 이야기를 담은 소설이다. 가장 먼저 눈에 띄는 것은 '어머니는 어머니, 나는 나'라는 주인공 혜영의 결연한 인식이다. 작품 서두에서 혜영은 추석날 어머니 묘 앞에 앉아 자신의 잘못을 뉘우치며 한탄한다. 과부가 된 "두 노파[어머니와 숙모]의 뜨거운 사랑과 희망 속에서 그야말로 공주가치 떠밧들녀 지냈"던 혜영은, 어머니가 상급학교 진학을 만류하자 "열여섯 살 때 서울에서 유학하는 동리청년과 눈이 마저서 어머니 몰내 서울로 도망을 해 온 일"이 있는, 함경도 북청 산촌 출신 여인이다. 여학교 3학년 때 결혼을 한 그녀는 남편이 병원에 입원한 사이 어머니가 위독하다는 소식을 듣지만 결국 임종도 하지 못한 채 어머니를 떠나보낸 과거를 돌아본다. 그러자 "'어머니는 어머니, 나는 나 자식이란 결코 어버이의 위안도구가 아니다 어버이의 기뺨을 만족시켜주기 위해서 자기자신의 장내를 희생식힐 필요가 없다'고 단연히 집을 떠나 왔을 때의 자기는 너무나 잔인한 것 같했다"라는 자책감이 밀려온다.

혜영이 이렇게 뼈아픈 후회의 눈물을 흘리게 된 계기는, 열세 살에 우등으로 보통학교를 졸업하고 곧 고등여학교로 들어간 딸 옥명이 꼭 어렸을 적의 자신처럼 자기를 버리고 동경으로 떠났기 때문이다. 옥명은 "녀고다닐 때 새로운 사상에 도취가 되어서 그 바람에 가튼사상을 가진 청년 사상가와 연애가 되어서 그렇게 떠나버"렸던 것이다. "어머니는 날더러 밤낮 와서 가치 살자고 하시지만 나는 나의 할 일이 있습니다"로 시작되는 옥명의 편지를 읽으며 혜영은 어머니 묘 앞에서 목 놓아 운다.

「아버지」 계열의 작품들이 '부재하는 아들–애도하는 아버지'의 구도를 취하고 있다면 「성묘」에서는 '부재하는 어머니–애도하는 딸'로 그 세대와 젠더의 자리가 바뀌어 있음을 알 수 있다. 놀랍게도 송영은 이전 세대와 결별을 선언하고 '나는 나'라는 각성에 도달하는 반역적 주체를 딸로 설정해놓은 것이다. 부친을 살해하고픈 아들의 욕망을 인류 문화 발전의 핵심 동인으로 간주한 프로이드와, 프로이드의 가족 로망스 개념을 기반으로 하여 프랑스 혁명기 프랑스인들의 집단적인 정치적 무의식을 설명하고자 했던 린 헌트[181]의 관점으로는 잘 설

---

[181] "'가족 로망스'라는 말로 나는 혁명기 정치의 밑바닥에 깔려 있던 가족적 질서에 대한 집단적이고도 무의식적인 상(像)을 의미하고 있는 것이다. 즉 프랑스 사람들은 가족 관계에 관한 이야기에 의해 틀이 정해진 일종의 집단적인 정치적 무의식을 갖고 있었다는 것이다. (⋯중략⋯) 대부분의

명되지 않는 대목이다. 프로이드가 말한 아들의 반란이 송영 소설에서는 일어나지 않는다. 반란을 일으키고 어머니를 상징적으로 살해한 후 어머니의 모든 것을 자신의 것으로 만들고 자신을 어머니보다 더 높은 자리에 위치 짓는 것은 다름 아닌 딸들이다. 이 반역의 드라마는 아들의 부친살해라는 가족 로망스를 피해갈 뿐 아니라 딸들의 반항을 서사의 중심에 놓음으로써, 남자 아이가 아버지를 어떻게 적대시 혹은 이상화하는가에 초점을 맞춘 프로이드의 에세이 「가족 로망스」[182]의 의미망을 벗어나버린 것이다.

여성 주인공 문제와 관련해 한 가지 짚고 넘어갈 것은 「석탄 속의 부부들」(『조선지광』, 1928.5)이나 「우리들의 사랑」(『조선지광』, 1929.1)으로 대표되는 송영의 1920년대 소설에서 남성 주인공들이 가족 특히 아내의 일방적 희생을 강요하지 않는다는 점이다. 혁명을 위해서라면 사랑 따위는 희생시켜도 좋다는 판단을 내리지도 않는다. 1930년대에 이르러서도 이런 경향은 크게 변하지 않는다. 이는 가령 「인왕산」(『중앙』, 1936.8)에서 용철과 재천의 대조적 삶을 그리는 작가의 시선에서도 감지되는데, 문학을 통해 삶을 변혁하고자 했던 두 청년 중에서 끝내 신념을 지킨 재천은 용철이 결혼한 지 3일 만에 쫓아냈던 유영희와 결혼에 성공한 반면 자신의 신념을 저버리고 상류 사회로 진

18세기 유럽인들은 지배자를 아버지라고 생각했고 국가는 대규모의 가족이라고 생각했다. 이런 가족이라는 격자는 의식적 차원과 무의식적 차원 모두의 경험에서 작용했다." 린 헌트, 조한욱 역, 『프랑스 혁명의 가족 로망스』, 새물결, 2000, 10면.

182 지그문트 프로이드, 「가족 로맨스」, 김정일 역, 『성욕에 관한 세 편의 에세이』, 열린책들, 1998, 57~61면.

입하고자 했던 용철은 운동과 사랑 모두에서 패배한 인물로 그려지고 있다. 「인왕산」에서 남성 지식인은 부재하지는 않지만 여전히 자신의 신념을 포기하지 않는 것으로 형상화되며 이는 앞서 언급한 대로 1930년대 후반 소위 문단의 주류라 할 수 있는 전향소설의 특징과 뚜렷이 구별되는 지점이다. 송영의 여성 주인공들 중에는 「우리들의 사랑」의 용희처럼 직접 운동선상에 나선 인물도 있고 「석탄 속의 부부들」에 등장하는 A의 아내처럼 운동이든 살림이든 뭐라도 "철저하게" 하라는 뼈아픈 충고를 마다하지 않는 인물도 있다.[183] 1930년대에 이르러 여기 새롭게 추가되는 인물형이 바로 「성묘」에 나오는 혜영이나 옥명처럼 어머니의 반대를 무릅쓰고 자기 욕망에 충실하려고 하는 반항적 딸들이다.

1930년대 중후반 송영 소설에서 드러나는 가족 로망스의 새로운 윤곽은 이처럼 전향소설의 총아라고 할 수 있는 지식인 남성 주인공과 그의 비대해진 내면 대신 그의 부재가 일상이 된 가족(아버지나 아내)의 삶을 그 안에 담고 있다는 점에서 문제적이다. 송영에게 사회주의 운동이란, 동시대 부르주아 민족주의자들과의 경쟁에서 우위를 차지해야 한다는 정치적 차원을 넘어서서 봉건적인 아버지 세대와 제대로 결별해야 한다거나 남은 가족들의 이해와 동의를 구해야 하는 등의 매우 구체적이고 일상적이며 따라서 장기지속적인 실천의 문제에 연동돼 있었다.[184] 따라서 전향소설에 등장하는 남성 주인공들의 비대해진

---

183 손유경(2012), 앞의 책, 264~270면 참조.

내면에 눈 돌릴 겨를이 없었을 것이다. 전향한 지식인 주인공의 내면을 깊게 파 내려간 소위 전향소설의 문법과 거리가 먼 송영의 1930년대 말 작품에서 지식인 남성들은 괴로워하지 않는다. 이들 작품은 전향이라는 이념의 문제보다는 실직이라는 일상의 위기에, 돌아온 남성 지식인의 내면보다는 남아 있는 가족들의 운명에 좀 더 집중하기 때문이다.

본인조차 알아보기 힘든 깊은 어둠 속에서 자라나고 매순간 움직이는 진심이란 증명되거나 서술될 수 있는 대상이 아니라는 작가의 판단이 한몫했을 수도 있다. 우리가 대체로 '마음'이라고 부르는 것들은 "원래 의도한 상태, 즉 공개적으로 드러낼 필요가 없는 내면적 동기로 남아 성장하기 위해, 공개된 빛을 피할 수 있는 내밀성과 보호를 필요"로 하며 "아무리 절실한 동기를 느꼈다 하더라도 일단 공개적 감시에 드러나고 노출되면, 인간의 마음은 통찰보다는 오히려 의심의 대상이 된"[185]다고 했던 한나 아렌트의 지적을 상기해 본다면, 자신의 내면을 무대 위에 올린다는 발상 자체가 한 인간에게는 더할 나위 없는 폭력이 될 수도 있겠다는 생각이 든다. '주의자'의 내면을 비추는 순간 그의 존재 자체가 비루해질 수밖에 없다면 차라리 그를 무대에서 퇴장시키는 편이 나을 것이다.

---

184 이은지는 송영 소설에 나타나는 확장된 의미의 계급투쟁에 매우 다양한 신분의 주체들이 가담했다는 점에 주목해, 이를 근거로 송영이 전제하는 혁명은 단선적으로가 아니라 다회선적으로 실현되는 것임을 강조한 바 있다. 이은지, 「미분된 혁명－1930년대 송영 소설에 나타난 혁명관」, 『한국근대문학연구』 29, 한국근대문학회, 2014, 202~213면.
185 한나 아렌트, 홍원표 역, 『혁명론』, 한길사, 2004, 181면.

결국 혁명이란 나르시시즘적 '영웅'의 탈가脫家 이후 밖에서 이루어지는 것이 아니라 주변의 지속적인 연대와 지지를 수혈 받을 수밖에 없는 '인간'의 일상 속에서 하나씩 실천되어야 한다는 것이 송영의 신념이었다. 송영의 월북과 작중 '주의자'의 부재를 유비 관계에 놓을 수 있다면, 해방기 그의 월북은 전향자를 한 명도 등장시키지 않은 1930년대 소설에서 이미 예견되고 있었는지도 모른다. 송영에게 해방기 남한의 정국은 저마다 '돌아온 영웅'으로 자처하는 인물들이 벌이는 안쓰러운 싸움터로 보였을 터이다. 작가 송영 역시 일찌감치 이 무대에서 퇴장함으로써 자신의 신념이 훼손되는 비극을 피하고자 한 것은 아닐까?

송영의 1930년대 소설에 등장하는 아들들은 다름 아닌 부재로써 자신의 마음을 보존하는 길을 택한다. 아들 세대가 담당하고 겪어야 할 모든 '변화' — 발전이든 타락이든 관계치 않고 — 는 일상을 견디는 딸들의 세계로 넘어간다. 살아남은 아들이 죽은 아버지의 뜻을 계승하도록 하는 것이 아니라, 살아남은 아버지가 죽은 아들의 뜻을 기리도록 만드는 송영 소설의 수수께끼는 이러한 몇 가지 매듭의 논의가 풀릴 때 비로소 해명될 수 있을 것이다.[186]

---

[186] 유민영에 의하면 극작가로서의 송영은 그 특유의 관대함과 유연함 덕분에 계급주의 사상을 경직되게 받아들이지 않았으며 매우 현실적이며 풍부한 감성을 가지고 탄력 있게 행동했다. 그렇다고 해서 그가 사회주의 사상을 회의하거나 확고한 신념을 지니지 않았던 것은 아니라는 것이 핵심이다. 물론 송영의 '변신' 과정에 드러나는 "능란한 처세술과 뻔뻔스러움"에 대한 언급도 있다. 유민영, 「월북 연극인의 대부, 송영론」, 『한국연극연구』 5, 한국연극사학회, 2003, 83~102면.

빚진 주체들의 탕진 ──────────────────

1. 안회남의 강박적 자기-서사

안국선(1878~1926)의 아들로 기억되는 회남 안필승(1909~?)은 개화파였던 아버지의 사랑을 독차지했던 유년의 기억을 바탕으로 자신의 문학세계를 형성한 것으로 알려져 있다. 해방 이후 김동석이 안회남의 작품을 '부계의 문학'[187]이라고 칭한 데서 잘 드러나듯 안회남에 대한 당대와 후대의 평가는 좋은 의미에서든 아니든 그가 부친 안국선의 영향권에서 크게 벗어나지 못했다는 판단을 기반으로 이루어져 왔다.

　개화기의 대표적 지식인이자 문필가였던 안국선은 조선 조정의 권력자였던 안경수의 양아들로 들어가 일찍이 관비유학생으로 선발되어 도쿄전문학교 정치과를 졸업(1896~1899)한 후 귀국해서 관직에 진출하려는 꿈을 가졌다. 안국선의 계부 안경수는 대한제국 시절 정계의 주요 인물이었다. 독립협회(1896~1898) 조직을 고급관료주도기–민중진출기–민중주도기–민중투쟁기의 단계적 발전 과정으로 서술한 신용하에 의하면, 정부 관료 출신으로 독립협회 초대 회장을 맡았던 안경수는 고급관료주도기의 핵심 인물이었던 셈이다. 그러나 안경수는 고종의 양위를 도모한 역모의 주동자로 수배되어 일본으로 망명을 하게 된다. 귀국 후 그가 교수형에 처해지자 양아들이었던 안국선

---

[187] 김동석, 「부계의 문학」(『예술평론』, 1948.6), 이희환 편, 『김동석 비평 선집』, 현대문학, 2010.

안회남

도 관직에 대한 꿈을 버릴 수밖에 없는 처지가 된다.[188] 해산된 독립협회 회원들과 교유하던 안국선은 독립협회 회원이자 개화파였던 월남 이상재가 1902년 6월 이른바 '개혁당 사건'의 주모자로 지목돼 체포될 당시 이 사건에 연루되어 투옥되었다가 마침내 진도로 유배된다. 이후 안국선은 금광과 미두 사업 등에 손을 댔다가 모조리 실패하여 가산을 거의 탕진하고 만다.[189]

위에서 살펴본 대로 안회남의 조부 안경수와 부친 안국선은 모두 개화기에 큰 뜻을 품었다가 좌절한 인물들이었다. 이러한 점을 근거로 백승렬은 안회남을 "몰락봉건귀족의 후예"로서 그 나름의 신분의식을 지녔던 인물로 평가했다. 즉 그는 근대 지식인을 자처하면서도 신분적 위계질서라는 봉건적 세계관을 끝내 떨쳐버리지 못한 인물이라는 것이다.[190] 안회남의 복잡한 가족사가 "안경수의 입양자 안국선의 아들이라는 계대의식"과 그것에 뿌리박은 "체질적 보신주의"를 형성했다고 설명하는 경우도 있었다.[191] 해방 후 안회남의 변신은 부친 안국선에 대한 자부심에 근거를 둔 "소영웅주의에서 이루어진 뿌리 없는 전향"[192]으로 해석되기도 했다. "구인회 주변의 아류격"[193] 인사

---

188 신용하, 『(신판)독립협회연구』上, 일조각, 2006, 108~170면.
189 안국선의 행적과 사상에 관해서는 김학준, 『한말의 서양정치학 수용 연구─유길준·안국선·이승만을 중심으로』, 서울대 출판부, 2000, 111~117면 참조. 김학준의 책에 서술된 안국선의 생애는 권영민의 『한국 근대문학과 시대정신』(문예출판사, 1983, 212~228면) 및 최원식의 「『비율빈 전사』에 대하여─아시아의 연대 II」(『문학과 역사』 1, 한길사, 1987, 244~258)를 바탕으로 한 것이다.
190 백승렬, 「안회남 소설 연구」, 서울대 석사논문, 1989, 11~12면.
191 김홍식, 「안회남 소설 연구─신변소설을 중심으로」, 문학사와비평연구회, 『한국 현대문학의 근대성 탐구』, 새미, 2000.
192 이은자, 「진보적 리얼리즘 작가의 허와 실─안회남론」, 채훈 외, 『월북 작가에 대한 재인식』, 깊은

내지는 '사이비 진보주의자'라는 호칭에서 알 수 있듯이 안회남은 구인회와 카프 중 어느 축에도 끼지 못한 비주류이자 몰락한 개화파 안국선의 외아들이라는 출생의 짐을 한시도 내려놓지 못한 1930년대의 신진이었다.

문제는 한국 근대소설사에서 "안회남을 읽는 방법이 정형화되어 있다"[194]는 점일 것이다. 안회남은 일본 사소설의 조선적 변용으로서의 신변소설 작가이며 해방기에 진보적 리얼리즘 작가로 변신했다는 독법이 바로 그것이다. 그런데 안회남을 '신변소설'의 작가라고 표현하는 일은 가령 유진오를 '지식인소설' 작가로 부르는 것과 엄밀히 말해 같지 않다. 후자가 유진오 소설을 어떤 범주로 유형화하는 비교적 중립적인 작업이라면, 전자는 안회남 소설에 대한 적극적 가치평가를 수반한다. 안회남의 1930년대 신변소설은 구인회의 아류에 지나지 않았고 해방기에 보인 그의 변신과 월북 또한 사이비 진보주의자로서의 면모를 보여준 데 불과하다는 판단은, 그가 신변소설 → 본격소설 → 투쟁문학 작가로 점차 발전해나갔다는 식의 도식적 관점과 마찬가지로 '안회남 현상'을 수면 위로 건져 올리기에 너무 성긴 격자라고 할 수 있다. 그렇다고 해서 그간의 문학사 서술에서 소외되어 왔던 작가 안회남도 알고 보니 A급 작가였다거나 하는 성급한 판단이 지금 당장 요구되는 것은 아니다.

샘, 1995, 253면.
193 김흥식, 「안회남의 징용소설 연구」, 『한국현대문학연구』 41, 한국현대문학회, 2013, 370면.
194 박헌호(2010), 앞의 글, 249면.

'안회남 현상'이라는 말로써 이 책이 환기하려는 것은, 아류이자 사이비라는 오명에서 자유롭지 못했으나 끝내 1939년 임화가 기획한 학예사 조선문고 시리즈에 이름을 올린 작가 안회남의 저력이다. 그는 식민지시기 내내 신변소설 작가라는 결코 영예롭지 못한 호칭을 부여받으면서도 줄곧 자신과 주변의 이야기를 예술적 자원으로 삼았다. 또한, 징용 체험이나 월북 등으로 기억되는 그의 생애는 어떤 과잉, 비약, 단절로 특징지어진다. 안회남이 보여준 이 같은 "주관성의 전면화"[195] 양상을 본격문학에 미달하는 것으로 폄하하거나 그의 생애를 특징짓는 어떤 비일관성을 가리켜 사이비 내지 아류라고 비난하기에 앞서 과연 그러한 예술과 삶의 형식 자체가 무엇을 뜻하는지 탐구해볼 필요가 있다. 몰락한 개화파 지식인의 아들로 봉건적 양반의 후예라는 이미지가 강하고 심한 폭음으로 구인회 가입을 거절당한 적조차 있는 작가 안회남이 겪었을 개인적 좌절을 소상히 밝히는 것은 이 책의 몫이 아니다. 다만 여러 오점들로 얼룩진 안회남의 문학과 생애가, 그것을 어떤 '일탈'로 여기는 소위 '정상적인' 작가는 정작 제대로 어루만져보지 못했을 상처를 지금 우리에게 생생히 환기하고 있다는 점만을 강조해두기로 한다.

자기 주변의 이야기를 들려주는 작품도 "미학적으로 경험하는 주체들 사이의 공적 공간에 위치"[196]한 예술적 객체임에 틀림없다. 신변

---

195 위의 글, 255면.
196 크리스토프 멘케(2015), 앞의 책, 19면.

소설로 흔히 불리는 안회남의 작품들에 작가의 개성과 주관이 강하게 드러나는 것은 사실이지만 그렇다고 해서 그의 창작 행위가 매순간 "자신으로부터 벗어나는" 과정이라는 것, 따라서 그의 예술 행위를 "단순히 개인성의 표명"[197]이라고 볼 수 없다는 점이 간과되어서는 안 된다. 한 작가의 예술과 삶을 관통하는 어떤 경향이나 신념을 포착하는 것도 후대의 중요한 과제이지만, 우리 삶을 좀 더 살 만한 가치가 있게 만들어주는 것은 추상적이며 핏기 없는 일관성이 아니라 다름 아닌 "삶의 과잉"[198]일지 모른다는 점이 고려될 필요가 있다. 그 어떤 동요나 불안 없는 삶 자체를 최고 가치로 내세울수록 실제 삶은 삭막하고 공허해진다. 안회남의 좌충우돌은 그런 점에서 안회남이야말로 '진짜' 자기 삶을 살았던 작가가 아니었을까 추측하게 한다. 조잡한 신변물에 그쳤기는 해도 안회남에게는 막연하게나마 "좀 더 의미 있는 삶에 대한 지향"[199]이 있었다거나 해방 후 그의 변신 또한 "자신이 내심 기도해 왔던 의미 있는 자기 변혁의 한 방식"[200]이었으리라는 판단에 다시금 주목하게 되는 것은 이러한 맥락에서이다.

안회남은 왜 자기와 주변의 이야기를 반복했을까? 핵심은 이 반복이라는 형식에 있다. 그가 되풀이하여 유년의 기억을 서사화하는 것은 아버지를 자랑하고 자신의 뿌리를 과시하려는 목적보다는 우선

---

197 위의 책, 18면.
198 슬라보예 지젝(2013), 앞의 책, 127~129면.
199 신형기, 「안회남론─신변소설에서 사회소설까지」, 권영민 편저, 『월북문인연구』, 문학사상사, 1989, 150면.
200 위의 책, 161면.

'너를 설명하라'라는 무의식적 두려움과 공포에서 기인한 바가 크다고 할 수 있다. 니체에 따르면 '내'가 설명을 시작하는 것은 누군가가 '나'에게 설명을 하라고 했기 때문이고 그 누군가는 기존의 정의 체계가 위임한 권력을 갖고 있다. "우리는 두려움과 공포를 통해 우리 자신에 대해 반성적이게 된다. 아니 우리는 두려움과 공포의 결과로서, 도덕적으로 설명 가능해진다."[201] 버틀러가 비판·수정했던 니체의 이런 관점을 새삼 여기에 도입하는 것은, 당대 주류 담론이 안회남에게 가했던 일련의 비판들이 그로 하여금 더욱 더 강박적으로 자기-서사에 몰두하게 만들었을 가능성 때문이다. 자기 집 대문 안이나 하숙집, 길거리에서 보고 들은 이야기들로 "죽을 쑤어 놓은" 소설로는 신인이 될 수 없다고 했던 김기진의 혹평[202]은 하나의 작은 예일 뿐이다.

가령 아내에게 말을 거는 혹은 아내의 질문에 답하는 형식으로 쓰인 안회남의 작품 「愁心」(1939)은 '아버지의 그늘에서 벗어나지 못한 B급 작가'라는 낙인이 '나를 이렇게 만든 것은 무엇/누구인가?'라는 질문으로 이어질 수밖에 없는 니체적 상황의 산물로서 주목을 끈다. 어떤 상해를 입게 되었을 때에 인간은 자신에 대해 의식적으로 된다고 한 것은 니체였다. 고통의 원인을 찾으려고 할 때 우리는 자신이 그 원인인가를 묻게 된다는 것이다.

안회남은 자신의 행위와 그 결과를 책임지고 설명하라는 기성의 권

---

201 주디스 버틀러(2013), 앞의 책, 24~25면.
202 김기진, 「1933년도 단편 창작 76편」, 『신동아』 26, 1933.12, 28면.

위로부터 분명 어떤 질문을 받고 있었던 것 같다. 혹은 어떤 질문을 받고 있다고 스스로 느꼈던 듯하다. 그것은 안회남의 비평적 입지가 기성 문단에 대한 신랄한 비판을 통해 형성되었다는 점과도 무관치 않다.[203] 그는 특정 이데올로기에 사로잡혀 문학의 특수성을 사유하지 못하는 마르크스주의 문인과, 저널리즘을 장악하고 문단 내 권력을 휘두름으로써 문단의 길드화를 야기하는 구인회 주변의 문인 모두를 힐난했던 것이다.[204] 비평가로서의 안회남은 세계관의 옳고 그름 여부를 떠나 예술에 대한 작가의 태도가 얼마나 정직하고 양심적인지를 끊임없이 문제 삼으면서 카프와 구인회라는 문단의 양대 진영 모두를 공격하는 용기를 보인다. 따라서 주류 비평가들은 안회남을 향해 왜 그토록 신변잡기적 글쓰기에서 벗어나지 못하는지, 왜 자신의 계급적 입장을 뚜렷이 하지 않는지를 비난조로 질문할 수밖에 없었을 것이다. 실제로 안회남은 부르주아 문단과 프로 문인 모두를 비난하는 자신의 입장이 '너는 누구냐'라는 평단의 질문을 야기한 것으로 이해하고 있었다. 기실 그로 하여금 자기-서사라는 미학적 실천을 강박적으로 수행할 수밖에 없게 만든 것은 바로 그들이었다. 안회남은 매우 성실히 답변했고, 따라서 그에게 "양심적 작가"[205]라는 수사가 따라붙은 것은 우연이 아니었다.

---

203 안필승, 「문예평론의 계급적 입장 문제」, 『제일선』 3권 3호, 1933.3.

204 「일본문단 신흥예술파논고-푸로파 기성파와의 대립」, 『신동아』 2권 1호, 1932.1; 「미몽 문단의 회고와 전망」, 『매일신보』, 1933.1.1; 「일본문예 신흥예술파의 대표적 이론」, 『신동아』 3권 1호, 1933.1; 「사회적 관심과 작가의 자유」, 『중앙』 3권 2호, 1936.2 등에 안회남의 이러한 사유가 잘 드러난다.

205 "양심적 작가로 평판이 있는 안필승씨는 갑짝이 지난 5월에 여운형씨 주례하에 결혼식을 시내 천향원에서 성대히 거행"(「조선문단신문」, 『조선문단』 4권 4호, 1935.8, 177면)하였다는 기사의 한

내가 집엘 드러가 방에가 누으니까 당신 눈이 번쩍 빛나며 금방 나를 잡어 먹을 것 같읍데다. 내 양복을 베끼고 속옷을 베끼다가는 찰싹찰싹내궁둥이를 한번 후려갈깁데다. 그야 당신도 농을 뒤져보아 돈 없어진 것을 알고 나의 취해서 드러오는 꼴을 보니 부화도 나겠지. 그러나 여보 아무러키로니 그래 안해가 남편 볼기 때리는 법이 어데 있소. 너무 그러지 마시요. 아버님께서 약주를 그렇게 잡수셨어도 어머님께서 굶어 돌아가시지 않으셨오. 아버님께서 약주를 그렇게 잡수셨어도 내가 무사히 이만큼 장성해서 아까 말한대로 훌륭한 인물이 되였오. 당신도 어머님처럼 사랑받는 안해로서 한세상 잘 지낼게니 걱정말고 어린아이들도 잘 자라서 나처럼 훌륭한 인물이 될 것이니 염려마시요.[206]

이 작품에서 '나'는 자신의 아버지도 약주를 많이 드셨지만 아들인 자기는 가난하기는 해도 인격이 훌륭한 사람이 됐다면서 비록 '내'가 술을 많이 먹더라도 아이들은 구김살 없이 잘 자라 '나'처럼 훌륭한 인물이 될 것이니 걱정하지 말라는 말을 아내에게 되풀이한다. 이 구절에서 부친을 향한 주인공의 애정이 전혀 감지되지 않는 바는 아니다. 그러나 자신에게 못된 술버릇을 물려준 부친에 대한 원망이나, 아내 몰래 방세를 들고 나가 술값으로 다 써 버릴 만큼 절제할 줄 모르는 자신에

구절은 자신이 가장 잘 아는 것을 쓰는 것이 양심 있는 작가가 할 일이라고 강조했던 안회남의 면모를 떠올리게 한다.
206 안회남, 「慈心」, 『문장』 1권 2집, 1939.3, 96면.

대한 조롱을 놓쳐도 좋을 만큼, 아버지를 일방적으로 우상화하거나 아버지와 자신을 전적으로 동일시하고 있는 것은 아니다. 그토록 아내를 사랑한다면서 '나'는 아내가 몇 년째 사 달라고 조르는 다리미 인두 사는 일을 계속 잊어버릴 뿐 아니라 의미 없는 후렴구처럼 '나는 훌륭한 사람'이라는 공허한 말을 아내에게 반복한다. 마지막 장면에서는 기어이 아내에게 볼기짝을 얻어맞는 지질한 모습까지 보이고 만다. 뒤에서 살펴볼 「안해의 탄식」에도 매 맞는 남편이라는 유사한 모티프가 등장한다. 설령 작가 안회남이 이 작품을 통해서 부친을 향한 존경의 염을 표하고자 했다든가 자기 자신과 부친을 동일시함으로써 자신의 존재 가치를 증명하고자 했다 하더라도 작가는 소기의 목적을 달성하지 못한 셈이 된다. 아버님이 그토록 약주를 드셨어도 어머니는 굶어 죽지 않았다는 자전 소설 주인공의 자조적 표현은 아무리 잘 해석해도 자신과 부친의 위상을 높이는 언사로 읽기 어렵기 때문이다.

신변소설의 작가로 이름 난 안회남은 자기에게 무관심하거나 심지어 적대적인 규범의 언어로밖에는 들려줄 수 없는 '자기-서사'의 운명을 우리에게 보여준다. 강박적으로 보일 만큼 반복되는 안회남의 자기-서사는 완벽한 자기-서사 창출의 실패를 알리는 미학적 실천이다. 이 실패의 원인은, 자기를 이야기한다는 행위성의 토대와 설명가능성의 조건을 자기 자신이 만들지 않았다는 데에 있다. 안회남은 아버지 안국선의 과거를 기록하는 것이 아니라 새로운 형식으로 '자기'를 창조하고자 했다. 여기서 우리가 발견하게 되는 것은 관계와 과정으로서의 자기 자신, 따라서 '나'에게 불투명한 '나'이다. 왜냐하면

'나'를 이야기하는 '나'는 '나'를 이해가능하게 만드는 규범 자체를 구성할 수는 없기 때문이다. 안회남은 "우리 너머에 있고 우리에 앞서 있는 사회적 세계에 연루"되어 있는, "자신에게 영원히 불투명하게 접근하는 주체"[207]의 한 전형을 보여준다. 그런 점에서 완벽한 자기-서사의 창출에 실패한 안회남이 느꼈을 슬픔은 결코 우리가 가지지 못했던 것의 상실에서 비롯된 슬픔이었다고 할 수 있다.

2. '남자패'들의 순환

안회남의 소설에는 어린 시절 자신을 지극히 사랑했던 아버지의 모습을 떠올리며 추억에 잠기는 주인공이 종종 등장한다. 「악마」(『신동아』53, 1936.3)의 주인공 '나'는 예배당에 따라가지 않는 자신을 '악마'라고 비난하는 어머니와 아내를 보면서 자애로웠던 아버지를 떠올린다. "아버지는 딸을 더 사랑하고 어머니는 아들을 더 사랑한다는 것이 세상 사람들의 말이며 그것은 성본능의 잠재의식에 의함이라고 하는대" '나'의 경험은 그와 정 반대이다. 아버지가 '나'를 아끼고 어머니가 누이를 더 아끼던 기억이 생생하기 때문이다. "우울하고 안타까우며 민망스러운 마음"이 들자 '나'는 집안 대대로 내려오는 "남자패와 여자패"의 갈등이 문제라고 여기기까지 한다. 어머니에게 포악을 부리고 아내의 뒤통수를 후려치는 못난 행동을 하는 '나'는 "정말 악마가 되

---

207 주디스 버틀러(2013), 앞의 책, 114면.

어 가는 것만 같아" 괴롭지만 "느이 아버지가 그러니까 너마저 그라니"라면서 분풀이로 아이를 때리는 아내의 "히쓰테리" 때문에 더 괴롭다. 게다가 '나'는 어머니에게 회초리로 맞던 기억과 "얘는 참 매만 들면 설설 긔지 하시든 것"이 생각나 입이 악물어 진다. 어느 일요일 어머님 손에서 아들을 구해내 함께 동대문 편 교외로 놀러나간 '나'는 야릇한 행복을 느끼며 자신과 놀아주던 아버지를 추억하다가 술집으로 간다. 술에 취한 '내'가 깨달은 것은 돌아가신 아버지 역시 '나'처럼 그저 평범한 사람이었다는 점이다. "어머님의 아들은 누구든지 악마가 될 수밖에는 없다. 술이 취하야 곤드레만드레가 된 악마 나는 이렇게 함부로 생각을 하였다." 할머니-어머니-아내로 이어지는 집안 여성들의 예배당 문화와 남자를 사탄시하는 이들에 대한 '나'의 불만과 원망이 결국 아버지-나-아들로 이어지는 '남자패'의 심정적 결속을 야기한 것이다. 뒤에 살펴 볼 「명상」이나 「수심」 등에서도 이와 유사한 패턴이 읽힌다.

16년 만에 다시 찾은 고향이 자아내는 복잡한 감회를 섬세하게 그려낸 안회남의 「고향」(『조광』 5, 1936.3)은 김승옥의 「무진기행」이 이룬 문학적 성과를 선취하는 양상을 보인다. "그러케도 그리워하며 오고싶어하였든 고향"이 떠날 때에는 "다시 가보고싶은 마음이 없어졌다고 늣기고" 말 만큼 변했다는 것이 주인공의 심정인데, 사실 변한 것은 고향이 아니라 자기 자신이었음을 '나'는 깨닫는다. 넥타이 양복 차림을 한 자신은 농촌의 풍경과 어울리지 않는다는 자의식이 발동한다든가 예전에는 그토록 가까웠던 친구들이 "예상한 것보다는 훨신 싱

겁게 인사들을 주고받고" 할 만큼 서먹하기만 하고 심지어 "서울 종로 바닥에서 맛나는 시골 나무장사들의 모양이 나에게 손톱만치도 정을 자아내지 못하는 것과같이 그들의 모양도 그러하였다"는 것이 '나'의 솔직한 심경이다. "무엇을 기피하는 사람처럼" 슬며시 집으로 돌아간 친구가 있는가하면, 낚시질하는 친구들은 "번번히 나의 의견과는 반대로 행동을 취하"기도 한다. 예전에 '내'가 살던 집으로 가 보니 다 쓰러지고 더럽고 보잘 것 없이 변해 있었다. 아마도 "지금의 나의 눈에는 도회지 건물들에 웅대하고 화려함이 숨여저있는 까닭"이려니 짐작할 뿐이다. 두레도 놀지 않는 피폐한 농촌 현실, 자신에게 취직을 시켜달라고 부탁하는 고향 친구, 이 모든 것이 "공상보다 현실은 추한 것"이라는 결론에 이르게 한다.

유년기에는 그토록 정답게 느껴졌던 인물과 장소가 지금 '나'에게 아무러한 감정도 자아내지 못하는 것은 고향이 예전과 달라졌기 때문이기도 하지만 그보다 중요하게는 고향이란 애초에 '나'를 전부 이해해주고 감싸 안아주는 그러한 공간이 아니기 때문이다. 고향은 예전과 달리 삭막해진 것이 아니라 본래 따뜻한 곳이 아니었으며 여전히 낙후돼 있다는 주인공의 깨달음이 고향에 대한 환상에서 벗어나게 만든 것이다. 예컨대 백정의 아들과 놀면 너도 같이 상놈이 된다고 위협하던 어른들에게 '내'가 대들었던 일이 까마득한 과거의 일로 떠오르는데, 아직까지도 백정의 아들 '용안'은 다른 이에게 경어를 사용하는 등 심한 차별을 받고 있는 것이다. 이에 '나'는 "모든 것이 쉽사리 변하는 이속에서 이것은 또 그어이 변하지 않은 봉건적 악습인가 탄식"한다. 고향 사람들은 '나'의 막걸리 주량에 대해서도 잘 모르고 있다. 고향은 '나'를 낯설어 하고 '나'는 그런 고향이 서먹서먹한 것이다.

린 헌트의 표현대로 "아버지 없는 세계의 결말을 탐색"[208]하는 것이 일반적 경향으로 간주되는 한국 근대문학사에서 아버지라는 존재가 자애롭게 그려지는 경우는 매우 드물다. 어머니나 고향을 낯설어 하는 대신 아버지에 대해 애틋한 감정을 품고 있는 젊은 남성 주인공이 이해되기 어려운 구조이다. '고아의식'의 정반대에 놓인 이 심리는 심지어 퇴행적인 것으로 보일 수 있다. 그러다 보니 아버지를 그리워하는 인물이 등장하는 안회남의 소설은 그를 '부성에 의지한 파행적 자기 긍정'을 시도한 작가로 판단하게끔 만들었다.[209] 앞에서 언급된 작품 「고향」에서도 아버지는 고향과 '나'를 이어준다. "우리 아버님의 유전"으로 근시안이 됐을망정 '나'에게 고향 집은 "돌아가신 아버님을 뫼시고 살던 집"으로 기억된다. 이런저런 사업에 모두 실패를 하고 한적한 향촌에서 글 짓고 낚시질 하는 것으로 소일하던 아버지가 오직 '나'의 교육을 위해 서울로 이사하게 된 경위도 소상히 기록돼 있다. 이처럼 표면적으로 안회남 소설에서 아버지는 '나'의 정신적 지주이자 육체적 기원으로 자리 잡고 있는 듯 보인다.

그러나 자세히 살펴보면 안회남 소설에 종종 등장하는 부친에 대한

---

208 린 헌트, 앞의 책, 62면.
209 백승렬은, 구한말의 격변기에 쟁쟁한 위명을 떨쳤던 부친 안국선은 안회남에게 자부심의 원천으로 각인되어 있었으며 위대한 부성을 절대화하고 이를 다시금 자신과 동일시함으로써 안회남은 소시민의식에 젖어 있던 내적인 허무를 극복하고자 했다고 서술한다. 백승렬, 앞의 글, 29~30면.

주인공의 회상은 자신의 뿌리에 대한 애착이나 자부심이 아니라 "자신이 스스로 선택할 수 없었던 삶의 조건들"[210]을 환기하는 장치로 기능한다는 데 주목할 필요가 있다. 별 일도 아닌 것에 한턱내고 절제를 하지 못해 낭비를 일삼으며 때때로 허세를 부릴 뿐 아니라 변화도 고생도 겪지 않은 채 '공짜로' 부모(아빠)가 되는 남자들의 모습을 적나라하게 기록하는 그의 작품에서 핵심은 "안해가 어머니로 되어가는 경로는 그토록 변화가 많고 다단한데 남편이 아버지로 되어가는 과정은 참 단순하고도 태평무사하고나 하였"[211]다는 주인공의 놀라운 고백에 놓여 있다. 즉 그가 파악한 '남자패'의 운명은 변화도 고생도 겪지 않고 '공짜로' 아버지의 자리를 차지한다는 데 있었다. 요컨대 남자패들은 아버지가 된다는 것을 실감해볼 도리가 없다. 그저 주어지기 때문이다. 아버지-나-아들로 이어지는 시간의 흐름이 있을 뿐 그 안에서 진보나 비약이 이루어지기는 어렵다. 그것은 다만 우연히 짝을 이룬 남자패들의 순환일 따름이다. 아버지-나-아들의 각 항에서 전자는 후자의 기원이 됨으로써 그의 존재를 보증하기보다는 후자에 선행하고 그를 초과하는 어떤 '조건'으로서 그 존재를 탈중심화하는 기능을 수행한다.

자전적 소설 「명상」(『조광』 15, 1937.1)에는 (1936년) 2월 9일 아들 병휘가 태어난 것을 계기로 자신의 아버지에 대해 회상하는 주인공이 등장한다. "기왕에 내가 간구한 살림을 하면서도 맑쓰주의의 문예이

---

210 주디스 버틀러(2013), 앞의 책, 36면.
211 안회남, 「향기」,(『조선문학』 속간 2, 1936.6), 권영민·이주형·정호웅 편, 『한국 근대단편소설대계 12-안회남편』, 태학사, 1988, 74면.

론에 반기를 들고 만 것은 전혀 나의 연애지상주의 때문"이라면서 어린아이에 대한 '나'의 애정은 아내에 대한 자기 나름의 지극한 사랑을 훨씬 뛰어넘는다고 당당히 고백한다. 옛날 자신의 아버지도 '나'를 그렇게 극진히 사랑하셨겠지 하는 짐작과 함께 '나'를 위해 낚시를 하던 아버지를 떠올리는데 아버지의 극진한 사랑을 추억하며 '나'는 눈물을 머금는다. 안회남의 부친 안국선의 생애를 축약해놓은 듯한 서사, 즉 귀양살이, 결혼, 사업 실패, 기독교 입문 등의 내력도 기록된다. 안국선의 소설 일부분이 인용된 대목에서는 '농구실주인'으로서의 면모도 부각된다. 가산을 탕진한 후 낙향하여 "'이 세상은 귀찮다' '일생을 이대로 살다죽겠다' '자식이나 잘길르겠다'" 하던 "그분의 음성이 들리는 것 갔다"면서 '나'는 어머님을 따라 자기도 아버지를 향해 주정뱅이라고 욕하던 때를 후회하기도 한다. "히믄고보"에 입학한 외아들인 자신에게 아버지는 희망을 걸었을지 모르나, '나'는 김유정과 함께 4학년에서 낙제를 하고 혼자 한학기분의 월사금을 "신정유곽에 가서는 소비를 하고 학교에다 퇴학원서를 제출"했던 불효자였다. 다른 모든 사랑은 베풀어도 아들의 문학적 재능만은 인정해 주지 않았던 아버지("어렸을 적의 것일망정 선생님께 칭찬을 받은 나의 작문이 아버님께 푸대접을 당하게 된 것")에 대한 원망이 적지 않았던 모양이다. 그래도 그 분 인생에도 한 때 행복한 시절이 있었으리라면서 '내'가 어린 놈 병휘의 재롱을 보며 기뻐하듯 아버님도 갈범(내 아명)을 보며 기뻐하셨을 터라고 짐작한다. 그러나 '나'는 김군[김유정]과 하루 종일 한강에서 헤엄치고 돌아오느라 아버님 임종도 하지 못했다.

이 소설의 압권은 "아버님의 백골은 땅속에 잠기어 무상하지마는 그분의 영혼은 아들의 몸에 옮기여 깃드리고 있는 것인가"라는 이 소설의 마지막 문장이다. 아버지에 대한 그리움을 토로하는 듯한 이 텍스트의 이면에서 발설되지 않은 화자의 어떤 공포를 읽어낼 수 있다면 그것은 "죽되 죽지 않"은 아버지의 존재가 일종의 유령처럼 보이기 때문일 것이다. 어떤 의미에서 이 부재하는 아버지는 "생물학적으로 사망했기 때문에 생존해 있지 않으나 아직 상징적으로 매장되어 처리되지 못했기 때문에 끊임없이 회귀하여 주체의 영혼에 출몰하여 강박적 무게로 작용하는 모호한 망령"[212]과도 같은 존재이다. 그의 아버지는 죽은 채로 지금의 '나'를 살고 있다. 안회남의 자기-서사에는 끊임없이 죽은 아버지가 출몰한다. 이 아버지는 아직 과거가 되지 못한 인물, "시대착오로서 줄곧 현재 안으로 끼어드는"[213] 일종의 집단적 에토스 같은 존재라고 해도 좋을 것이다.

> 자기를 응시하기 문학 10년 맨 끝에 가서 다다른 것은 내가 생남을 하고 선친을 생각하며 — 돌아가신 아버님은 지금의 나와 흡사하고 지금의 나의 어린아이는 옛날의 나와 같으다 그러면 그 **아버지는 죽되 죽지 않고** 생명과 모양과 마음이 그 아들에게 전하야 산천초목이 옛과 다름없듯 영원히 불멸하는 것이 아닌가 — 하는 경지입니다.[214]

---

212 김홍중, 『마음의 사회학』, 문학동네, 2009, 371면.
213 주디스 버틀러(2013), 앞의 책, 14면.
214 안회남, 「자기응시10년」, 『문장』 2권 2호, 1940.2, 15면.

아버지는 과거가 되기를 거부하며 현재 살아 있다. '나'는 이미 훼손되고 침해된 존재로 세상에 던져진 것이다. '나'에게 미리 주어진, 나를 초과하며 나에게 선행하는 '조건들'에 대한 섬뜩한 환기를 위해 안회남은 지속적으로 현재에 개입해 들어오는 아버지라는 기표를 내세운다. 안회남이 자신을 설명하는 방식은 철저하게 나 아닌 것에 의해 속박된 존재로 자기 자신을 그리는 것이다. 「명상」 말미에 등장하는, 아버지의 영혼이 깃든 자기 몸은 이처럼 자족적인 '나'를 비울 수밖에 없는, 저당 잡히거나 침식당한 존재에 대한 탁월한 형상화이다.

3. 타자가 남긴 부채負債

〈안티고네〉와 〈햄릿〉을 분석한 라캉의 관점을 차용하면서 지젝은 "죽되 죽지 않"은 이들의 귀환을 "육체적인 사망을 뛰어넘어 지속되는 어떤 특정한 상징적 채무"[215]를 해결하기 위한 몸짓으로 해석한다. 그렇다면 안회남 소설에 등장하는 아버지들이 아직 처리하지 못한 계산은 무엇일까? 〈안티고네〉의 오빠나 〈햄릿〉의 아버지처럼 '제대로 된 매장'을 요구하는 것 같지는 않다. 안회남의 작품에서 이 채무는 아들이 아버지 대신 갚아야 할 '빚'이라는 노골적 형태로 제시된다.

「명상」의 주인공이 스스로를 아버지의 영혼이 깃든 몸으로 인식했다면, 「차용증서」(『비판』 7, 1931.11)의 주인공은 아버지가 자신에게

---

[215] 슬라보예 지젝, 김소연·유재희 역, 『삐딱하게 보기』, 시각과언어, 1995, 56면.

남기고 간 빚에 허덕이는 인물로 그려진다. 아버지라는 이 유령은 주인공 문호에게 금전적 채무를 떠맡기는 압도적 힘을 발휘한다. 이 작품에서 문호의 아버지는 금광에 손을 댔다가 실패하고 월급쟁이로 있다가 엄청난 빚만 남기고 병으로 죽은 인물로, 작중에 실제 등장하지는 않는다. "남편의 죽음을 조상하는 슬픔보다도 이 장차 압흐로 어써케 살어나가나 하는 근심이 커갓다"는 서술로 보아 문호의 모친은 남편의 부재로 인해 심한 경제적 궁핍에 시달린다는 것을 알 수 있다. 이처럼 부친의 죽음이 가족에게 남긴 상흔은 심정적 차원의 슬픔보다 현실적 생존 문제에 직결돼 있음을 알 수 있다.

어느 날 문호의 집으로 찾아온 한 신사는 동경 유학 시대 문호 부친의 동창으로 자신을 소개하면서 생전에 부친이 빌렸던 돈 오천 원을 갚으라며 문호에게 차용증서를 쓸 것을 요구한다. 15세밖에 안 된 문호는 자신을 위협하고 달래고를 반복하는 김근영이라는 이 신사에게 계속 시달림을 받고 이를 지켜보던 어머니는 심한 가책을 느끼며 공포에 사로잡힌다. 칠 년 후, 다니던 학교를 중도에 그만둔 청년 문호의 삶은 여전히 참담하다. "실업시대요 긔아시대인 오늘날갓흔 세상에서 문호혼자만이 유독히 조흔 직업을 엇고 향복스럽게 살 이치는 업슬 것"이라는 서술이 문호의 비참한 삶을 집약한다. 김근영은 "청춘의 발랄한 생기"가 점차 사라져가는 문호를 또 찾아온다. 그러자 문호는 그를 "도적놈"이라고 부르며 분개하지만 결국은 취직을 조건으로 차용증서를 쓰게 된다. 더운 피가 솟구침을 느끼며 작품 마지막 장면에서 문호는 이렇게 부르짖는다. "아아 어리석은 놈들이다. 차용증서가 다

무엇에 말러비틀어진 것이냐? 그것을 가젓다고 이 문호에게서 동전 한푼인들 쌔아서갈줄 아느냐? 나는 이러케 일평생을 터덕어리고 살 무산자가 아니냐? 너이들에게 오천원 식이나 턱업시 내여줄 그런 썩 어질 돈이 어디잇느냐 말이다!"

　주목할 점은, 문호가 겪는 심신의 고통이 그의 존재(출생) 이전부터 그에게 선행하는 조건, 즉 아버지의 부채라는 형식으로 그에게 주어져 있었다는 사실이다. 아버지의 영혼이 깃든 몸을 지닌 「명상」의 주인공이 저당 잡힌 존재일망정 아버지에 대한 그리움이라는 의장을 걸치고 있었다면, 「차용증서」의 문호는 죽은 아버지가 남긴 빚에 허덕이는 훼손되고 침식된 존재로 뚜렷이 부각되는 것이다.

　　법률은 그 아버지가 무슨 일을 해서던지 얼마나 빗을 젓서도 그 아들은 더퍼노코 절대로 이 채무를 갑흘 책임을 지게 한다. 그러키 째문에 어머님 배속에서부터 백만장자로 태여나는 그런 항복스러운 아이가 잇는 반면에 세상에 써러지자마자 멧천원 멧만원식 빗을 태산가치 짊어지게 되는 그런 가엽슨 아이도 잇는 것이다.[216]

　어린 아들로 하여금 '덮어놓고' 죽은 아버지의 채무를 지게 하는 법률은 주인공 문호를 무장 해제된 철저히 수동적 존재로 만든다. 결코 자기가 자기 안의 주인이 되지 못하게 만드는 것이다.

---

216 안필승, 「차용증서」, 『비판』 7, 1931.11, 145면.

과거가 되기를 거부한 채 지속적으로 아들의 현재에 개입하는 안회남 소설의 죽은 부친들은 '나'를 초과하며 나에게 선행하는 타자의 현존을 상징한다. 나 아닌 것에 속박된 존재로서의 '나', '내'가 만들지 않은 규범의 언어로밖에는 '나'를 설명하지 못하는 '나'는 타자에 의해 이미 상처받은 존재로 세상에 던져진 자이다. 그 훼손된 '자기'가 때로는 죽은 아버지에게 영혼을 내어 준 아들의 모습으로, 또 때로는 아버지가 남긴 빚에 허덕이는 참담한 아들의 모습으로 형상화된다. 그런 점에서 안회남의 자전적 이야기들은 '자기 처벌'의 형식을 띠고 있다고 말할 수 있다. 기억하기라는 주인공의 행위는 니체식으로 말해 '너는 누구인가'를 끊임없이 질문하는 기성의 권위에 굴복한 자아가 '혹시 이 모든 것의 책임이 나에게 있는 것이 아닐까'라는 죄책감에 붙들려 자신을 설명하려 한 강박적 실천으로 보인다. 안회남의 반복되는 자기-서사는 과시적이라기보다는 강박적이다. 아내에게 자신의 방탕을 사죄하는 형식의 소설 「수심」이 다음과 같은 화자의 고백으로 시작된다는 점은 따라서 매우 의미심장하다. "돌아가신 우리 아버님께서 약주를 잡수셨기 까닭에[sic] 나도 술을 먹는거요. 이렇게 말을 해야만 내 마음이 편안하고 직성이 풀리오."[217]

이광수나 임화, 이태준처럼 부모에 대한 기억을 거느리지 않고 곧바로 동시대 청년들에게 말 걸기를 시작한 우리 작가들의 정신세계는 '고아의식'이라는 말로 익히 설명돼 왔다. 이들의 패기만만함에 비추

---

217 안회남, 「愁心」, 『문장』 1권 2집, 1939.3, 88면.

어 본다면 부친 안국선의 그늘에서 자라 커서는 방탕을 일삼으면서 자신의 신변을 사사건건 들추어낸 작가 안회남은 어쩌면 조금 비루한 존재로 보일지 모른다. 그러나 그의 신변소설이 갖는 문제성은 자신의 그러한 비루함을 왜 '반복적'으로 서사화했느냐에 놓여 있다. 안회남의 신변소설은 신변물을 사랑한 작가의 득의의 영역이라기보다는 자기 서사에 집착할 수밖에 없었던 한 작가의 인간적 고뇌를 드러낸다. 반복되는 자기 서사란, 주인공이 '자기'를 발화하는 순간마다 겪어야 하는 실패, 즉 '나'는 '나'에 의해 결코 포착될 수 없다는 실패의 징후나 다름없기 때문이다.[218]

4. 취약한 자들의 윤리

안회남의 수필 「병고」(『문장』 1권 5호, 1939.5)에는 관절염을 앓고 있는 '내'가 화자로 등장한다. 병상에 누워 있던 '나'는 지난여름 적리赤痢(이질)에 시달렸던 친구 한 명을 떠올리는데, 그렇지 않아도 낭비벽이 있던 그 친구는 시골집에서 넉넉히 부쳐준 돈으로 "나가서는 그저 비루도 먹고 빙수도 먹고 요리도 먹고 차도 마시고 그러고는 인저 샤쓰라 넥타이라 책이라 구두라 화병과 꽃이라 탁상시계라 마음 내키는 대

---

218 "나 자신에 대한 나의 설명은 부분적이고 거기에는 내가 어떤 명확한 이야기도 지어낼 수 없는 것이 따라다닌다. 나는 내가 왜 이런 식으로 출현했는가를 정확히 설명할 수 없고, 서사적인 재구성을 향한 나의 노력은 항상 수정 중에 있다. 내가 어떤 설명도 할 수 없는 것이 내 안에 그리고 나와 연관해서 존재한다." 주디스 버틀러(2013), 앞의 책, 72면.

로 돌아다니며 아주 흡족히 물건을 사"고 나서는 "적리인가 뭔가 자연 쾌차가 되었"던 인물이다. 낭비병환자인 그 친구를 부러워하던 '나'는 "낭비의 효험"을 테스트해보지만 관절염환자인 '나'는 아무리 낭비를 해 보아도 관절염이 낫지 않더라는 것이 이 짤막한 수필의 요지이다. 낭비와 탕진을 일삼는 안회남 소설의 주인공을 환기하는 '나'는 실컷 돈을 쓰고 나면 웬만한 병은 다 낫는다는 자신의 친구를 낭비병환자라고 비난하는 듯하지만 자세히 보면 건강했을 때의 '나'야말로 그러한 성향의 소유자임을 금세 알아차릴 수 있다.

> 건강한 때엔 나는 그 동무와 함께 잘 나다닌다. 본정통으로 명치정으로 다방 식당 영화관 서점 백화점 양품점 이런대로 횡행하며, 또한 서로 돈 쓰기에 허푼 성격들이다. 그런 때 그는 주머니만 두둑하고 그 놈을 흥껏 쓰고 하면 웬만한 잔병쯤은 삽시간에 달아난다고 곳잘 대언장어를 하고 했었다.[219]

안회남 소설에서 반복되는 주인공의 낭비와 탕진의 의미를 탐색하기 위해서는 별 것도 아닌 일에 한턱을 내라고 서로 부추기며 "돈 쓰기에 허푼" 인물들이 등장하는 「안해의 탄식」과 「상자」, 「우울」, 「화원」, 그리고 「모자」 등의 작품을 살펴볼 필요가 있다. 「안해의 탄식」(『신가정』 11, 1933.11)에는 다시는 술을 안 먹겠다고 맹세하지만 번번이 약속

---

[219] 안회남, 「병고」, 『문장』 1권 5호, 1939.5, 160면.

을 어기고 "술고래 노릇"을 하는, 선량하지만 무능한 남편이 등장한다. 동물원 구경을 가라며 남편이 돈 1원을 주지만 아내인 '나'는 방세로 모인 돈 4원이 너무 아까워 사양한다. 그러나 그날 밤 남편은 술값으로 4원을 거의 다 쓰고 63전을 달랑 남겨 들어온다. 낙상하여 퍼렇게 멍든 채 자고 있는 남편 모습에 너무 화가 난 '나'는 남편의 볼기짝을 두 번 힘껏 때린다. 해장국을 사러 갔다가 길 한복판에서 눈물을 씻으며 아내는 "내가 팔자가 기박한 년이 되어서 남편 볼기 때린 안해가 되고 말엇구나!"라고 탄식한다.

「상자」(『조선문단』 24, 1935.7)의 주인공은 혼인한 지 며칠 되지도 않아 할머님이 신부(아내)에게 예물로 내린 귀중품들을 몰래 전당포에 맡겨 생긴 돈 110만원으로 친구 박군을 도와주고 남은 돈으로 '바'에 가서 맥주를 마신다. "탐스럽게 비루 거품이 유리잔 위를 흘러내릴 때 나에게는 자꾸 안해의 비녀와 가락지가 생각나서 되도록 돈을 절약하고 쓸 데 써야겠다는 비겁한 마음이 들기 시작하였다." 그러면서도 양품점에서 넥타이를 사고 희락관으로 구경을 갈 뿐 아니라 일한서방에 들러 탐정소설도 산다. 걷잡을 수 없이 돈을 낭비했다는 후회가 들자 '나'는 "점점 우울하였다." 아내에게 들킬 것이 염려되어 종로 금은방에서 도금 비녀와 가락지를 사기는 하지만 또다시 '나'는 다방 '멕시코'에 들러 돈을 쓴다. 다음 날에도 '나'는 백화점에 들렀다가 아스팔트 위, 악기집, 차방[다방]으로 돌아다니며 소일한다. "나와 같이 유일도일 무위하게 이처럼 살아 나가는 존재야말로 값어치 없고 누추하기가 흡사 도금 비녀, 도금 가락지 같은 것이라고 오늘은 한층 더 자책하는 마음이 들었다.” ‘나’는 아내 물건에 손을 댈 때마다 상자 밑에 편지를 파묻어 놓는데, 앞에서 살펴보았던 작품 「수심」이 왜 다짜고짜 “돌아가신 우리 아버님께서 약주를 잡수셨기 까닭에[sic] 나도 술을 먹는 거요”라는 남편의 변명으로 시작되는지 짐작이 가는 대목이다. 「수심」의 남편이 아내 몰래 방세를 꺼내 술값으로 탕진했다가 볼기짝을 얻어맞은 인물이었음을 기억한다면 「상자」에서 남편이 왜 아내에게 세 통씩이나 편지를 쓰는지 그 이유가 헤아려진다.

「상자」의 주인공은 이처럼 보기에도 딱할 만큼 자책과 후회를 거듭하면서도 도저히 절제되지 않는 낭비벽으로 스스로를 궁지로 몰아넣는다. 이런 주인공들 곁에는 기회만 생기면 한턱내거나 얻어먹는 것을 낙으로 삼는 친구 무리가 있다. 이들은 갚을 수 없는 빚을 아들에게 남긴 「차용증서」의 아버지를 대신해, 주인공으로 하여금 끊임없이 빚의 늪에서 허덕이게 만든다.

빚을 지고 차용증서 쓰기를 반복하는 「우울」(『중앙』 30, 1936.4)의 주인공도 여기서 헤어 나오지 못하는 인물이다. 끊임없이 ‘나’를 찾아와 돈을 빌리려는 이들에게 둘러싸인 ‘나’는 월급과 원고료를 받아 봤자 빚 갚고 술 마시고 돈 꾸어주는 데 다 써버려 늘 쪼들린다. 점차 시력이 나빠져 가는데도 불구하고 취직 턱을 내라는 친구들 탓에 안경 구입은 늘 우선순위에서 밀린다. 조실부모하고 폐병까지 얻은 소설가 김군, 전남 광주로 시집갔다가 실직한 남편 때문에 생활고를 겪는 누이동생, 생일을 맞은 장인, 졸업을 앞두고 담임에게 줄 선물 살 돈이 없어 애쓰는 동무, 안팎이 바람을 피우는 행랑집의 아범에 이르기까지 돈 꾸어달라는 사람은 끝도 없이 나타난다. 그럴 때마다 이 사람만은 꼭 도와주어야 하지 않나 하는 생각을 하지만 정작 '내'가 하는 일은 술을 먹고 돌아다니는 것이다. 고리대금업자가 된 팔촌형의 흉내를 내어 '돈 돈' 하게 되는 자신의 모습을 자조하기도 한다. "나는 이달에도 월급타고 빚을 졌고 눈이 점점 나빠가는데 안경도 또 다음기회로 밀게 되었구나 옷을 벗으며 생각하였다. 어떻게 하던지 동생의 식구만은 돌아가신 아버님을 대신하야 내가 살려야겠다 하면서 나도 모르게 돈 돈 하며 팔촌형의 흉내를 내보았다."

지나간 과거가 되기를 거부한 죽은 부친이 '내' 몸에 살아 있는 것과 마찬가지로 '나'는 늘 '나' 아닌 것들에 속박되며 그들에 의해 움직인다. 안회남 소설에서 차용증서를 쓰는 인물들의 탕진은 이처럼 풍족한 자기를 비우는 형식이 아니라 애초에 자족적이지 못한 비어 있는 자기 존재를 한 번 더 증명하는 형식으로 형상화된다는 점이 중요하다.

이 인물들의 번민은 헤어나기 어려운 '관계'들에서 비롯되는데, 시야를 조금 넓히면 안회남과 같은 시대를 살았던 이상(1910~1937)의 글이 새삼 눈에 뜬다. 그는 안회남이 느꼈을 법한 '관계'의 문제를 아래와 같이 표현해 놓았다.

모든 것이 변한다. 아무리 그가 이 방 덧문을 첩첩 닫고 일 년 열두 달을 수염도 안 깎고 누워 있다 하더라도 세상은 그 잔인한 '관계'를 가지고 담벼락을 뚫고 스며든다.[220]

나는 참 세상의 아무것과도 **교섭**을 가지지 않는다. 하느님도 아마 나를 칭찬할 수도 처벌할 수도 없는 것 같다.[221]

세상 어느 틈바구니에서라도 그와 관계없이나마 세상에 관계없는 짓을 하는 이가 있어서 자꾸만 자꾸만 의미 없는 일을 하고 있어 주었으면.[222]

그 양상과 수준은 다르다 하더라도 신변소설 혹은 사소설이라는 끈으로 이상과 안회남을 묶어서 볼 수 있다면, 자기 자신을 철저히 유폐시켰던 이상 소설의 주인공들과 관계의 늪에 빠져 허우적대는 자기 자신을 자조적으로 바라보는 안회남 소설의 주인공들 사이에는 간과하기 어려운 심정적 결속이 발견된다. 안회남의 「명상」을 읽고 "계발받은 바 많"았다면서 그에게 편지로 감사의 뜻을 전했던 이상은 "친구, 가정, 소주 그리고 치사스러운 의리"[223] 때문에 서울로 돌아가지 못한다면서 안회남에게 자신의 고독을 토로한다. 이상과 안회남에게는, 가부장적 권력을 지닌 큰아버지나 아버지, 그리고 돈 없어 쩔쩔 매는 여러 친우와 지인들이야말로 자신의 삶을 "잔인한 관계" 속으로 빨아들이는 블랙홀이었는지 모른다. 이때 안회남이 우리에게 보여준 삶의

220 이상, 「지주회시」(『중앙』, 1936.6), 권영민 편, 『이상전집 2 — 단편소설』, 뿔, 2009, 73면.
221 이상, 「날개」(『조광』, 1936.9), 위의 책, 96면.
222 이상, 「지도의 암실」(『조선』, 1932.3), 위의 책, 25면.
223 이상, 「서신 8」(1937), 권영민 편, 『이상전집 4 — 수필』, 뿔, 2009, 176면.

방식은 이를 속수무책으로 전적으로 정직하게 받아들이는 것이었다. 안회남에게 보내는 위 편지에서 이상이 앞으로 고독과 싸우면서 "정직하게 살겠"다고 다짐한 대목이 의미심장하게 읽히는 까닭이다. 이상과 안회남은 "나란 나와 너의 관계I'm my relation to you"224라는 구절로 표현되는 상황으로부터의 절망적 도주와 그것의 자조적 수용 양상을 각각 보여준다.

김남천의 「처를 때리고」(1937)로 대변되는 1930년대 전향문학이 전향한 사회주의자의 굴욕적 삶과 우울한 내면을 포착하고 있음은 널리 알려진 사실이다. 비슷한 시기, 신변소설이라는 영예롭지 못한 이름으로 불렸던 안회남 소설에는 전향이라는 파국적 상황이 연출되지 않고도 이미 항상 굴욕적인 지식인 남성의 벌거벗은 자화상이 담겨 있다. 이들의 삶에는 비루해질 수밖에 없었던 어떤 계기 같은 것이 존재하지 않는다. 전향했기 때문에 비참해졌다는 말에는, 전향 전에는 탁월했다는 자기 합리화나 전향했음에도 다시 탁월해지고 싶다는 욕망이 숨어 있다. 계기 없는 타락만큼 비참한 것이 있을까? 안회남의 신변소설에 자주 등장하는 낭비와 탕진의 모티프는 '나'를 초과하며 '나'에게 선행하는 조건으로서의 탕진이라는 점에서 주체의 욕망에 선행한다. 이 주체는 탕진을 욕망하는 것이 아니라 탕진할 수밖에 없는 구조에 붙박인 자이다. '나'는 이것을 '유전적 탕진'이라고 말한다. "나는 이런 놈이다"라는 구절을 반복함으로써 '내'가 환기하려는 것은

---

224 주디스 버틀러(2013), 앞의 책, 142면.

이처럼 '나' 아닌 것에 붙들린 '나'의 존재 방식이다.

> '할 수 없다!' 하는 생각으로 나는 가득하였다. 나의 피가 그런가부다 했다. 나의 조부님도 대주객이였으며, 나의 아버님도 두주를 불사하시는 어른이였다. 두 분 다 술로 인하여 실패하고 술로 인하여 단명했고, 술로 인하여 그와 그의 가족이 불행했었든 것이다. 이러한 술에 빠지고 마는 습성 그리고 아무 돈이나 헤처버리고 마는 낭비성, 취한 후에는 기어히 탈선하고 마는 변질적인 향낙성, 이러한 것이 모다 혈액으로써 나에게 유전하여저, 어쩔 수 없는 것인가부다. 나는 부모가 물려주신 유산 ─ 그것도 아버님께서 모다 탕진해버리시니까, 조모님이 자기명의로 떼어두었든 것이다 ─ 을 거이 다 없었다[sic]. 가족들을 말할 수 없는 불안함 속에다 몰아넣었다. 여기저기 신용을 잃고, 채무관계로 하여 부끄러운 일이 비일비재이다.[225]

자책과 결심을 반복하는 '나'의 내면은 이토록 황폐하지만 진짜 문제는 '내'가 자신의 향락벽과 낭비벽을 유전의 결과로 돌리는 대목에 있다. '나'의 낭비벽을 '나'는 소유하고 있지 않은 것이다. 안회남 소설 속 주인공들의 굴욕은 이처럼 '내'가 '나'의 주인이 아니라는 사실, 즉 자신이 철저히 탈중심화되어 있다는 사실에 대한 인식을 수반한다. 안회남의 신변소설은, 그 안에 자기의 신변을 그리는 자의 충족감이

---

225 안회남, 「모자」, 『춘추』 30, 1943.7, 137~138면.

아니라 '나'를 초과하고 '나'에게 선행하는 조건들에 종속된 자의 절망이 드리워져 있는 인간적 번민의 기록이다.

탕진을 모티프로 하는 일련의 작품을 거론하면서 빠뜨릴 수 없는 것이 안회남과 김유정의 우정이다. 이들의 관계를 문학사적으로 특기할 만한 사건으로 꼽게 하는 것은, 마지막 학기 수업료를 술값으로 다써 버리고 대신 막걸리 수업을 받았다고 회상하는 안회남 소설 「고향」의 한 구절 때문만은 아니다. 이 둘의 우정에서 우리가 주목해야 하는 것은 김유정의 삶을 기록하는 관찰자 안회남의 시선 그 자체이다. 안회남이 쓴 「겸허―김유정전」(『문장』 1권 9호, 1939.10)은 이러한 맥락에서 중요한 분석 대상이 된다. 김유정 개인의 불행에 대한 기록일 뿐아니라 작가가 쓴 작가론으로서의 가치를 지닌 이 작품에서 시선을 끄는 것은 안회남이라는 거울에 맺힌 김유정의 상(이미지)이 아니라 그것을 비추는 거울의 특징이다. 김유정의 거듭된 불행을 세세히 서술할 때의 안회남은 김유정에게 운명적으로 주어진 불행의 총량이 있었다고 생각한 듯하다.

　(유정이 그저 살아 있드라면!)

　그렇더라도 그는 결단코 행복스럽지 못했을 것 같이 생각된다. 상상도 할 수 없는 다른 불행이 그를 엄습하지 않았을가.

　―운명.

　―나를 꽉 누르고 어떻게 할 수 없게 하는 그 그림자.

하고 탄식하던 유정은 참 가엾다. 그러나 지금 내가 어느 생각을 한가지 하고 있는 것처럼, 그는 자기의 운명의 모양을 잘 보아 안다 할 수 있을는지. 유정이가 문학을 하려니까 애처럽게 폐병에 걸리었다고 보겠지만 유정의 병은 유정의 문학보다 **훨씬 먼저** 있던 것이 아닌가 하는 것이다. 연애에 실패하고, 사업에 실패하고, 마지막으로 문학에 정열을 쏟아놓으려니까, 병과 주검이 눌러 덮었다는 것보다 병과 주검의 그림자에 **벌써부터** 엄습을 당하여있는 그가 그 속에서 고야니 허덕지덕 사랑이다, 농촌교육이다, 예술이다 하고 앙탈을 했던 것이 아닐러냐. 즉 그것은 유정이 병상에 눕기 **이미 오래 전서부터** 작정되었던 것이요, 우연적인 것이 아니라, 피치 못할 운명적이었던 것이라고 생각된다.[226]

김유정이 겪은 폭력과 가난, 실패, 불운은 모두 그가 주체적으로 무엇을 도모하다가 꺾인 결과가 아니라 무언가를 꿈꾸기 훨씬 이전부터 이미 그를 엄습하고 있었다는 위의 구절은 자신의 낭비벽을 설명하던 안회남의 문장들과 정확히 조응한다. '내'가 초래한 결과가 아니라 그러한 결과가 나오게 되는 조건으로서의 불행(김유정)이나 낭비벽(안회남)이라는 관점은 탈중심화된 자기 자신에 대한 예민한 인식의 소산이라 할 수 있다. 안회남의 자기-서사에서 작가의 분신으로 등장하는 화자가 자신의 몸에서 살고 있는 부친의 존재를 감지한다고 했듯 「겸허」에 등장하는 김유정 또한 "나의 몸은 아버님의 피요, 어머님의 살이며,

---

226 안회남, 「겸허―김유정전」, 『문장』 1권 9호, 1939.10, 60~61면.

우리 조상의 뼈"이며 자신은 "내 힘으로 할 수 없는 무슨 커다란 그림 자"에 눌려 평생을 지냈다고 토로한다. 안회남의 자기-서사에서 주인 공들이 아버지의 부채에 시달리는 것과 마찬가지로 「겸허」의 김유정 은 양반이었던 선조들이 인근 백성에게 저질렀던 포악을 자기 대에서 씻어야 한다는 무거운 짐을 짊어진 인물로 그려진다.

이들이 여기서 한결같이 입에 담고 있는 선조의 피와 살은, 자신의 자아중심성을 보증하는 것이 아니라 자기의 탈중심성을 환기하는 증 표이다. 이들 작품에서 주인공의 몸을 타고 내려온 선대의 뼈와 살과 정신은 '나'의 기원으로 격상되는 것이 아니라 '나'에게 선행하며 '나' 를 초과하고 있는 타자들의 현존으로 의미화된다. 버틀러가 말하는 '나' 아닌 것들에 속박된 '나'의 존재란 바로 이런 것이 아니었을까? '겸허'라는 이 소설의 타이틀은 텅 빈 자아 혹은 탈중심화된 자아의 형 상을 환기하는 매우 적절한 용어라고 할 수 있다.

김유정의 삶을 기록하는 안회남의 관점은 "우리 삶을 총체적으로 파악하자면 사실 성장은 없고 일반적 총량의 유지만이 있을 뿐"이며 "성장은 파괴의 보충물에 다름 아니"[227]라는 바타이유의 사유와 놀랍 도록 흡사하다. 생산과 성장이 아니라 모든 형태의 에너지의 낭비와 분출로써 생명(체)을 설명했던 바타이유의 논법을 따른다면 행복과 불행의 관계에 대해서도 비슷한 유추를 할 수 있다. 다시 말해 김유정 이 열정을 쏟아 부었던 연애와 문학, 사업 등은 그의 생산과 성장을 촉

---

[227] 조르주 바타이유, 조한경 역, 『저주의 몫』, 문학동네, 2000, 74면.

진시킨 삶의 과정이 아니라 총량으로 이미 주어진 불행의 보충물일 따름이었다고 말이다. 훨씬 이전부터 '주어진' 불행의 에너지가 그 총량을 넘어서는 순간 단지 그것을 조금 상쇄하기 위해 동원된 행복의 에너지라는 관점. 안회남의 김유정전에는 이러한 독특한 사유의 편린들이 곳곳에 드러난다.

아버지의 부재와 고아의식으로 특징지어지는 이광수와 그의 후예들이 우리 근대문학의 기틀을 다져왔다는 것은 의문의 여지없는 사실이다. 누구/무엇에게도 빚지지 않은 주체들이었을 이들에게는 자기 자신을 설명해야 할 필요나 욕망이 그렇게 크지 않았을 것이다. 그러나 아버지세대가 남긴 부채로 갈등했던 송영이나 안회남 같은 우리 문학사의 비주류들은 '타자들이 남긴 자국'으로 한 인간이 존재하는 방식을 우리 눈앞에 펼쳐준다. 이들은 자신이 내딛는 발걸음이 늘 첫걸음이라고 자부하는 이광수들과 달리 걷는 존재로서의 자신의 좌표 찾기에 목말라 했다. 그리고 이들이 우리에게 보여준 것은 주체의 내용(내면)이 아니라 주체의 어떤 형식(좌표)들이었다. 즉 송영과 안회남의 인물들은, 관계성을 본질로 하는 '나'란 '나' 아닌 것에 의해 철저히 속박되어 있으며 '나'의 설명가능성은 '나'로부터 오는 것이 아니라는 점을 지속적으로 환기했다.

'자기'와 역사, '자기'와 사회의 관계를 물어야 한다는 주류 리얼리스트의 요구에 대해 아마도 안회남은 도리어 이렇게 질문하고 싶었는지도 모르겠다. '자기' 자체가 관계인 마당에 어떻게 '자기'와 '자기 바깥'의 관계를 물을 수 있겠느냐고 말이다. 지식인 남성의 내면을 파고들어가는 대신 이들이 발 딛고 있는 현실의 관계망을 포착하는 데 더 큰 관심과 애착을 보였던 작가 송영도 마찬가지였을 것이다. 이 두 작가에게는 '나'를 넘어 타자들의 세계로 가는 길이 아니라 '나'를 포위한 너무 많은 타자들 속에서 '나'를 세우는 길 찾기가 좀 더 절실한 임무였는지 모른다.

송영과 안회남 소설에 나타나는 이른바 '연애지상주의'적 면모 역시 아버지라는 기표로 대변되는 타자에 대한 작가의 인식과 어떤 형태로든 결부되어 있었을 것이다. 송영과 안회남이 그리는 인물의 세대 의식은 자기의 뿌리를 찾는 자가 느끼는 나르시시즘적 행복이 아니라 자기의 탈중심성을 깨달은 존재의 고통과 관련되어 있다. 그런데 흥미롭게도 이들의 작중 인물이 겪는 연애의 경험 역시 자기 자신이 자기 안에서 지배자가 아니라는 사실을 강렬하게 깨닫게 하는 계기로 작용한다는 점을 기억할 필요가 있다. 송영과 안회남 소설의 남성 주인공들에게 자기는 세계와 불화하는 것이 아니라 세계와 분리되지 않은 채이며 이들의 내면은 바깥 세계에 요새를 쌓고 홀로 침잠해 들어가는 것이 아니라 끊임없이 외부화되고 관계에 의해 침식당한다.

강박적 자기-서사라는 안회남 특유의 미학적 실천이 창안한 이 나약하고 취약한 존재들은 결국 우리로 하여금 다음과 같은 첨예한 윤리적 질문과 대면하게 만든다. '내'가 '나'의 주인이 아니라는 사실은 남에게 어떤 행위를 해도 좋다(어차피 '내'가 한 일이 아니므로)는 면죄부를 '나'에게 부여하는 것인가? 주디스 버틀러의 견해를 한 번 더 빌려오자면 위 질문에 대한 대답은 아마도 '아니요'일 것이다. '내'가 '나'의 주인이 아니라는 말은 '나'는 이미 '너'라는 사실을 의미하므로. 그러니 어떻게 '내'가 '너'에게 함부로 대할 수 있겠느냐는 말이다. 안회남이 그런 대답을 제시했다고 단언하기는 힘들지만 적어도 그의 소설이 우리에게 중요한 질문거리 하나를 던져준 것만은 분명하다. 그가 월북했다는 사실보다 더 놀라운 것은 자조와 자학으로 점철된 안회남의 자기-서사가 지금 우리에게 이토록 묵직한 윤리적 질문을 던진다는 역설 그 자체이다.

제4장

1930년대 문학의 유산遺産

1930년대를 식민지 조선의 문예부흥기로 파악하고 그 시기가 수행한 시대적 가교 역할을 조명해보는 것이 서두에서 밝힌 이 책의 목표였다. 지금까지 살펴본 1930년대 문학 장은 전위에 대한 대중적 감각이 재구성되고 조선 반도의 문화적 식민지화에 대한 문인들의 좌절과 비애가 심화되었으며, 카프vs구인회의 진영 논리나 전향소설이라는 주류 장르의 문법으로 포착되지 않는 타자들의 향연이 펼쳐진 시공간이었다.

이 책 마지막 장에서는 식민지 조선이 축적해 온 문화적 역량을 집결하겠다는 야심찬 기획을 실행에 옮겼던 잡지 『문장』(1939~1941)과, 『문장』이 낳은 대표적 신인으로 해방기에 월북한 작가 지하련(1912~?)을 리트머스지로 삼아 1930년대에 뿌려졌던 정치적·미학적 혁신의 씨앗들이 어디서 무엇을 싹틔웠는지 가늠해보고자 한다. 일제 말기를 언급하면서 특정 문인이나 매체의 친일 여부를 문제 삼지 않기란 참으로 어렵다. 다만 이런 접근법이 식민지시기 문인들이 남긴 전위적 실천의 흔적을 차분히 따라가는 작업 자체를 위축시켜서는 곤란하다. 1930년대 문예부흥의 결실은 어디로 어떻게 사라졌는가? 또는 어디서 어떻게 간직되었는가? 이런 질문을 던질 때 비로소 해방기를 문학사의 섬처럼 인식하게 되는 관성으로부터 자유로워 질 수 있을 것이다. 일제 말기에 관한 사상사적 논의들이 보통 전향과 친일이라는 키워드를 중심으로 여러 겹의 동심원을 그리고 있다면, 이 시기에 관한 일상사적 접근법은 당시 자본과 권력의 촉수가 얼마나 세심하게 일상으로 파고들어 갔는지 밝히는 데로 논의가 집중되고 있는 형편이다. 여기서는 1930년대와 일제 말기, 그리고 해방기까지의 문학 장에서 장기지속하는 형태로 발견되는 우리 문인들의 문화예술적 욕망을 조명하고자 한다. 이 욕망은 사상적 전향이라는 사태만큼 극적이지는 않지만 줄곧 그 외양을 바꾸었고, 일상의 힘만큼 강력하지는 않지만 끈질기게 이어지는 양상을 보였다.

『문장』은 우리에게 남은 것, 우리가 간직했어야 하나 잃어버린 것, 혹은 버려야 했으나 끝내 그러지 못했던 1930년대의 유산들을 겹겹의 성취와 한계로 제시한다. '편집자' 이태준의 감각과 실력을 한눈에 보여주는 일제 말기 문예 잡지 『문장』은 1930년대 식민지 조선 예술가들의 미학적 실천이 어느 지점에 도달했는가를 보여주는 핵심적 매체이다. 결과론적으로 말해 '월북 모더니스트'의 아지트가 되었던 『문장』은 뫼비우스의 띠에 그려졌던 구인회와 카프의 노선이 일제 말기라는 엄혹한 상황에서 다시금 마주치면서 자아낸 빛과 그림자인 것이다. 고전주의와 전통주의로 표면화한 『문장』의 미학적 성취에 대한 논의가, 카프 해산을 끝으로 우리 문학에서는 정치적 상상력이 실종됐다는 식의 결론으로 낙착되어서는 곤란하다. 이태준을 비롯한 『문장』 생산자들의 문화적 욕망은 이들을 고전 숭상가나 비타협적 민족주의자로 규정하기 어렵게 만드는 역동성을 그 안에 감추고 있었기 때문이다.

『문장』 발간 주체들의 전통 지향이라는 심미적 의장擬裝 아래에는 문화의 최전선에서 '펜부대'로 활약하려는 야심이 꿈틀대고 있었다. 우리는 앞에서 전위·신흥·첨단·모던 등의 용어가 익숙해질 대로 익숙해진 1930년대 문학 장에서 카프가 추구한 정치적 전위되기의 길과 구인회가 추구한 예술적 전위되기의 길이 어디서 시작하여 어떻게 엇갈리거나 마주쳤는지를 논한 적이 있다. 일본 제국의 자본과 권력에 의해 점차 악화되어 가는 조선 반도의 문화적 식민 상태는 시대의 전위가 되고자 했던 이들에게 '멋진 실패'조차를 허용하지 않았다는 점도 언급되었다. 『문장』이 돌파하려던 것도, 그리고 이들이 또 다시 마주친 장벽도, 이러한 폐색된 상황 그 자체였을 것이다.

『문장』은 일제 말기와 해방기를 단절이 아닌 지속의 관점에서 파악하려는 논의의 지렛대가 된다. 『문장』의 신인들 중 최태응과 임옥인은 월남하고 지하련은 월북했다. 특히 『문장』이 배출한 걸출한 신인 지하련은 해방 이전과 이후 풍경을 작품에 담으면서 사상사적 맥락과 일상사적 맥락 모두를 아우르는 미적 성취를 이루었다. 전쟁·종전·해방과 같은 격변 자체는 함석헌의 말처럼 '도둑처럼' 찾아왔겠

으나 그것을 겪는 작가의 내면은 이미 항상 사건들로 들끓고 있다는 사실, 그리고 그 밑에는 일상의 무서운 관성 또한 도사리고 있다는 사실을 지하련만큼 뚜렷이 보여주는 경우는 드물 것이다. 1930년대를 지나 일제 말기와 해방기를 향해 가는 우리의 여정에서 지금껏 「해방 전후」(1946)의 이태준이 홀로 담당해왔던 이정표 역할을 이번에는 지하련에게 넘겨도 좋을 것이다. 이 책에서 마지막으로 만나볼 작가는 지하련이다.

『문장』의 전위와 전통 ————————————

1. 『문장』의 문화적 욕망

일제 말기 문예잡지 『문장』(1939~1941)은 해방 이전과 이후 문단의 연속성을 보증하고 창출하는 데 지대하게 기여한, 일제 말기 문화예술인들의 산실이었다. 『문장』과 고전주의에 관한 김윤식의 선구적 연구[228]에 따르면, 『문장』파의 정신적 지주인 이병기와 주간 이태준, 스타일리스트 정지용 등의 세계관을 묻는 일은 해방 이후 조지훈·김동리·조연현·서정주·유치환 등 '문협정통파'의 본질을 묻는 일이나 다름없다. 조현일은 "이태준·정지용·이병기가 주도한 『문장』의 영향력은 이후 한국문학의 전개 과정을 고려할 때 실로 결정적"[229]이었다는 평가를 내리기도 했다. 『문장』은 해방 후 한국 문학의 주류 미학이 형성되는 데 중요한 역할을 담당했다고 판단한 이봉범 역시 해방후와의 연속성, 즉 "『문장』의 학습효과가 현대문학사에 어떻게 나타나는가"에 대한 좀 더 정치한 논의가 있어야 한다고 주장했다.[230] 실제로 최태응·임옥인·지하련·곽하신 등 『문장』이 낳은 신인들은 각각 월남(최태응, 임옥인)과 월북(지하련)이라는 역사적 사건을 몸소 겪

---

228 김윤식, 『한국근대문학사상사』, 한길사, 1993, 435~443면.
229 조현일, 「『문장』과 이후의 문학에 나타난 '조선적인 것' — 김동리의 '비극적인 것'을 중심으로」, 민족문학사연구소 기초학문연구단 편, 『'조선적인 것'의 형성과 근대문화담론』, 소명출판, 2007, 96면.
230 이봉범, 「잡지 『문장』의 성격과 위상」, 『반교어문연구』 22, 반교어문학회, 2007, 131~133면.

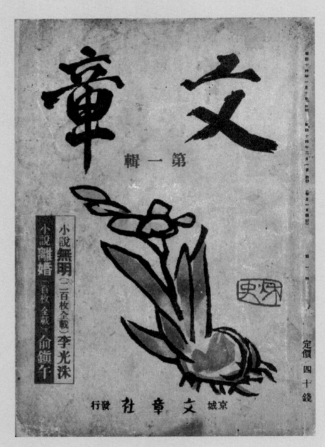

『문장』표지

은 해방기의 산 증인들이다.

일찍이 '문장파'라는 명명법을 제안, 문장파 상고주의의 정신사적 특성에 관해 논의한 황종연은, 『문장』의 고전과 전통 숭상이 결국은 심미적 개인을 창출하는 데로 나아갔고 이는 기실 식민주의자들이 가장 환영할 만한 노선이었다고 평가했다. 문장파의 이러한 움직임이 일제 말기 문화예술인들의 피할 수 없는 혹은 심지어 절박한 몸부림이었다는 단서가 덧붙여져 있다.[231] 황종연의 이러한 시각은, 『문장』이 발견한 조선적인 것=자연적인 것=과거의 것이 결국은 일본 제국주의가 유포한 '동양문화론'의 일부로 회수될 수밖에 없는 폐쇄적이며 원환적인 구조를 지니고 있었다는 차승기의 논의나[232] '동양적 처사'라는 심미적·정신적 주체의 허약함을 비판한 정종현의 입장[233]을 이해하는 밑그림이 되고 있다.

『문장』의 "문단 公器"로서의 특성과 그 문학사·문단사적 위상을 객관적으로 고찰한 이봉범의 논의도 주목된다. 이봉범은 『문장』에 드러나는 문학주의와 저널리즘의 적절한 결합, 독자적 출판사업과 조직적인 유통망 구축을 통한 재생산기반 마련, 추천제라는 등단제도의 확립을 통한 문학적·문단적 권력 확보 등 『문장』이 보여주는 문예지로서의 제반 요건을 실증적으로 꼼꼼히 밝히고 있다.[234] 최근에는 『문

---

231 황종연, 「'문장'파 문학의 정신사적 성격」, 『동악어문논집』 21, 동악어문학회, 1986, 91~144면.
232 차승기, 「동양적 세계와 '조선'의 시간」, 윤해동 외편, 『근대를 다시 읽는다』 2, 역사비평사, 2006, 219~255면.
233 정종현, 『동양론과 식민지 조선문학』, 창비, 2011, 164~174면.
234 이봉범, 앞의 글. 이밖에도 『문장』 발간 주체들 각각에 초점을 맞추거나 『문장』에 실린 기행문,

장』을 매개로 한 문인과 화가의 교류가 달성한 독특한 미학적 성취가 조명되기도 했다.[235]

지금까지의 연구는 이처럼 『문장』의 정신사적 배경이나 미학적 경향, 그리고 문예지로서의 역할과 기능에 이르기까지의 여러 면면을 거의 다 아우르고 있다. 한 단계 더 내려가 일반화하자면, 기존 논저들은 『문장』 주체들이 '무엇을 지향했는가'와 관련된 많은 의문점들을 적절히 해소하고 있다. 그렇다면, 『문장』 주체들은 '어디에 서서' 그 러저러한 가치들을 지향했을까? 『문장』의 생산자들은 과연 구체적으로 어떠한 문화적·정치적 입각지에 스스로를 위치시키고 있었던 것일까? 기왕의 접근들이 부지중 간과했던 이 같은 의문을 되살려보는 데서 이 장의 논의를 시작해보고자 한다.

일제 말기 조선 문인들이 보여줄 수 있는 최대치의 미적 성과를 집약하고자 했던 『문장』의 문화적 야심과 현실 감각은 '조선적인 것'의 추구라는 추상적 모토를 경유해서가 아니라 그 자체로 직접 분석될 필

내간체 등을 분석하고 있는 주목할 만한 논의들 — 배개화, 「『문장』지의 내간체 수용 양상」, 『현대소설연구』 21, 한국현대소설학회, 2004; 박진숙, 「식민지 근대의 심상지리와 『문장』과 기행문학의 조선표상」, 『민족문학사연구』 31, 민족문학사학회, 2006; 정주아, 「『문장』지에 나타난 '고전'의 의미 고찰」, 『규장각』 31, 서울대 규장각 한국학연구원, 2007; 박진숙, 「가람의 국학운동과 이태준」, 『한국현대문학연구』 43, 한국현대문학회, 2014 — 이 꾸준히 이어지고 있다.

235 김현숙, 「김용준과 『문장』의 新文人畵 운동」, 『미술사연구』 16, 미술사연구회, 2002; 박계리, 「일제강점기 '전위미술론'의 전통관 연구 — '문장' 그룹을 중심으로」, 『미술이론과 현장』 4, 한국미술이론학회, 2006; 박슬기, 「『문장』의 미적 이념으로서의 『문장』」, 『비평문학』 33, 한국비평문학회, 2009; 김진희, 「정지용과 『문장』 그리고 화가 길진섭」, 『서정시학』 19-4, 서정시학, 2009; 박계리, 「김용준의 프로미술론과 전위미술론 — 카프, 동미회, 백만양화회를 중심으로」, 『남북문화예술연구』 7, 남북문화예술학회, 2010; 박영택, 「김환기의 백자 항아리그림과 『문장』지의 상고주의」, 『우리문학연구』 30, 우리문학연구회, 2010; 박성창, 「이태준과 김용준에 나타난 문학과 회화의 상호작용」, 『비교문학』 56, 한국비교문학회, 2012 등을 참고할 것.

요가 있다. 『문장』이라는 본텍스트의 곁텍스트paratext로 볼 수 있는 편집후기 '餘墨'난과 몇 개의 권두언 및 시사적 글들이 주목되는 이유는 여기에 있다. 『문장』 발간 주체들의 목소리를 생생하게 담고 있는 편집후기나 권두언에는, 심미적 저항을 꾀하다 결국 일본 제국의 이데올로기로 회수되고 마는 동양적 처사들의 모습이 아니라, 심미적 저항을 가능케 하는 현실적 토대에 대한 명철한 인식과 일본 제국의 이데올로기를 잡지의 시장성 확보를 위한 상표처럼 활용하려는 현대적 문화운동가들의 모습이 투영돼 있다. 따라서 전통 지향성이라는 심미적 의장擬裝 아래에서 꿈틀거리고 있는 이들의 욕망, 즉 문화의 최전선에서 활약하는 '펜부대'로서 시대의 전위가 되고자 한다는 이들의 야심을 본격적으로 검토할 필요가 있다. '작품다운 작품을 써 보고 싶다'는 이태준이나 박태원 특유의 '구인회'다운 클리셰가 어떠한 경위로 '작품다운 작품만을 싣는다'는 『문장』의 엄선주의로 이어지게 되었는지도 풀어야 할 의문이다. 이러한 문제의식을 바탕으로 이 장에서는 『문장』이라는 公器가 모던한 문화적 실험의 장으로 기능하면서 '조선적인 것'을 심미적인 차원으로 소환하게 되는 현실적 맥락들을 하나씩 짚어나가고자 한다.

2. '펜부대'가 만든 문인의 대성좌大星座

『문장』 창간호 권두언에는, 이 잡지가 일제 말기 조선 문화계의 어디쯤에 스스로를 자리매김하려 했는지가 집약적으로 드러난다. 아래 인용문을 보면 문면과 행간 모두에서 실로 공격적이라고까지 할 수 있는 패기와 포부가 감지된다.

★ 卷頭에 ★

가까워야 할 것이 늘 멀게 생각되고, 사실 먼 거리를 가지고 나가기 쉬운 것이 문필인과 현실이라 하겠다. 좁게 서재에만 스사로 가쳐 신변잡사류에나 과민한 것이 문필인이라면 이는 문필 그 자체를 위해보다 먼저 그 인간으로서, 국민으로서, **시대인**으로서 망각했음이 크다 않을 수 없을 것이다. 日露戰時에는 전쟁이 끝나도록 연구실에만 묻혀있다가 승전호외를 보고서야 비로소 조국에 전란이 있었음을 안 학자가 있었다 하거니와 학자이니, 진리를 시험관 속에서만 찾는 학자이니 용혹무괴, **문필인은 이러할 수 있는 학자와는 근본적으로 별개의 문화인**인 것이다. 우리 문필인의 시험관은 연구실 속에 있지 아니하다. 우리가 발견하고, 지적하고, 선양할바 대상은 민중 속에 있고, **전국가적인 사태**에 있고, 시대라거나, 세기란 심대한 국면에 있는 것이다.

이제 동아의 천지는 미증유의 대전환기에 들어있다. 태양과 같은, 일시동인의 황국정신은 동아대륙에서 긴─밤을 몰아내는 요란한 아츰에 있다. 문필로 직분을 삼는 자, 우물안 같은 서재의 천정만 쳐다보고서야 어찌 민중의 이목된 위치를 유지할 것인가. 모름지기 **필봉을 무기 삼아 시국에 동원하는 열의가 없언 안될 것이다.**[236]

---

236 「卷頭에─시국과 문필인」, 『문장』 1권 1집 창간호, 1939.2, 1면.

권두언에서 필자는 문필인을 향해 필봉을 '무기' 삼아 현실에 적극적으로 개입하는 '문화인'이자 '시대인'이 되어야 한다고 역설한다. "우리의 펜부대"가 주축이 되어 황군위문을 실현하게 되었음을 기뻐한 것도 위의 필자가 말한 대로 문필인이란 "전국가적인 사태"[237]를 자신의 시험관으로 삼는 시대의 전위가 되어야 하기 때문이다. 이봉범은 이러한 글들에 나타나는 친일적 색채가 『문장』 주체들의 자발적 선택에서 비롯된 것인지 아닌지를 판단하기 어려우므로 이를 "검열의 산물로 추정"[238]한다는 견해를 밝혔다. 중요한 것은, 당대 문화의 최전선에서 뛰고자 한다는 『문장』 주체들의 욕망에 비추어 본다면 이 같은 비장한 각오가 오히려 자연스럽게 읽힌다는 점이다. 이런 글들의 뉘앙스는 『문장』 발간 주체들이 결코 스스로를 동양적 처사로 인식하지 않았음을 알려주는 단서이다. 이태준이 「해방 전후」(1946)에서 자신의 분신인 작중 인물 '현'을 일제 말기 엄혹한 상황에서 낚시질이나 하며 소일하는 처사처럼 그려놓았지만, 실제 그의 행적은 그렇게 단순하거나 투명하지 않았음을 새삼 기억할 필요가 있다.

쓰던 종이가 품절이 되어도[239] 다른 모든 문화기관들이 따분해질지라도[240] 『문장』만은 건재하다는 것이 이들의 자랑이었다. '창작 32인집'을 표방한 1권 7집 임시증간호(1939.8)는 『문장』의 이 같은 역량

---

237 「餘墨」, 『문장』 1권 3집, 1939.4, 200면.
238 이봉범, 앞의 글, 112면.
239 「餘墨」, 『문장』 1권 5집, 1939.6, 202면.
240 「餘墨」, 『문장』 1권 6집, 1939.7, 206면.

을 과시한 대표적 사례가 된다. 이 특별호에 글을 실은 문인들은 이효석·전영택·장덕조·한설야·현경준·김동리·박노갑·방인근·엄흥섭·김영수·채만식·박영준·송영·곽하신·계용묵·유진오·이태준·김남천·이석훈·정비석·김소엽·안회남·이근영·함대훈·김승구·이규원·정인택·이기영·박태원·이광수·김내성·안석영 등으로 명실상부한 1930년 문학의 집대성이라고 할 수 있다. 이 '창작 32인집'에는 '十一畵伯夏題選'도 함께 마련됐는데, 길진섭·김환기·정현웅·김규택·김용준·구본웅·이승만 등의 작품이 실려 있다. 1941년 2월호의 2주년 기념 '창작 33인집'도 같은 맥락에서 눈여겨 볼 만하다.

『문장』은 매호마다 '餘墨'난이라는 편집후기를 별도로 마련하여 김연만, 이태준, 길진섭 등 잡지 생산자들의 산 목소리를 그대로 전달하고자 했다.[241] 특히 위에서 언급한 '창작 32인집'의 '餘墨'에는 당분간 작가가 아니라 편집자로서 살겠다고 공언했던 이태준의 자신감이 고스란히 묻어난다. "대가들의 盛裝한 天衣品들"과 "중견·신진들의 야심"이 "一堂燦然하게 大星座"를 이루었다는 것이다. "문단유사이래 언제 이런 偉觀이 있었는가? 이 책 한 권은 질로나 양으로나 장래 우리 문학사상에 가장 빛나는 기록일 것을 기뻐하지 않을 수 없다."[242] 정

---

241 '편집후기' 분석을 통해 『삼천리』(1929~1942)라는 대중잡지가 수행한 '대안적 공론장'으로서의 정치적 수행성을 고찰한 예로는 허민의 「『삼천리』 편집후기의 텍스트성과 '대안적 공론장'으로서의 대중잡지」(『민족문학사연구』 50, 민족문학사학회, 2012)가 있다.
242 「餘墨」, 『문장』 1권 7집 임시증간호, 1939.7, 421면.

인택 또한 "조선서는 처음 보는 문장사의 기록적 업적에 참여할 수 있었다는 기쁨을 전신으로 느끼고 있"다는 소회를 밝힌다.

여기까지만 보아도 대가와 중견, 신진으로 이루어진 문인의 대성좌大星座를 만들겠다는 문화적 야심과, 필봉을 무기로 "전국가적인 사태"에 개입하겠다는 정치적 열망이 『문장』 생산자들의 공통된 욕망이었음을 쉽게 알아차릴 수 있다. "난초의 속성을 공동분모로 하여" 성립된 『문장』파 문인들의 고전주의적 감수성[243]은, 첨단 문화의 생산자로서 시대의 전위가 되고자 했던 '펜부대'의 역동성과 동전의 양면을 이루고 있었다. 이러한 사정은 두 겹으로 은폐되어 있었는데, 하나는 '조선적인 것'에 대한 『문장』파의 관심과 취향이 이후 이들을 민족주의적 관점에서 고평하게 되는 근거로 작용한다는 점에서 그러하고, 다른 하나는 난을 가꾸거나 고완품을 매만진다는 『문장』파의 이미지가 이후 이들을 반근대주의자로 오해하게 만든다는 점에서 그러하다. 일제 말기 문화계의 최전방에 서고자 했던 『문장』 주체들의 문화적 욕망은 결코 이들을 비타협적인 민족주의자로 머물게 하지 않았을 뿐만 아니라, 난초나 골동품 완상으로 알려진 문장파의 미적 취향은 이들이 다름 아닌 모던한 문화인임을 증명하는 지표가 된다는 데 주목해야 한다.

『문장』의 핵심 멤버인 이병기와 정지용, 이태준 세 사람은 이기영과 김남천 등 카프 출신 작가들과 박태원 같은 구인회 작가들, 그리고

---

243 김윤식(1993), 앞의 책, 435~441면.

안회남이나 엄흥섭 등의 주변부 작가들을 폭넓게 아우를 뿐 아니라, 특색 있는 추천제도[244]를 통해 최태응과 지하련 등 우수한 신인 작가들을 발굴하면서 『문장』을 "당대 문학운동의 전위로 고양시키는 데 결정적 역할"[245]을 담당했다. 자신은 숫자는 잘 모르지만 어쨌든 문장 소재 작품은 모두 "내가 선택해낸 것"임을 강조하면서 이태준은 "어데까지든 엄선주의"를 지키겠다고 공언한다.[246] 이들은 선별 작업에 요청되는 '특별한 감식안에 대한 자긍심'[247]으로 뭉쳐있었다. 같은 지면에서 길진섭은 "상업미술의 의미에서의 표지가 아니고 한 개의 작품으로 표지를 살려 나갈 작정"이라는 포부를 밝히고 있다. 1940년 신년호에서는 '朝鮮文藝家總覽'을 기획하여 강경애부터 허준까지 총 129명에 달하는 문인의 이름, 현주소, 출생지, 생년월일, 학력과 경력, 대표작품, 저서, 문학적 활동까지를 세세히 기록하는 성과를 남긴다. 미비한 점은 있으나 "조선서는 최초의 시험"이라는 사실을 특기했다. "조선문단이 『문장』代에 와서처럼 화려한 적은 일직이 없었다"[248]라는 식의 자체 평가는 줄곧 이어졌다.

　흥미로운 것은, 이들이 천명한 이 같은 '엄선주의' 혹은 '예술주의'가 사주社主 김연만의 든든한 재정적 후원에 힘입은 것이었다는 점이

---

244 『문장』의 추천제가 제도적으로 안착되어 가는 과정과 그 문단사·문학사적 의의에 관해서는 이봉범, 앞의 글 참조.
245 황종연, 앞의 글, 94면.
246 「餘墨」, 『문장』 1권 2집, 1939.3, 198면.
247 정주아, 앞의 글, 323면.
248 「餘墨」, 『문장』 2권 2호, 1940.2, 258면.

다. 따라서 『문장』의 "엄선주의에 입각한 문학주의 원칙은 상업성을 노골적으로 표방했던 신문매체와 뚜렷이 구별"[249]된다는 지적에는 한 가지 단서가 필요하다. 즉, 『문장』은 저널리즘의 상업성과 차별화를 꾀한 후원자의식을 기저에 깔고 있었다는 것이다. 『문장』의 고급한 문화예술주의는, 상업지가 의존하는 '익명의 자본'이 아니라 예술적 양심과 재력을 겸비한 '실명의 후원자'를 지지대로 삼고 있었다.

> 나는 공부한 것도 문학이 아니요 현재의 생활도 문학이 아니다. 그러나 예술에의 존경과 서적에 대한 관심만은 이미 가져온지 오랬고, 또 힘만 자라면 어느 각도에서나 좀 진취적인 문화행동을 갖고 싶던 것이 나의 積年의 서회였다. 마침 나와 막역한 문학인 이태준형과 뜻이 합하매 우선 이 조고맣게나마 출판일에서부터 첫걸음을 삼는 것이다. (…중략…) 이런 일이 작가들께, 문단에, 좀더 크게는 우리 문화전반에 조고마한 도움이라도 되어드릴 수 있다면, 하는, (…중략…) 열정을 품는다. (김연만)[250]

휘문고보 출신인 김연만金鍊萬이 이태준의 유학과 『문장』 발간에 준 도움에 관해서는 이미 많은 연구자들의 논의가 있었다. 편집 겸 발행을 맡았던 김연만은 자타가 공인하는 『문장』의 후원자patron로서

---

249 이봉범, 앞의 글, 118면.
250 「餘墨」, 『문장』 1권 1집 창간호, 1939.2, 192면.

『문장』 창간 이전 "이태준씨는 김연만씨와 제휴하여 문예중심의 서적 출판을 목적으로 '문장사'를 창설"[251]했다는 기사로 이미 이름을 알린 바 있다. 경북 김천 출신의 독립운동가이자 출판인으로 기록된 김연만은 우피牛皮 무역으로 거부가 된 부친 밑에서 유복한 유년기를 보냈다. 휘문고보 재학 중 그는 1924년 동맹 휴학 주모자로 퇴학당한 이태준이 일본으로 유학을 떠날 수 있게 도와주었다. 조선원피판매주식회사 대주주로 활동하던 김연만은 이태준이 문학지 발행을 권유하자 이를 받아들여 1939년 편집 겸 발행인으로『문장』을 발간했고, 해방 후에는 1947년『만세보萬歲報』를 창간했으며 1948년에는『문장』속간에 힘쓰기도 했다.[252]

이태준은 조선의 문화가 부끄러울 지경으로 침체되어 있다는 사실을 환기하며 김연만을 가리켜 "社主 김연만友는 문단인은 아니"나 "문단의 한 義人"이라고 추켜세우면서『문장』은 반드시 "모―든 문장인에게 축복받을 것을 믿는다"라는 기대를 피력한다. "문학인들이여 꾸준히 좋은 작품만 낳어달라"[253]라는 김연만의 말이 갖는 울림은 상당히 큰데, 양질의 작품만 써 달라는 후원자의 부탁은 사실상 양질의 작품만 싣겠다는 후원자의 권위와 표리를 이루고 있기 때문이다. 이처럼『문장』파 특유의 "도도한 귀족 취향"[254]의 이면에는 고급 예술의

---

251 「동서남북」,『동아일보』, 1938.10.13.
252 한국학중앙연구원 디지털김천문화대전. http://gimcheon.grandculture.net/Contents?local=gimcheon&dataType=01&contents_id=GC03200995
253 「餘墨」,『문장』1권 11호, 1939.12, 230면.
254 김윤식(1993), 앞의 책, 442면.

실질적 후원자 역할을 자처한 김연만의 재력이 버티고 있었다. '작품다운 작품을 써 보고 싶다'는 '구인회'다운 클리셰는 후원자 김연만을 통해 '작품다운 작품만을 싣는다'는 『문장』다운 엄선주의로 결정체를 이루게 된다.

김연만은 편집후기에서 『문장』은 질과 양에서 타의 추종을 불허하는 최고 잡지라는 자화자찬을 여과 없이 드러내는데, 창간호가 발매된 지 5일 만에 절판이 되었다는 소식이라든가 『문장』지는 기자 없이 오로지 "사는 원고"만으로 이루어진 유일한 잡지임을 강조하기도 한다. 자신은 "예술가들을 이용해 돈을 모으려는 데 뜻이 있지 않"지만 언제든지 "비밀이 없이 나가려 하"기에 군이 밝히자면 『문장』은 단가가 여간 비싸지 않다는 사실도 기록한다. "인건비를 제하고 창간호가 "책만 매부에 35전이 먹히었다"[255]는 것이다. 대금을 보내지 않는 지방서점에는 절대 잡지를 보내지 않겠다는 위협도 마다하지 않는다. "그 지방 독자들을 애껴 그냥 보내고 보내고 했지만 앞으로는 그런, 조선잡지를 잡아먹는 무언의 귀신들에겐 단연 거래를 끊고 말 작정이다. 만일 당신 지방에 『문장』이 가지 않거던 『문장』이 못 나오는 것이 아니라 당신 지방 서점이 나빠 그리된 줄 알고 직접 본사로 주문하기를 바란다"[256]라는 엄포를 놓기도 한다. 정가를 올려야 했지만 밑지면서도 그러지 않았다는 공치사도 곁들인다.

---

255 「餘墨」, 『문장』 1권 2집, 1939.3, 198면.
256 「餘墨」, 『문장』 1권 11호, 1939.12, 230면.

그러나 '사변 3주년'이 되는 1940년 6・7월 합본호가 발간될 즈음해서는 편집 겸 발행인이 김연만에서 이태준으로 바뀌어 있음이 눈에 띈다. 사주 김연만의 퇴장에 얽힌 자세한 사정은 별도의 고찰을 요하는 문제이지만, 이 시기 『문장』이 종이 공급 부족 그 이상의 위기에 직면한 것만은 틀림없었다. 종이가 더 이상 들어오지 않아 조판까지 다 하였다가 인쇄하지 못했다는 사정과 함께 "본호에 대하야는 독자제씨의 고평에 마낄 뿐, 자찬은 삼가리라"라는 언급까지 등장하고 있다. "책을 기다리는 독자들보다 종이를 기다리는 우리는 더 초조"하다면서 "허다한 조선문예계의 휴화산들이여 임씨[임영빈 - 인용자]와 함께 모다 다시 진동하여달라 불을 뿜어달라"[257]라고 호소하기도 한다. 이태준에게 '의인'이라고 불렸던 후원자 김연만의 공백은, 과시와 자찬을 특징으로 하는 『문장』 특유의 편집후기난의 어조를 근본적으로 변화시켰다. 김연만의 『문장』 후원은 그가 가진 경제자본과 이태준 등이 가진 문화자본 간의 선순환을 목표로 하였겠지만 민간지가 일제히 폐간되는 1940년 여름을 즈음하여 적어도 표면적으로 『문장』은 후원자의 손길이 끊긴 문화적 무중력상태에 놓이게 된다. '자찬을 삼가겠다'라는 말은 이처럼 복잡한 문화・정치적 맥락에 놓인 발화였다.

---

257 「餘墨」, 『문장』 2권 7호, 1940.9, 188면.

3. 전통이라는 전위적 양식

『문장』필진들이 문필가의 직분은 당대 문화의 최전선에서 현실에 적극적으로 개입하는 '시대인'이 되는 데 있다고 역설한 것은 위에서 논한 대로다. 문필가란 학자와는 다른 의미의 '문화인'이라는 점을 이들은 유독 강조했다.『문장』필진들의 이 같은 문화적 야심은 김연만이라는 후원자에 힘입어 상당 부분 이루어졌고, 이런 사실은『문장』이라는 공기公器를 선비들의 정적인 취미공동체가 아니라 펜부대의 역동적 문화운동단체로 간주하게끔 한다.

문제는 이들이 자신들의 큰 포부를 실현하기에 조선의 문화적 수준이 터무니없이 낮다고 인식했다는 점이다. 예컨대 각종 미술단체가 우후죽순으로 생겨났다 문 닫기를 반복하는 세태를 비판했던 김용준의 다음 고백을 보자. 화가이자 비평가였던 근원 김용준(1904~1967)은 조선의 천박한 문화 풍토가 급기야 화가들로 하여금 자신들이 서양미술을 수학한 사실을 후회하게 만든다고 한탄했다.

운명도 운명이려니와 화가의 무반성도 무반성이려니와 그보다도 문화의 씨를 뿌려야 할 조선사회의 모든 계급이 노력을 아끼고 또 조선사회가 소위 미술에 대하야 아즉까지도 얼마나 천시하고 무례하며 몰염치하게 대해주는가 하는 것이 조선미술로 하야금 점점 더 쇠미하게 하는 소이일 것이다.[258]

신문사나 출판업자 같은 지식층 인사들까지도 화가를 노예 부리듯 하는 현실은 화가를 '환쟁이'라고 불렸던 때보다도 문화적으로 낙후돼 있다는 것이다. 염치와 교양 없는 조선의 저급한 문화 수준을 개탄하면서 김용준은 미술가에게 가장 필요한 것으로 예술적 자극과 창작의 여유를 꼽는다. "민중이란 생명 있는 예술을 이해하기에는 도야지처럼 무식"하다는 극단적 발언은, 대중적 명성과 금전에 집착하는 일부 화가들의 비양심적 행태와 예술을 예술로 볼 줄 모르는 우매한 대중 모두를 향한 그의 원망과 분노가 얼마나 컸는지 짐작하게 한다. 김용준의 이러한 면모는, 많은 모더니스트들이 민주주의자였으나 모더니즘 운동은 민주주의 운동이 아니었으며 따라서 이들은 '겸손'과는 거리가 먼 행보를 보였다는 사실에 정확히 부합한다.[259]

김용준의 위 글에서 감지되는 『문장』 그룹의 엘리트주의와 그 배면에 깔린 깊은 콤플렉스는, 이들이 '내지 문화'라는 가까운 기준을 가져와 우리도 그들과 다를 바 없다고 호언장담하게 된 배경을 이룬다.

원래 내지와 조선은 특히 지리적으로 밀접해 있음으로 서로 영향해 왔음이 과거에도 컸거니와 삼십년 이래 일시동인의 성은을 蒙霑하면서는 문화각반에 있어 내지와 동일한 보조로 발전함을 얻게 되었다. 병합당시에 내지에 비겨 손색이 크던 반도의 신문화는 오늘에 와서는 내

258 김용준, 「서화적 고민과 예술적 양심」, 『문장』 1권 9호, 1939.10, 228면.
259 피터 게이, 정주연 역, 『모더니즘』, 민음사, 2015, 53~55면.

지에 떨어질바 별무한 것이다.[260]

인용문에 드러나듯『문장』이 기획한 몇몇 고정난들과 이밖에 간간
이 실리는 몇 편의 시사적인 글들은『문장』의 대일협력양상을 불편한
방식으로 환기하는 것이 사실이다. 협력의 제스처를 취하면서까지
'반도의 신문화' 수준 문제에 매달릴 수밖에 없었던 이러한 절박함이
야말로 이들이 조선 문인화와 추사 김정희의 서체 같은 '품격 있는'[261]
전통 예술에 커다란 애착을 가지게 된 계기가 되었을 것이다. 문화의
'수준'을 끌어올리는 것을 급선무로 인식한 것은 이태준도 마찬가지
였다. 격을 높이기 위해서라면 조선의 화가들은 서양화보다는 동양화
를 그리는 편이 훨씬 '유리하다'는 것이 그의 판단이었다. 아무래도
"단원이나 오원의 의발을 받아 나아갈 사람은 동양인이요 동양에서도
조선 사람이라야 좋을 것"[262]이라는 인식에는, 동양화에 대한 이태준
의 애정뿐 아니라 동양화가 우리 문화 수준을 높이기에 훨씬 유리한
장르라는 매우 현실적인 판단이 작용하고 있었음을 주의할 필요가 있
다. "그런 유산을 썩혀두고 멀리 천애의 에펠탑만 바라볼 필요야 굳이
어디 있겠는가?" 단원과 오원의 유산을 계승하는 것이 가장 빠르고 확
실한 방법인 것이다.

---

260 「축 始政三十周年」, 『문장』 2권 8호, 1940.10, 1면.
261 김용준은 사람에게 품과 격이 있듯 그림에도 '화격(畵格)'의 높고 낮음이 있다고 강조했다. 善夫
   [김용준의 호-인용자], 「去俗」, 『문장』 1권 4집, 1939.5, 167면.
262 이태준, 「동양화」(『무서록』, 박문서관, 1941), 상허학회 편, 『무서록 외-이태준 전집 5』, 소명출
   판, 2015, 129면.

중요한 것은, 『문장』의 지향을 '고전주의'라든가 '조선적인 것'의 가치에 묶어 두는 작업이 『문장』 필진들의 생생한 욕망을 일제 말기 동양담론의 울타리에 가두는 효과를 초래함에도 불구하고 이러한 담론적 조건을 전부 허물어버린다고 해서 『문장』의 면모가 더 잘 파악된다고 보기는 어렵다는 점이다. 대신 이들의 소위 전통지향성에 대해 이전과는 조금 다른 접근법을 취해볼 수는 있겠는데, 논의의 지평을 옮기는 지렛대 역할을 하는 다음 두 개의 글을 살펴보자.

① 우리는 상실해가는 우리들의 예술유산을 두 가지 수단으로써 계승하자는 것이다. 하나는 **동양예술의 동양적 계승**(이것은 동양예술의 모—든 것 …… 양식, 소재, 정신)과 한 가지는 **동양예술의 서양화적 계승**(동양적 정신과 양식을 서양화적인 재료를 媒材로써 표현하는 것)이다.

내가 말하려는 것은 물론 후자다. 먼저말로 도라가서 다시 말하면, **현대 서양화에 있어서 추구된 전위예술이 도달한 결론이 먼저 말한바와 같이 동양예술의 고전적 유산 속으로 환원되고 말았다는 사실이다.** 그러니까 우리들의 즉 서양화가들은 서양의 정신을 모방할 필요가 없다는 것이며, 앞으로 우리에게는 우리들의 전통이 남긴 아름다운 정신이 있다는 말이다.

나는 고전을 사랑한다. 사랑하기에 전위를 해왔다. 나는 우리들의 전통을 지키겠다.[263]

② 고전이라거나, 전통이란 것이 오직 보관되는 것만으로 끄친다면 그것은 '주검'이요 '무덤'의 대명사일 것이다. 박물관이란 한낱 '아름다운 묘지'에 불과할 것이다. 우리가 돈과 시간을 드려 자기의 서재를 묘지화시킬 필요는 없는 것이다.

청년층 지식인들이 도자기를 수집하는 것은, 고서적을 수집하는 것과 같은 의미를 나타내야 할 것이다. 완상이나 소장욕에 끄치지 않고, **미술품으로, 공예품으로 정당한 현대적 해석을 발견**해서 고물 그것이 주검의 먼지를 털고 **새로운 미와 새로운 생명의 불사조**가 되게 해 주어야 할 것이다.[264]

인용문 ①은 화가 겸 문인 조우식의 글로, 그는 1937년 제16회 조선미술전람회 서양화 부문에서 작품 〈남男〉으로 입선한 후 동경의 니혼미술학교에 재학 중이던 1938년 9월 11일 『매일신보』에 「쉬르레알리슴 회화 소론」을 발표하면서 등단한 인물이다. 그의 친일 행적을 감안하다면 그가 말하는 동양적 전통이 일제 말기 동양담론의 광범위한 영향력 아래 형성되었다는 사실을 부인하기는 어려울 것이다. 다만 자신이 고전을 사랑하기에 전위를 해 왔다는 조우식의 발언을 당대 동양담론과의 상관성이 아니라 『문장』이 은근하게 표방한 전위 예술론과의 상관성에 입각하여 재검토할 필요는 있겠다. 인용문 ②는 옛

---

263 조우식, 「고전과 가치(續)」, 『문장』 2권 8호, 1940.10, 202면.
264 이태준, 「고완품과 생활」, 『문장』 2권 8호, 1940.10, 209면.

것의 현대적 해석 덕분에 주검 같은 고물이 비로소 생명력 충일한 고완품으로 거듭난다고 주장한 이태준의 글이다.

전통예술과 전위예술 간의 미학적 장력에 관한 조우식과 이태준의 이러한 견해는 『문장』을 통해 이루어졌던 문인과 화가 간의 '행복한 밀월'[265] 가운데 자연스레 형성된 것이었다. 이 밀월 관계의 핵심에는 이태준과 김용준의 두터운 교분이 자리 잡고 있었다. 해방 후 김용준은 서울대학교 미술대학에서 교수로 재직하던 중 월북했는데, 1920년대의 프로미술론, 1930~40년대의 전위미술론·전통예술론 등으로 표면화되었던 김용준 미술론의 뿌리는 다름 아닌 반부르주아 미술론의 확립에 있었다.[266] 특히 그가 1930년대 후반 "전통예술과 근대예술의 양식과 정신이 서로 보충되고 혼용된"[267] 경지에서 전통주의적 성향을 보였다는 사실은, 그가 모더니즘에서 고전주의로 전향한 것이 아니라 다름 아닌 '조선적 모더니즘'[268]의 창출에 목말라했음을 입증한다. 조영복에 따르면, 일제 시대 김용준의 비중을 의미 있게 만드는 것은 그가 철저하게 서양의 근대적 조형예술론을 수용했으면서도 그것 때문에 심각한 퇴조를 보였던 남종문인화풍의 추사 김정희를 역설적으로 선택, 시대에 역행함으로써 당시 누구보다도 진보적인 사상을 개진하는 비범함을 보여주었다는 사실에 있다.

---

265 조영복(2002), 앞의 책, 245면.
266 박계리(2010), 앞의 글, 219~229면.
267 조영복(2002), 앞의 책, 256면.
268 박계리(2010), 앞의 글, 227면.

서양화를 전공하는 학생이었던 젊은 김용준은 난생 처음 오원 장승업의 그림을 보고 다음과 같은 충격을 받았다고 기록했다.

그러나 그 작품[오원의 병풍화]을 대하고서 느낀 내 인상이란 그때까지 내가 가졌든 자긍심에 대한 심리적 큰 타격뿐이었다. 선과 필세筆勢에 대한 감상안을 갖지 못한 나는 오원화의 일격에 여지없이 고꾸러지고 만 것이다.[269]

이 대목에서 눈여겨보아야 할 것은, 김용준에게 서양화가 철저한 연습과 노력이 요구되는 수학修學의 영역이었던 것과 대조적으로 동양화는 예기치 않은 방식으로 대면하게 되는 운명(감각)처럼 그려지고 있다는 점이다. 그가 동양화를 배움의 대상으로 삼기도 전에 동양화가 미리 그를 사로잡은 것이다. 젊고 패기만만한 서양미술학도의 눈에 항아리의 입을 삼각으로 그려버린 장승업의 위대한 패기와 무서울 정도로 정밀한 사실력寫實力만큼 기이하고 낯선 세계가 또 있었을까? 눈에 띄는 차이점들에도 불구하고 모더니스트들은 크게 두 가지 뚜렷한 공통점을 지닌다고 알려져 있다. 하나는 관습적 감수성에 저항하려는 충동, 즉 '이단의 유혹'이며, 다른 하나는 '철저한 자기 탐구'의 경향이다.[270] 서양미술학도 김용준에게 서양화가 관습이었다면 거기

---

269 김용준, 「吾園軼事」, 『문장』 1권 11호, 1939.12, 141면.
270 피터 게이, 앞의 책, 29면.

서 벗어나 그것을 거스르게 하는 '이단의 유혹자'가 바로 오원 장승업의 색과 선이었던 셈이다. 게다가 그것이 다름 아닌 우리 민족의 전통이었다는 점에서 동양화는 '철저한 자기 탐구' 정신이라는 나머지 알리바이마저 성립시켰다.

이런 맥락에서 위의 두 인용문 ①과 ②를 다시 읽어보자. 『문장』 관련 논의에서 고전과 전통에 찍혔던 방점을 '때문에'와 '덕분에'로 옮겨보면, 위 필자들이 다름 아닌 모던한 문화인이라는 사실이 새삼 주목된다. 당연한 말이지만 이들은 동양의 처사들이 아니라 서양 근대 교육과 문명의 혜택을 듬뿍 받고 성장한 근대 문화예술인들이다. 모던한 문화인이기 '때문에' 그리고 근대 교육을 받은 '덕분에' '조선적인 것'을 아름답고 신비로우며 전위적인 것으로 느끼게 된 것이다. 봉건주의자는 조선적인 것을 존경할 수는 있어도 완상하기는 어렵다. 모더니스트의 눈에만 조선적인 것이 미적 취향의 대상으로 비칠 수 있다. 『문장』의 문인과 화가들이 고전을 예술적 지향점으로 내세운 것은, 그들이 진정 현대인이었기에 가능했던 미학적 실천이었다고 할 수 있다.

"고전을 사랑한다는 말은 '고전' 그것이 그 시대의 전위예술이기 때문"이며 "고전을 알려며는 전위이여야"[271] 한다는 조우식의 발언이나 "정당한 현대적 해석" 덕분에 전통은 새로운 미의 불사조가 될 수 있다는 이태준의 발언은 이러한 맥락에서 비로소 이해된다. 조선적인

---

271 조우식, 「고전과 가치−추상작가의 말」, 『문장』 2권 7호, 1940.9, 135면.

것에 대한 이들의 관심과 애호는, 이들이 시간적으로나 공간적으로나 철저히 조선적인 것 '바깥'에서 그것들을 바라보고 있었음을 증명한다. 골동품을 고완품으로 명명하는 것 자체가 모던한 인식이자 행위이다. 모던한 문화인들이 고급 전통과 고전에 경도되는 것은 일본의 경우도 마찬가지였다. 일부 예술가들이 특정 시기에 전통적인 것으로 방향을 바꾼 것은 전통에의 향수 때문이 아니라 그쪽이 오히려 전위적이며 가장 신선하게 보인다고 생각했기 때문이다.[272] 요컨대 기교와 형식을 중시했던 구인회 안팎의 문인과 화가들이 『문장』 시절에는 노선을 바꾸어 상고주의자로 돌아선 것이 아니라 예나 지금이나 여전한 현대적 스타일리스트였던 이들이 일제 말기에 이르면 고전과 전통이라는 또 하나의 전위적 양식을 발견했다는 것이 좀 더 설득력 있는 설명일 것이다. 문장파가 지향한 '조선적인 것'은 일견 전통적인 것처럼 보이지만 사실은 '제작'과 '기술'로써 철저하게 조율·통제된 아름다움이라는 지적[273]도 위의 관점을 뒷받침한다. 『문장』 그룹에게 고전과 전통이 과거의 정신이기에 앞서 첨단의 스타일을 의미하는 것이었다면 기법만의 모더니즘을 상고주의 정신으로 비로소 채워 넣었다는 정형화된 해석의 프레임은 더 이상 설득력을 갖기 어려울 것이다.

　『문장』에 관여했던 모던한 문화예술가들이 감행한 것은 '반부르주아 예술=프롤레타리아 예술'이라는 공식을 벗어나는 미학적 모험이

272　하루오 시라네·스즈키 토미 편, 왕숙영 역, 『창조된 고전』, 소명출판, 2002, 304~305면.
273　방민호, 「김환태 비평과 『문장』의 위상학」, 『일제 말기 한국문학의 담론과 텍스트』, 예옥, 2011, 166면.

었다. 1920년대를 전후한 시기 카프와 열띤 논쟁을 벌였던 김용준은 "반부르주아 미술을 위해 전위미술론자가 되어야 한다"라는 입장을 한 번도 포기한 적이 없었다.[274] 『문장』 표지화와 삽화를 전담하다시피 했던 장정의 대가 김용준과 그의 벗들인 가람, 상허, 지용 등은 그들이 함께 품었던 부르주아에 대한 적의와 분노, 그리고 여기서 싹튼 여러 불온한 꿈들에 단아한 선과 색을 입혀 『문장』을 1930년대 문예 부흥의 상속자 자리에 안착시키는 데 기여한다.

그러나 모름지기 모더니스트란 고전파괴를 모토로 내세우는 시대의 이단아들일진대, 『문장』 그룹이 고전을 숭상하면서 선비의 품격을 중시했다는 것은 명백한 아이러니처럼 보인다. 그러니 『문장』이 추구했던 단정하고 균형 잡혀 보이는 엄선주의를 한편으로는 하나의 성취로 다른 한편으로는 어떤 증상이나 징후로 봐야 하는 것은 아닐까? "시대의 병은 정상 상태 속에서 발견"[275]된다고 했던 아도르노의 통찰을 떠올리면, 『문장』의 그 경건함이 기실은 일제 말기 문화예술가들이 앓았던 시대의 병을 징후적으로 보여준 것 아닌가라는 의문이 든다. 군사적 파토스로 충만했던 일제 말기에 『문장』 그룹이 시도했던 문화적 실험은 지배 문화와 근본적 갈등을 일으키기 전에 어느 정도 기세를 꺾는 '사전 조정'[276]을 거쳐야 했던 것은 아닐까? 『문장』의 단아한 외양은 반부르주아적 상상력이 과학적 계급의식이라는 일방통

---

274 박계리(2010), 앞의 글, 227면.
275 테오도르 아도르노(2009), 앞의 책, 85면.
276 위의 책, 86면.

행로에서 벗어날 때 도달할 수 있는 어떤 미학적 성취와 한계를 동시에 보여주는 듯하다.

아도르노에 따르면 전통을 제대로 증오할 수 있기 위해서는 그것을 바로 자기 자신 속에 가지고 있어야 한다. 지긋지긋하다는 느낌이 필요하기 때문이다. 새파란 나이에 급진 그룹에 가담했던 이들이 어느 날 언뜻 감지한 지배적 전통 문화에 우직할 정도로 갑자기 존경심을 표하는 상황이 반복되는 이유를 아도르노는 이렇게 설명했다. 예술의 아방가르드 운동에서 속물들이 프롤레타리아보다 더 나은 감각을 가지고 있다고 판단한 것도 마찬가지 이유에서였다.[277] 증오할 줄 모르면 존경하게 되기 쉽다는 것이다. 그렇다면 과연 『문장』 그룹이 진정 부정하려 한 것은 무엇이었을까? 이들이 조선적 전통을 경외했다기보다는 전통 양식이라는 낯선 대상이 주는 새로운 감각 그 자체를 사랑했으리라는 것이 앞서 서술된 내용의 요지이다. 그러나 아도르노의 관점에서라면 전통을 향한 존경심이나 낯선 전통 양식에 대한 이끌림은 그 대상을 제대로 부정하지 않는다는 점에서는 닮은꼴이며 둘 사이에는 사실 종이 한 장의 차이도 존재하지 않는다. 전통을 제대로 증오해보지 않았다는 것이 반부르주아 성향 잡지 『문장』의 약점이었는지도 모른다.

이런 한계에도 불구하고 『문장』 그룹은 정치적·미학적 혁신의 기운이 만연했던 이전 시기에 뿌려진 전위의 씨앗들을 그 나름의 방식으

---

277 위의 책, 77면.

로 거두어들이는 데 커다란 기여를 했다. 후원자 김연만이 마련한 든든한 재정을 바탕으로 기성과 신진 문인의 대성좌를 이루겠다는 기염을 토한 『문장』이 아니었다면 해방기 좌우익 문인의 협력이 그토록 신속하게 이루어지지는 못했을 것이다. 『문장』은 이른바 '소부르주아 근성'에 대한 좌파 특유의 혐오와, 자본을 앞세워 무지한 대중을 조종하는 상업주의에 대한 문화 엘리트주의들의 분노가 반자본주의적 상상력을 기반으로 속물들에 대한 협공으로 수렴하는 한 장면을 연출했다. 1930년대와 해방기를 잇는 『문장』의 이러한 가교 역할에 주목한다면, 그리고 일제 말기와 해방기에 『문장』 그룹 문인들이 보였던 큰 포부와 발 빠른 행보를 감안한다면, '일제 말기 문장파 → 해방 후 문협정통파'라는 단선적 계보 그리기에 더 이상 만족할 수 없게 된다. 『문장』이 농축시켰던 전위적 문화예술인들의 잠재력은 해방기 우리 문인들이 보여준 역동적인 움직임의 한 자양분이 되었음이 틀림없다.

4. 근대의 '파란중첩'한 물결

김용준의 자화상은 젊은 자기 자신을 4, 50대의 노인으로 형상화하는 특징을 보인다. "늙기는 했으나 꼿꼿함을 버리지 않는 늙은이의 형상"에는 그의 철학적 삶의 태도가 고스란히 묻어난다.[278] 이태준과 박태원 두 스타일리스트 또한 노인을 작중 인물로 즐겨 내세운다. 이태준의

---

[278] 조영복(2002), 앞의 책, 255면.

「불우선생」(1932)이나 「복덕방」(1937), 그리고 박태원의 「낙조」(1933), 「최노인전 초록」(1937), 「골목안」(1939) 등에는 구시대의 유물 같은 형상을 한 노인들이 여럿 등장한다. 이를테면 한때 관비 유학생이었지만 지금은 알코올 중독자로 매약행상을 하며 죽을 날을 손꼽아 기다리는 최주사(「최노인전 초록」, 『문장』 1권 7집(창작 32인집), 1939.8)는 "낡고 폐기된 것들"[279]의 분위기를 강하게 풍긴다.[280] 김용준과 이태준, 박태원 등이 노인이라는 인물형에 보인 이런 애착은 이들의 전위적 감각이 노인의 형상화 작업에서 종언을 고한 것이 아니라 다른 각도로 굴절되어 뻗어나갔으리라 짐작하게 한다.

이어지는 지하련론에서 상술하겠지만 스스로를 진보적이라고 자처하는 리얼리스트들은 자신의 문학과 세계관이 '이미 더 나아진 상태'로 출현했다고 간주하므로 오히려 첨단을 지향하기 쉽다. 이들은 전통에 '낡은' 것 혹은 '부르주아적인' 것이라는 혐의를 씌워 재빠르게 처리하려는 경향을 보인다. 개별적인 불행을 계급 모순의 결과로 평가할 만큼 지적으로 훈련되고 자신의 삶을 진보의 법칙에 종속시키겠다는 의지를 갖춘 전위라면 미래를 위해 현재를 어떻게 처리해야 하는지 결국은 터득하기 때문이다.[281] 혈기왕성한 청년을 주인공으로 내세우는 소위 리얼리즘 소설에서 주인공의 시간은 앞을 향해 곧장 뻗

---

279 발터 벤야민, 최성만 역, 『역사의 개념에 대하여 外—발터 벤야민 선집 5』, 길, 2009, 150면.
280 권은에 따르면 최노인 같은 인물은 "경성의 공간지표들을 환기"하는 일종의 "동기화 장치"로서, 매약 행상으로 떠돌면서 그가 환기하는 공간지표들은 여러 시간적인 지표들과 접맥되면서 온전한 역사적 의미를 획득한다. 권은, 「경성 모더니즘 소설 연구」, 서강대 박사논문, 2013, 138~155면.
281 이순예, 『예술과 비판, 근원의 빛』, 한길사, 2013, 308면.

어나간다. 마치 지금 우리 눈에 보이지 않고 우리가 만질 수는 없지만 우리의 시야 밖에도 사물들이 엄연히 존재하는 것과 동일한 방식으로 '과거'가 존재한다는 것을 이들은 인식하지 않는다.

그런데 첨단만을 지향할 것 같은 모던한 감각의 스타일리스트들은 왜 자꾸만 "근대의 파란중첩한 물결"[282]을 더듬는 것일까? 「토끼 이야기」의 주인공 현은 책장에 꽂힌 장서들을 바라보며 다음과 같은 생각에 잠긴다.

> 새 사조가 지나갈 때마다 많으나 적으나, 또 그전 것을 위해서나 새 것을 위해서나 반듯이 희생자는 났다. 그 사조가 거대한 것이면 거대한 그만치 넓은 발자취로 인류의 일부를 짓밟고 지나갔다. 생각하면 물질문명은 사상의 문명이기도 하다. 한 사상의 신속한 선전은 또 한 사상의 신속한 종국을 가져오기도 한다. 예전사람들은 일생에 한 번 겪을지 말지한 사상의 날리를 현대인은 일생동안 얼마나 자조 겪어야 하는가.[283]

늘 새 질서를 갈망해 온 인류의 진보란 '앞의 것이 뒤의 것을 짓밟는 과정'일 뿐이라는 인식은, 생계를 위해 토끼라는 생명체를 사기도 하고 팔기도 하며 죽이기도 하는 자신의 일상을 부끄럽게 들여다보는

---

282 이태준, 「토끼 이야기」, 『문장』 3권 2호(창작 34인집), 1941.2, 456면.
283 위의 책, 456~457면.

현의 내면과 조화를 이룬다. 이태준이나 박태원이 묘사한 옛것이나 노인들은 단지 반근대(주의)를 상징하는 것이 아니라 역사의 진보를 믿는 혁명가들이 미처 포착하지 못한 시간의 속살―늙고 병들며 낙후되는 삶의 전 과정―을 상징한다. 『문장』의 스타일리스트들은 반근대주의 혹은 전통주의로써 근대를 넘어서려던 것이 아니라 정치적 전위가 시야에서 놓친 근대적 삶의 결들을 살려내려 애썼던 것이다. 현실을 '처리해야 할 대상'으로 보는 것이 아니라 현실을 '살아나갈 방도'를 찾기 위해 고투하는 몰락한 노인들을 통해 『문장』의 스타일리스트들은 바로 이 도저한 시간의 흐름과 (진보가 아닌) 변화 그 자체를 겸허히 수용하는 인간형을 제시한다. 비록 이러한 경향이 전통의 전위성 포착이라는 지극히 미학적인 진원지에서 다소 멀리 떨어진 곳에서 감지되는 여진 같은 것일지라도, 근대의 '파란중첩한 물결'에 대한 이들의 사유는 결코 '잃지 말았어야 하는' 우리의 유산임에 틀림없다.

지하련

지하련이 인격화한 진보의 민낯 ─────────

1. 진보라는 법칙, 가치, 감각

근대 초기 진보는 과학의 발전이나 인류사회의 진화를 믿는 근대주의
자들의 낙관적 비전을 담고 있는 용어였다. "미래 시간 속에서의 상승
과 열린 가능성"을 뜻하는 근대적 진보 개념은 열등한 과거와 더 나은
미래 간의 차이를 명백히 하면서 역사는 완전히 새로워지는 것이라는
인식을 널리 퍼뜨리는 데 일조했다.[284] 중요한 것은 단계의 차이인데,
인간의 단위이든 국가의 단위이든 간에 진보에는 항상 보다 빠른 것과
좀 더 느린 것이라는 시간 경험과 해석이 개입했다.[285] 더 진보했거나
덜 진보했다는 '단계'의 문제가 핵심이었다.

　여기서 제기되는 질문은 과연 역사의 진보가 인간의 노력을 필요
로 하는 것인가이다. 인류 역사가 세계 시민사회를 향한 진보의 과정
에 있다는 것을 정당화하고자 한 칸트에 따르면, 프랑스 혁명이야말
로 인간의 진보 능력을 지시하는 경험적 사태이다. 즉, 프랑스 혁명 당
시 혁명에 가담하지는 않았지만 그것을 관찰한 자들이 느낀 열정에 가
까운 공감은, 인류에게 진보 능력으로서의 도덕적 소질이 있다는 사

---

284 라인하르트 코젤렉 · 크리스티안 마이어, 황선애 역, 『진보─코젤렉의 개념사 사전 2』, 푸른역사,
　　2010, 74~79면.
285 좌파와 우파라는 용어가 일종의 공간적 은유로서 특정 시기에 형성된 정치적 대립을 위상학적으로
　　묘사한 것임에 반해, 진보와 보수는 변화에 대한 태도에 따라 구별되는 시간적 은유이다. 구갑우
　　외, 『좌우파 사전』, 위즈덤하우스, 2010, 42면.

실을 입증한다는 것이다. 혁명에 박수치면서 공감하는 무리는 특정한 이해관계를 벗어나 기쁨을 느끼는 자들로, 이해관계를 떠나 갈채하고 공감하는 이들이야말로 인류의 일반적 특성으로서의 도덕성을 견지한다. 이처럼 칸트는 프랑스 혁명 자체가 아니라 혁명에 대한 반응과 인식을 인간의 진보를 가능케 하는 동력으로 인식했으며, 이 열정의 인간학적 보편성과 망각 불가능성을 역사 진보 전망의 근거로 제시한다. 중요한 것은 이러한 진보의 전망을 이성의 요청으로 수용하고 그에 적합한 사건들을 산출할 것이냐 말 것이냐는 전적으로 인류 자신의 손에 달려 있다는 점이었다.[286]

여러 논자들의 지적대로 칸트는 진보를 역사의 필연적 법칙으로 바라본 것이 아니라 그것을 인간 이성의 요청으로 이해하고, 역사 속에 진보가 존재한다고 주장한 것이 아니라 역사 속에 진보가 존재한다는 사실을 상정할 근거들이 존재한다고 말했음에도 불구하고[287] 19세기 이후에는 인류의 진보 가능성이 더 이상 의심되지 않고, 발전이라는 일반 법칙에 따라 인류가 진보한다는 믿음이 광범위하게 유포된다. 진보는 더 이상 사전적 정의를 필요로 하지 않는 대중적 표어로 변모한 것이다. 19세기 독일 사전에서 진보라는 항목이 아예 사라지게 된 것은 이 때문이다.[288] 마르크스와 엥겔스도 역사가 진보한다는 것을

---

286 이상의 내용은 김수배, 「칸트의 도덕철학과 역사철학의 긴장 관계」, 『칸트연구』 21, 한국칸트학회, 2008; 이정은, 「역사발전에서 혁명(가)의 역할」, 『헤겔연구』 28, 한국헤겔학회, 2010; 김종국, 「칸트에서 유토피아와 진보」, 『철학』 105, 한국철학회, 2010 등을 참고하여 정리한 것이다.
287 김수배, 위의 글, 25~26면.
288 라인하르트 코젤렉·크리스티안 마이어, 앞의 책, 114~115면.

이론의 여지가 없는 사실로 간주한다. 이들이 생각한 진보에서 남달랐던 것은 "반대가 없으면 진보도 없다"라는 명제가 보여주듯 계급투쟁이 진보의 역동적 형태로 간주됐다는 점이다.[289]

이후 진보는 점차 '정도·단계'가 아닌 '관점'의 문제로 변하게 된다. 누가 더 진보했고 덜 진보했는가가 아니라, 모두가 진보에 참여하고 있으나 다만 각기 다른 방식으로 그렇게 하고 있다는 점이 중요해지게 된 셈이다. 진보 아니면 퇴보라는 양자택일적 구도에서 모든 당파들은 앞 다투어 진보의 자리를 찾기 위해 분투한다. 흥미로운 것은, 서양 정치사상사에서 진보 이데올로기라든가 진보주의라는 명칭으로 자신의 정치적 특징을 드러내는 별도의 정치·사회사상이 존재한 적 없다는 사실이다. 다만 보수주의가 그 형태와 내용을 달리할 때마다 상대방은 언제나 진보주의적인 것으로 규정되었다.[290] 따라서 특정한 정치사회적 이념을 기준으로 진보와 비非진보를 가르기는 어려우며 오히려 거의 대부분의 정치사회적 이론·실천가들이 스스로를 진보적이라고 규정하기를 원했다고 보는 편이 타당하다. 한국의 사정도 이와 크게 다르지 않은데, 진보라는 개념이야말로 한국에서 가장 인기 있는 정치 상품이라거나, 한국인들은 어떤 인물이나 정당을 진보적이라서 지지하는 것이 아니라 지지하기 때문에 진보적이라고 믿는 경향이 강하다는 지적이 이를 잘 말해준다.[291] 이미 오래 전부터 '진

---

289 위의 책, 135면.
290 홍윤기, 「민주적 공론장에서의 담론적 실천으로서 '진보-보수-관계'의 작동과 그 한국적 상황」, 사회와철학연구회, 『진보와 보수』, 이학사, 2002, 18~19면.

보'라는 가치 표방이 잘 팔리는 잡지의 요건임을 알려주는 기사도 존재한다.[292]

위에서 살펴본 것처럼, 개념사적으로 볼 때 진보라는 말은 변화와 상승에 대한 인류의 보편적 열망을 담고 있을 뿐 그 자체로는 특정한 이념을 함축하지 않는다고 보아야 한다. 즉 진보와 보수란 인간 내면에 내재하는 특정한 기질적 성향과 관련되는 측면이 있다.[293] 그러나 변화와 상승은 저절로 이루어지는 것이 아니며 변혁'운동'이나 계급 '투쟁'을 통해 그것을 꾀해야 한다는 관점이 강조된다면, 진보라는 개념에 특정한 정치적 색깔이 덧입혀질 수도 있다. 결국 근대적 의미의 진보 개념에서 그 단어의 복잡한 용례를 가로지르는 공통점 한 가지를 찾는다면, 그것은 "언제나 옛것은 뒤처짐을 의미"[294]했다는 것이 핵심이다. 특히 진보라는 단어가 대중적으로 사용될 때 그것은 선험적으로 이미 더 나은 것을 의미할 가능성이 크다.

한국 현대문학의 전개 과정을 돌아보면 매 시기 진보적임을 자처하거나 진보적이라고 규정되는 작가들이 있었다. 키워드 검색이 용이한 몇몇 신문과 잡지 기사를 일별해보면, 진보라는 개념은 대단히 유동적이며 그 용례가 심지어 자의적이기까지 하다는 점을 쉽게 알아차릴 수 있다. 주목할 것은, 카프 해체 이후에야 우리 문단에서 정치사회

---

291 구갑우 외, 앞의 책, 34면.
292 진영철, 「잡지 『비판』의 「비판의 비판」의 反비판」, 『혜성』 1권 9호, 1931.12, 34~38면.
293 홍윤기, 앞의 글, 23면.
294 라인하르트 코젤렉・크리스티안 마이어, 앞의 책, 14면.

적 의미의 진보 개념이 부상하기 시작했다는 점이다. 프로문인들이 과거를 되돌아보면서 스스로를 '진보적 문학'에 종사했던 작가·비평가로 표현하는 경우가 많았다. 해방기와 한국전쟁을 전후한 시기에는 가히 진보 담론의 인플레이션이라고 부름직한 현상이 나타났다. 좌익과 우익이 서로가 서로를 반동이라고 비난하면서 자신들을 진보로 자처하는 일이 잦았다. 그러나 전 세계가 냉전 체제로 재편되면서 반공을 내세운 한국에서는 한동안 정치사회적 의미의 진보 개념을 찾기가 어려워졌다. 진보가 혁명이나 변혁의 대체어로 통용되었기 때문인데, 한국사회의 극심한 레드 콤플렉스가 한동안 진보 담론의 실종을 야기했다고 볼 수 있다. 군사독재정권이 물러난 1980년대 후반부터 1990년대까지는 민주화 운동에 직·간접적으로 관여한 지식인·문인들이 앞 다투어 진보적 학술·문인 단체를 설립하면서 다시 한 번 진보 담론의 인플레이션이 도래한다.

한국 현대문학 역사상 주로 정치사회적 의미에서 진보적인 문인으로 이해되어 온 일련의 작가·비평가는 지금보다 '더 나은' 혹은 예전보다 '발전한' 문학과 사회를 꿈꾸었다. 그런데 스스로를 진보적이라고 생각하는 지식인-문인은, 자신의 실천이 이전보다 더 발전했다는 것을 끊임없이 '증명'하기보다는 그것을 다만 '전제'한 상태에서 행동하게 될 가능성이 높다는 것이 문제의 핵심이다. 왜냐하면 진보는 앞서 언급했듯 옛것을 뒤쳐진 것으로 파악하는 것을 동인으로 삼으므로, 어떻게 나아졌는지를 증명하는 과정을 거치지 않은 채 이미 더 나아진 상태로 출현한 것처럼 오인되기 쉬운 구조인 것이다. 이를테면 해방기의 김남천이 선보인 '진보적 리얼리즘론'[295]은 임화가 말한 일제강점기 '진보적 문학'[296] 진영의 리얼리즘론보다 얼마나 더 나아지거나 어떻게 달라졌는지 입증하는 과정을 거치지 않은 채 그 자체로 '진보적'인 문학론으로 등장한다. 해방기 임화나 김남천의 비평문에는 자신들이 내세우는 진보적 리얼리즘(론)이 1930년대의 리얼리즘(론)보다 어떤 점에서 어느 정도로 발전했는가를 구명하려는 시도를 찾기 어렵다. 해방기의 진보적 리얼리즘론에는 방법적 새로움이 없다거나[297] 1930년대 리얼리즘론과 해방기의 진보적 리얼리즘론 간에는 질적인 차이가 존재하지 않는다는 지적 등은 이러한 맥락에서 새삼 주목된다.[298]

해방기가 각별한 것은 지금 우리에게 익숙한 특정한 정치적 성향으로서의 진보적 가치와 감각이 이 시기에 이르러 비로소 뚜렷한 상을 그리기 시작했기 때문이다. 과거 카프를 중심으로 활동했던 일련의 지식인-문인들은 해방이 도래하자 당대를 풍미한 박헌영의 부르주아 민주주의 혁명론에 기대어 진보적 문학론을 적극적으로 내세운다. '진보적 리얼리즘'과 '혁명적 로맨티시즘'이 조선문학가동맹 소속 비평가들의 진보적 문학론의 양대 주축이라는 점은 주지의 사실이다.

---

295 "혁명적 로맨티시즘을 계기로 내포한 진보적 리얼리즘이란 하나의 종합적인 스타일을 갖추는 민족문학 수립의 커다란 기본적 창작태도라고 말할 수 있을 것이다." 김남천, 「새로운 창작방법에 관하여」(『건설기의 조선문학』, 1946.6), 신형기 편, 『해방 3년의 비평문학』, 세계, 1988, 158면.
296 "일본 제국주의는 (…중략…) 모든 종류의 진보적 운동과 진보적 문학에 대해 더 한층 가혹한 압박에 착수하였다." 임화, 「조선 민족문학 건설의 기본과제에 관한 일반보고」(『건설기의 조선문학』, 1946.6), 위의 책, 120면.
297 이양숙, 「해방직후의 진보적 리얼리즘론에 대하여」, 『실천문학』 32, 1993 겨울, 340면.
298 김동석, 「해방기 진보적 리얼리즘론에 대한 일고」, 『한국근대문학연구』 6-1, 한국근대문학회, 2005, 328면.

이 책은 해방기 진보적 문인들의 텍스트에 등장하는 개념으로서의 진보가, 일제 말기와 해방기를 단절이 아닌 연속의 차원으로 경험하게 하는 일상 속에서 어떻게 감각되고 구현되었는지를 살펴보기 위해, 조선문학가동맹 스스로가 상찬한 지하련 소설을 분석한다. 지하련의 소설이 중요한 것은, 그것이 조선문학가동맹 측의 표현대로 진보적 남성 지식인의 소시민성을 반성하는 보기 드문 작품이기 때문이 아니라, 작가 지하련이 진보적 남성 지식인의 일제 말기와 해방기 행적을 단절과 비약이 아닌 연속과 지속의 차원에서 조명하는 보기 드문 시선을 소유했기 때문이다. 진보적 남성들의 환상 구조를 로맨티시즘과는 가장 동떨어진 필치로 그려낸 지하련의 소설을 새롭게 독해함으로써, 우리 문학사에서 개념화한 진보와 구별되는 인격화한 진보의 한 양상을 조명할 수 있기를 기대한다.

2. 호모소셜한 동지들의 환상

지하련(1912~?)은 『문장』지를 통해 단편소설 「결별」로 등단한 1940년부터 1946년 대표작 「도정」을 쓸 때까지 만 6년 간 작품 활동을 했다. 그 사이 식민지 조선이 해방되면서 그나마 길지 않은 지하련의 작품 세계는 일제 말기 소설과 해방기 소설 「도정」으로 양분되다시피 하여 고찰되었다. 「도정」의 작가로 널리 알려진 지하련의 일제 말기 소설이 본격적으로 검토되기 시작한 것은 비교적 최근의 일이다.[299] 진보적 리얼리즘론을 내세운 조선문학가동맹이 지하련의 「도정」을 이태준의 「해방 전후」와 함께 1946년 '해방기념조선문학상' 소설부문 최종 경선작으로 올렸다는 사실이, 지하련을 '해방기 「도정」의 작가'로 부르게 한 결정적 요인이 되었다. 그러나 조선문학가동맹 제정 문학상 부문 '후보'라는 바깥에서 주어진 '영광'이, 지하련의 삶과 예술을 온전히 조명하는 관점처럼 여겨지는 데에는 적지 않은 문제가 있다. 한 인간으로서나 작가로서나 생명이 길지 못했던 지하련의 작품 「도정」이 만일 조선문학가동맹 기관지 『문학』에 실리지 않았다면 지하련이 과연 지금과 같은 문학사적 위상을 차지할 수 있었을는지 의문이지만, 해방기 진보적 문인들의 구심점 조선문학가동맹의 심사평이 그 이후 지하련 소설의 다양한 독법을 생성하는 데 오히려 걸림돌로 작용했을 가능성 또한 매우 높다.

이러한 관점에 따라 다시 읽는 지하련의 소설에서 가장 먼저 주의 깊게 살펴봐야 할 점은 삼각형의 인물 구도이다. 형예-정히-정히 남편(「결별」), 나-아내-아내친구 정예(「가을」), 연히-순재-순재 남편(「산길」)의 구도를 보이는 「결별」 연작에 관해서는 설득력 있는 선행 연구가 이미 진행된 바 있다.[300] 여기서 우리가 지하련의 소설에서 주

---

299 안숙원의 「지하련 작품론」,(『한국문학이론과 비평』 14, 한국문학이론과 비평학회, 2002)과 서재원의 「지하련 소설의 전개양상-인물의 윤리의식을 중심으로」(『국제어문』 44, 국제어문학회, 2008)가 해방 전과 이후 작품을 아울러 고찰하고 있다. 그 밖에 지하련의 일제 말기 소설을 다룬 대표적 성과로는 김주리의 「신여성 자아의 모방 욕망과 '다시쓰기'의 서사전략-최정희의 「인맥」과 지하련의 「결별」 연작을 중심으로」(『비평문학』 30, 한국비평문학회, 2008)와 박찬효의 「지하련의 작품에 나타난 신여성의 연애 양상과 여성성-「가을」, 「산길」, 「결별」을 중심으로」(『여성학논집』 25, 이화여대 한국여성연구원, 2008) 등을 꼽을 수 있고, 박지영의 「혁명가를 바라보는 여성 작가의 시선-지하련의 「도정」, 한무숙의 「허물어진 환상」을 중심으로」(『비교어문연구』 30, 비교어문학회, 2011)가 「도정」을 분석한 경우에 해당된다.

목하는 지점은 부부관계가 아니라 남매관계이며, 이들 남매 사이에 어김없이 개입하는 또 다른 남성인물이다. 즉 누이-오빠-오빠친구의 삼각관계를 중심으로 그려지는 진보적 남성 지식인의 환상 구조가 중요하다.

「체향초」(1941), 「종매」(1942), 「양羊」(1942)은 동지관계나 사촌남매관계에 있는 젊은 남녀를 주인공으로 내세운 작품들이다. 「체향초」에서는 '삼히-삼히 오라버니' 남매와 '삼히 오라버니-태일'의 동지관계가, 「종매」에서는 '정원-석히' 남매와 '석히-태식'의 동지관계가, 그리고 「양」에서는 '정래-정래 누이' 남매와 '정래-상재'의 동지관계를 중심으로 각각의 서사가 전개된다.

먼저, 「체향초」와 「종매」는 어린 시절 돈독한 사이였던 누이와 사촌오빠가 성인이 되어 다시 만나면서 갈등을 빚게 되는 과정을 그린 소설이다. 「체향초」의 삼히는 "한때 불행한 일로 해서" 등을 상한 사촌오빠의 집으로 요양차 내려온다. "전에 그렇게 상냥하든 오라버니가, 어쩐 일로 몹시 까다롭고, 서먹서먹해 갔다"라는 느낌으로 시작되는 삼히와 오빠 부부의 생활은 겉보기에는 평화롭고 순탄하지만, 삼히는 요양 생활 내내 오빠를 향해 동시에 솟구치는 존경심과 적대감으로 고통 받는다. 삼히가 가장 참을 수 없어 하는 것은 바로 '생활'에 대한 오빠의 태도인데 그는 숨 막히는 더위에도 아랑곳하지 않고 "무서운 인내나 아집"을 과시하는 것처럼 노동복을 입고 일에 몰두한다. 삼

---

300 김주리, 위의 글.

히는 오빠의 이런 태도에서 어떤 "횡폭한 데"가 있음을 직각하고 이렇게 쏘아붙인다.

> "오라버니 자랑스러 하네ㅡ"
> 하고 말을 해봤다.
> "뭘루?"
> "이렇게 사는 걸루요ㅡ"
> "그런 걸까?"
> "내 보니께 그렇데요. 괘니 남이 해도 될 걸 손수 허고, 헐 댄 지나치게 **열중해 뵈구……**"
> "그게 자랑이란 말이지?"
> "그러믄요ㅡ"[301]

정치적 사건에 연루되어 옥고를 치르고 돌아온 것으로 설정된 오라버니는, 노동복을 입은 채 김을 매고 모종하며 돼지와 닭을 키우는 데 하루해를 다 보낸다. 그러나 삼히는 오라버니의 이런 삶에서 어떤 "섬직한 인상"을 받는다. 왜냐하면 삼히가 보기에 오라버니는 필요에 의해 노동을 하는 것이 아니라 노동을 신념화하고 생활을 이념화하고 있기 때문이다. 누이의 눈에 비친 오라버니는 직업을 갖고 있지 않지

---

[301] 지하련, 「체향초」(『문장』, 1941.3), 서정자 편, 『지하련 전집』, 푸른사상, 2004, 115면. 이하 동일 서지사항은 간략히 표기함.

만 그렇다고 살림을 하는 것은 아니며 다만 노동을 '자랑'할 뿐이다. 누이의 이러한 도발에 그는 그저 '네 말이 맞다'고 수긍을 하지만, 그것은 그가 누이의 의견을 존중해서가 아니라 누이를 "적은 창조물"로 가볍게 취급했기 때문이라는 점이, 남매 간 갈등의 핵심에 자리 잡고 있다. 삼히는 태일이라는 청년에게 자격지심을 느끼는 오라버니를 향해 "이따금 오라버니들은 꼭 어랜애 같어ー"라고 말하지만 오라버니는 그 어린애다움이 너 같은 조그만 창조물은 결코 이해하지 못할 지극히 넓고 풍족한 어떤 것과 통할 수 있다며 농조로 훈수를 둔다. 이에 삼히는 깊은 모욕감과 불쾌함을 느끼지만, 반격하는 삼히의 다음 대사는 동지관계에 있는 오라버니-태일의 자긍심에 치명타를 줄 만큼 강한 메시지를 담고 있다.

> "지극히 어진 이가, 그 어진 바를 모르듯 오라버니도 응당 몰라야 할 것을 이미 안다는 것은 어찌된 일예요?"[302]

삼히의 위 발언에 따르면, 주체가 이미 옳다고 확신하면서 하는 일은 옳지 않다. 왜냐하면 상대방에게 그것이 왜 옳은가를 보여주는 과정이 생략되었기 때문이다. 앞에서 언급했듯 자신이 진보적 지식인이라는 자부심으로 뭉친 인물이 가장 경계해야 할 것 중의 하나는, 자신의 입장이 다른 입장에 비해 어떻게 더 나은지를 증명하는 과정을 거

---

302 위의 책, 143면.

치지 않은 채 이미 더 나아진 상태로 출현한 것처럼 오인되기 쉽다는 사실이다. 만일 그렇게 하는 것이 가능한 존재가 있다면 그것은 신뿐인데, 삼히가 보기에 자신을 '작은 창조물' 운운하는 오빠는 신의 자리에 서고자 하나 실제로는 "거인도 죽고 천사도 가고 없는 소란한 시장의 아들로 태어나 한 올에도 능히 인색한 몰골이 사나운 형상"[303]을 한 작은 인간에 지나지 않는다. 삼히는, 자기 누이를 작은 피조물로 명명하면서 스스로를 신의 자리로 격상시키는 오라버니와 다르게, 자신을 '신'이나 '보편적 인간'으로 오인할 가능성을 훨씬 덜 지니고 있는 셈이다.[304] 오라버니는 생활에 필요한 노동을 자랑으로 여기지만 정작 살림을 도맡고 있는 아내에게는 한결같이 무심하며, 결혼한 누이를 여전히 철없는 어린애 취급하며 "훌륭한 '사나히'란 자랑"을 가진 태일이 "'남성의 세계'를 대표한다며 그를 과찬한다. 여자들도 관평을 다닐 수 있고, 살림하는 남성에게도 긍지가 있는 생활을 꿈꾸는 누이들에게, 진보란 여성이 공적 영역으로 진출하는 데서 끝나는 것이 아니라 남성들이 사적 영역으로 들어오는 데서 시작되는 것이다.[305] 그러나 오빠는 결코 살림을 긍지로 여긴 바 없고, 다만 비어 있는 신념의 자리에 생활을 밀어 넣었을 뿐이다.

---

303 위의 책, 144면.
304 억압이 억압자를 '더 나은 사람'으로 변모시킨다고 주장하기는 어려우나, 주변화된 집단은 자신들을 보편적인 인간-남성으로 오인할 가능성이 더 적다는 점에서 그릇된 '우리'를 진정한 복수성으로 해소할 수 있는 가능성을 좀 더 많이 지녔다고 할 수 있다. 낸시 하트삭, 「페미니스트 입장론을 다시 본다」, 낸시 홈스트롬 편, 유강은 역, 『페미니즘, 왼쪽 날개를 펴다』, 메이데이, 2012, 577면.
305 정희진, 『페미니즘의 도전』, 교양인, 2005, 178면.

'생명'과 '육체'와 '사나히란 자랑'을 지닌 활동가 태일의 삶을 흠모하면서 그러지 못하는 자신의 상황에 자괴감을 느끼는 왕년의 '주의자' 오라버니는, 자신의 우울한 내면과 의미 없는 삶을 의미 있게 만들어줄 스크린을 절실히 필요로 하는 존재라고 할 수 있다. 그는 자신의 어둠을 상연할 밝은 스크린을 순수한 누이에게서 찾고자 하나 실제 누이는 무구한 백지 같은 존재가 아니라는 데서 긴장이 발생한다. 왜 매사를 조소적·방관적으로만 대하느냐는 오라버니의 힐난에 누이가 왜 "오라버니만 조소적이요 방관적일 수 있고 남은 그렇거면 못쓴단 거지요?"[306]라고 항변하는 것은 누이에게도 내면과 시선이 있기 때문이다. 누이도 오빠 이상으로 깊고 어두운 내면을 지녔다는 것을 오빠가 수긍하지 못하는 한 「체향초」의 남매가 화해하기란 요원해 보인다.

「종매」에서도 유사한 상황이 연출된다. 자신의 동지 태식과 미묘한 심리전을 겪으며 괴로워하는 사촌 누이 정원에게 오빠 석히는 예전의 밝은 모습으로 돌아갈 것을 종용한다. 석히 역시도 "몹시 어둡고 서글푼" 내면을 남성 동지들의 영역으로 특권화하고 명랑한 누이-스크린에 그것을 상연하고자 하지만 누이인 정원은 「체향초」의 삼히가 그러했듯 이번에도 오빠의 환상을 여지없이 깨뜨리고 만다. 정원은 "밝음으로 해서 사람의 어려운 경우를 완전히 피할 수가 있다면 세상엔 '불행'이나 '고통'이란 말들이 소용없게……?"[307]라면서 반발한 것이

---

306 지하련, 「체향초」, 『지하련 전집』, 148면.
307 지하련, 「종매」(1942)(지하련 창작집 『도정』, 백양당, 1948), 『지하련 전집』, 186면.

다. 그러자 석히는 "지금까지의 천진하든 원이는 어데를 가"게 되었냐며 개탄한다.

불화하는 남매들의 갈등은 오빠의 동지가 이들 사이에 개입하면서 본격화한다. 「체향초」와 「종매」, 「양」에 등장하는 남성 주인공들은 각자 삶의 태도에 대해 지나치게 큰 의미를 두고 서로의 진정성을 의심하는 데 익숙해져 있다. 이를테면 「체향초」의 오라버니와 태일은 무엇이 진정한 생활이고 무엇이 비굴한 삶인지를 진지하게 논한다. 「종매」에서도 석히와 철재는 어떻게 사는 것이 잘 사는 것인가에 관해 심각한 대화를 나눈다. 그러면서도 서로를 깊게 믿지 못하고 계속 미묘하게 충돌을 하는데, 「양」에서는 동지 간의 그러한 불신과 불안이 선명한 꿈 이미지로 제시되면서 한층 생동감 있게 그려진다. 「양」에서 성재는 자신과 함께 지내는 정래에 대해 자꾸만 "야릇한 압박과 불안"을 느끼곤 한다. 정래는 성재에게 "당신은 내게 작구 속는 것 같은 일종의 공포가 있지 않"느냐면서 "자기 이외 아무 것도 신뢰하지 않는 사람"들이 남들과 접촉을 하는 것에는 언제나 심각한 불안과 공포가 따른다는 고백을 한다.

자기 확신에 기반을 둔 동지들의 관계가 진정한 내적 결속으로 이어지지 못하는 상황을 예리하게 포착한 위 대목에서, 작가 지하련은 "한국 사회에서 '생각한다'는 것 자체가 언제든지 범죄로 취급당할 위험을 내포한 행위라는 것이 현대적 사고 문화의 첫 번째 경험"[308]이었

---

308 홍윤기, 앞의 글, 27면.

음을 생생히 묘사한다. 사상범으로 옥고를 치렀던 왕년의 동지들은 각자의 사상이나 노선을 두고 더 이상 논전을 벌이지 못하게 되자, 각자 사는 방식이나 말하는 스타일을 두고 대결을 펼친다. 삶의 스타일을 두고 갑론을박하는 행위가 이념 논쟁의 대리전 양상을 띠게 된 셈이다.

여기서 흥미로운 점은, 삶의 스타일에서 높은 비중을 차지하는 연애 문제를 그려내는 작가의 시선이다. 남매관계에 끼어든 오빠의 동지들은 상대 여성으로부터 받는 애정보다 그녀들의 오빠로부터 받는 신임을 훨씬 더 중시한다는 특이한 양상을 보이는데, 이를테면 「체향초」의 태일은 삼히를 향해 호감을 품으면서도 궁극적으로는 삼히의 오라버니와 서로의 초상화를 나누어 가질 만큼 그와 공고한 유대감을 유지하는 데 더 많은 에너지를 할애한다. 「종매」의 남성 인물들 또한 정원에게 각자의 방식대로 관심을 표명하지만 관계의 핵심은 자신들의 우정을 어떻게 잘 유지할 것인가에 있었다. 이성과의 사귐과 달리 "사나이들의 사귐"은 결코 편협하거나 평범하지 않다는 석히의 발언은 이러한 맥락에서 문제적이다. 「양」의 남성 주인공들인 성재와 정래 또한 정래 누이와 성재 간의 연애 문제를 툭 터놓고 이야기하지 못할 만큼 서로에 대한 탐색에 몰두하고 있다.

여성에 대한 남성의 호감과 애정이 그들의 오빠를 거쳐 이리저리 굴절되면서 결국 소외되는 것은 누이들이다. 동지관계에 있는 남성들에게 필요한 것은 상대 여성(누이)으로부터의 즉답이나 인정이 아니라 같은 남성인 그녀들의 오빠들로부터의 신임과 존경이기 때문이다.

225

'누이-오빠-오빠의 동지'의 삼각 구도에서 누이의 가치가 오빠나 오빠의 동지에 의해 결정되는 것은 당연하지만 오빠나 오빠 동지의 가치는 누이에 의해 결정되는 법 없이 남성 간 상호 평가에 의해서만 매겨진다. 호모소셜한 남성 사회[309]에서 패권 게임의 승자가 되기만 하면 여자는 전리품처럼 자동적으로 따라오게 되며 그렇기 때문에 「체향초」의 태일과 「종매」의 태식, 그리고 「양」의 성재는 모두 그들이 호감을 품고 있는 여성의 '오빠'보다 우월해지기 위해 분투한다. 성적이지 않은, 혹은 성적인 것을 억압한 남성 간의 호모소셜한 연대는, 여자라는 성적 객체를 소유할 수 있는 남성 주체 간의 상호 승인을 기반으로 한다. '자기 여자를 소유하는 것'이 성적 주체가 되기 위한 조건이다. 여기서 중요한 것은, 남성됨을 인정해주는 것이 이성인 여성이 아니라는 점이다. 남성의 주체화에 필요한 것은 자신을 남성으로 인정해주는 남성 집단이며, 남성의 가치는 남성 세계 안의 패권 게임에 의해 결정된다. 장끼(수꿩) 두 마리가 "숲에서 요란한 쟁투"를 벌이다가 결국 한 놈이 다른 한 놈을 해치우고 나서 힘차게 날아오르는 모습을 그린 「종매」의 마지막 장면이나, 범에게 목을 물려 피를 철철 흘리는 양꿈을 꾼 성재의 심란한 내면을 묘사한 「양」의 첫 장면은, 두 남성인물 간의 치열한 패권 다툼을 탁월하게 형상화한 대목으로 읽힌다.

---

309 호모소셜(homosocial)이란 호모섹슈얼(homosexual)과 달리 성적이지 않은 남성 간 유대를 의미하는 이브 세지윅(Eve Sedgwick)의 용어이다. 우에노 치즈코, 나일등 역, 『여성혐오를 혐오한다』, 은행나무, 2012, 30~44면.

바로 이때였다. 별안간 건너 숲에서 요란한 쟁투가 이러났다. 수풀 속이라 잘 분간할 수는 없었으나, 무었인지 쫓고 쫓기우는 기세만은 분명했음으로 두 사람은 모르는 사이에 그 곳을 향하고 긴장했다. 이 윽고 한 놈이 오색 빛깔로 찰란히 깃을 치며 쫓기든 놈을 박차고 호기 있게 날렀다 ― 장끼었다. 그러나 남은 한 놈은 아무리 기다려도 다시 수풀에서 나오지는 않았다. ― 정말 어데가 그대로 죽은 것처럼 영 기척이 없었다…….[310]

"필시 범이 문거요. 아니고야 요충 애목을 요 모양으로 작살낼 놈이 어디 있겠오" 한다. 하도 억색해서 한동안 그대로 서서 보구 있노라니, 그놈이 평소에도 유독 빛깔이 히고 키가 성큼하니 커서, 그저 어리석어 만 뵈이든 놈이 덜컥 애목을 물리고 휘둘려 놓았으니 이젠 아주 정신머리 다 빠진 놈처럼 눈을 번―이 뜬 채 피만 퍽퍽 쏟고 있다. (…중략…) "천치 같은 놈이, 그래 백주에 끽소리 한마듸 못지르고……"[311]

지하련 소설의 인물은 왜 삼각형으로 배치되는가라는 수수께끼를 풀려면 '차별에는 최소한 세 명이 필요하다'라는 명제를 되새길 필요가 있다. 차별이란 어떤 이를 타자화함으로써 그것을 공유하는 다른 이와 동일화하는 행위이다.[312] 지하련 소설의 여성 주인공들이 처음

---

310 지하련, 「종매」, 『지하련 전집』, 196면.
311 지하련, 「양」, 『지하련 전집』, 200면.
312 우에노 치즈코(2012), 앞의 책, 42면.

제4장
1930년대 문학의 유산

부터 끝까지 자존심을 회복하지 못해 괴로워하고 모욕감이나 불쾌감으로부터 놓여나지 못하는 데에는, 동지관계를 형성하고 있는 남성들의 체질적 배타성이 그 원인으로 자리 잡고 있다. 지하련 소설의 두 남성인물은 다른 한 명의 여성을 미숙하거나 순수한 대상으로 타자화하는 경험을 공유한 상태에서, 서로 존경하고 사랑하거나 질투하고 협상하면서 상대 남성보다 우월해지기 위해 애쓴다. 그러나 지하련은 이들 남성 간 연대가 왜 상호 불신을 수반할 수밖에 없는 비극적 역사의 산물인지를, 그리고 내면의 깊이를 가지지 않은 누이-스크린에 대한 이들의 믿음이 왜 환상에 불과한 것인지를 동시에 폭로함으로써, 진보적 남성 지식인의 호모소셜한 연대를 탈신비화 · 탈신화화하는 문학적 성취를 이루고 있다.

3. '당'이라는 괴물

이러한 논의의 연장선상에 「도정」을 자리매김하기 위해, 「도정」은 일제 말기 지하련 소설에 등장했던 남성 인물들이 해방을 맞이하여 다시금 이합집산하는 과정을 근거리에서 포착한 작품이라는 점을 우선 이해할 필요가 있다. 조선문학가동맹이 지하련의 「도정」을 고평한 근거는 그것이 지식인 · 운동가의 양심 문제를 취급한 거의 유일한 작품이라는 것이었다. 그런데 따지고 보면 지식인 주인공이 자신의 소부르주아 근성을 반성하거나 폭로한다는 문학적 설정은 전혀 새롭거나 특이한 것이 아니다. 식민지시기에 쓰인 최서해나 강경애, 이태준, 유진오 등의 작품에는 자신의 소시민성을 고발하면서 방황하는 무수히 많은 주인공들이 등장한다. 결국은 박헌영에게 밀려나게 될 운명의 장안파가 공산당을 결성하는 과정을 포착했다는 점도 「도정」을 돋보이게 하는 배경이 되기는 하지만 정작 「도정」의 인물들은 그들이 어떤 노선을 왜 선택했는가에 관해 전혀 현실적인 판단을 하고 있지 않다. 다시 말해 장안파 공산당 결성이라는 역사적 사건 또한 「도정」의 존재감을 좌우한다고 보기는 어렵다.

앞에서 논의한 지하련의 일제 말기 소설을 상기하면서 「도정」을 다시 읽을 때 가장 먼저 눈길을 끄는 점은 석재에게 입당이 '두 번째' 사건이라는 사실이다. 만일 석재가 해방기에 처음으로 당원이 된 것이라면 그가 자신의 소시민성을 통렬하게 비판했다는 것에 어떤 식으로든 의미를 부여하는 것이 가능할 것이다. 그러나 해방 직후 석재는 두 번째로 당원이 되고자 하며 그런 점에서 그는 첫 번째와는 '다른' 방식의 결단과 투신에 대해 치열하게 고민했어야 했다. 나라를 빼앗긴 상태에서 주의자 취체와 투옥이 일상화되고 지하에서밖에는 운동의 명맥을 이어가지 못했던 시기에 당원으로 사는 것과, 전혀 "잡힐 염려가 없"어진 해방기에 당원으로 사는 것 간에는 비교할 수 없을 만큼 큰 차이가 존재한다. 모든 것이 가능해진 시기로 접어든 지금, '나'는 무엇을 위해 왜 어떻게 싸워야 하는가? 다시 당원이 되겠다고 결심하는 석재는 이런 질문을 던지지 않는다. 다만 그는 친구가 그를 '결백증 환자'라고 부를 만큼 자신의 "인간성" 문제로 고민을 해 오던 터이다. 그의 고민은 애매하기 짝이 없으며 지향성도 없다. 형태도 죄목도 분명치 않으나 "결국 네가 나쁜 사람이라는 애매한 자책"이 머릿속에서 떠나질 않던 차에 갑자기 해방을 맞이하게 된 석재는 공산당이 다시 결성된다는 소문을 접하게 된다. 그 때 석재의 머릿속에는 다음과 같은 환영이 떠오른다.

> 눈을 감았다. 순간, 머릿속에 독갑이처럼 불끈 솟는 '괴물'이 있다. '공산당'이었다. 그는 눈을 번쩍 떴다.
>
> 다음 순간 이 괴물은, 하늘에, 땅에, 강물에, 그대로 맴을 도는가 하니, 윈간 찰거머리처럼 뇌리에 엉겨붙어 도시 떠러지질 않는 것이었다. 생각하면 긴 동안을 그는 이 괴물로 하여 괴로웠고, 노여웠는지도 모른다. 괴물은 무서운 것이었다. 때로 억척같고 잔인하여, 어느 곳에 따뜻한 피가 흘러 숨을 쉬고 사는 것인지 알 수가 없었다. 그러나 귀 막고 눈 감고 그대로 절망하면 그뿐이라고, 결심할 때에도 **결코 이 괴물로부터 해방될 수는 없었다.** 괴물은 칠같이 어두운 밤에서도 화ㅡㄴ이 밝은 단 하나의 '옳은 것'을 진이고 있다 그는 믿었다. ― 옳다 ― 는 이 어데까지 정확한 보편적 '질리'는 ― 나쁘다 ― 는 어데까지 애매한 율리적인 가책과 더부러 오랜동안 그에게 크다란 한 개 고민이었든 것이다.[313]

자신은 '나쁜' 사람이라는 윤리적 가책에도 불구하고 내가 믿은 당은 '옳다'는 판단이 가능했다는 것이 석재가 풀지 못한 갈등의 핵심이

---

313 지하련, 「도정」, 『지하련 전집』, 29면.

다. 그러나 그보다 더 심각한 문제는, 석재가 자신이 당을 '선택'했다고 여기고 있지 않다는 사실이다. 석재는 스스로를 긍지에 찬 자율적 주체가 아니라 무서운 도깨비에 질린 나약한 존재로 인식하고 있으며, 해방을 맞이한 지금까지도 그는 이 괴물에게서 "해방"되지 못하고 있다.

「도정」에 등장하는 석재나 기철들은 일제 말기 지하련의 작품에 등장했던 다양한 유형의 남성 인물들을 환기하고 있는데, 앞에서 살펴본 바 있듯이 여성 주인공의 눈에 비친 이들 남성의 호모소셜한 연대는 대단히 취약한 기반 위에 형성된 것이었음을 상기해 보아야 한다. 새삼 떠올려보면, 일제 말기 지하련의 소설에 그려진 남성 지식인들은 한결같이 사소한 인정투쟁에 삶의 에너지를 소진하곤 한다. '사나히들의' 자랑스런 연대를 지향하나, 제3자(누이)의 시선에 포착된 이들의 교우란 허물어지기 쉬운 환상 — 자신들만이 어둡고 깊은 내면을 지녔으며, 어린 여자 같은 작은 피조물이 범접하기 어려운 크고 어려운 이상을 자신만이 품고 있다는 환상 — 에 기반을 두고 있다. 「결별」 연작에서 아내들이 자신의 남편과 사랑에 빠진 친구를 두고 "정히 걔는 무슨 봉변이에요?"라면서 오히려 친구를 두둔하게 되는 가장 근본적인 이유는, 밖에서는 그토록 존경받는 훌륭한 남편이 전혀 민주적이지 못한 가장이라는 사실에 있다. 「체향초」나 「종매」, 「양」에 등장하는 오빠나 그의 동지들도 결혼까지 한 상대 여성을 "나이 사뭇 어린 녀학생을 대하듯 외람이 구"는 아니꼬운 면모까지 지녔었다. 지하련은 이러한 남성들을 해방기에 다시 호명하면서 이들에게 새로이 당원의 자리를 제시해 보고, 왜 이들이 그토록 당원 되기에 목말라했는가를 새삼 묻고 있다.

석재나 기철이라는 인물 뒤에는, 자신들의 민주적이지 못한 언행("여자가 아무리 영리해도 밖앝 일을 이해 못험 그건 좀 골난해"(「결별」)이나 비윤리적 행위(아내 친구와의 불륜)조차를 '어른다운 경험'이 하나 더 추가된 것으로 여기고 맒으로써 상대 여성의 노여움을 사는 일제 말기 진보적 지식인의 얼굴이 그림자처럼 뒤따르고 있다. 지하련이 묘사한 일제 말기의 진보적 남성은 무엇보다도 민주적 감각을 소유하지 못한 이들이었다. 살림을 무시하면서 노동을 이념화하는 이중성도 노출됐다. 널리 알려진 바대로 조선문학가동맹이 좇은 박헌영의 8월 테제는 해방기 조선이 '부르주아 민주주의 혁명'의 단계를 밟고 있다고 천명했다. 그러나 지하련의 남편 임화[314]가 몸 바친 조선문학가동맹의 호모소셜한 남성 멤버들이 과연 얼마만큼 '민주주의적'인 감각을 지니고 있었는지는 회의적이다. 지하련의 일제 말기 소설과 「도정」이 이를 웅변에 가까운 어조로 입증하고 있다.

그런 이들이 결국 다 같이 공산당에 참여했다는 것은 무엇을 의미할까? 「도정」의 주인공 석재는 아무 곳에도 격할 줄 모르고 감동하지 않는 「양」의 주인공 성재와 흡사한 인물이다. 그는 일본의 항복 선언 방송을 듣고도 스스로 의아할 만큼 별다른 심적 동요를 느끼지 못한다. 새롭게 공산당이 결성된다는 소문을 듣고 당에 들어섰을 때에도

---

314 임화와 지하련의 행적을 실증적으로 밝힌 최근 논문으로 박정선, 「임화와 마산」, 『한국근대문학연구』 26, 한국근대문학회, 2012를 참조할 것.

동지들과 악수를 나누며 일시적인 감격에 휩싸이기는 하지만 이내 냉담하리만큼 차분해지는 자신이 스스로도 잘 이해되지 않는다. 그것은 석재 자신이 스스로를 "사람 못 좋은 사람"으로 자평할 뿐 아니라 당을 조직한 인간들을 그가 염증이 날 만큼 '나쁜' 사람들로 인식한 데 있다. 황금을 찾아 헤매던 기철이 요직을 차지한 상황에서도 여전히 활동을 해야 하는가라는 물음 앞에서 석재는 결국 그러리라고 다짐하지만 그 과정을 그리는 작가의 시선은 다음과 같이 착잡하기만 하다.

> 그러나, 어떻게 된 '당' 이든 당은 당인 거다. 그는 일즉이 이 당의 일홈 아래, 충성되기를 맹세하였든 것이고…… 또 당이 어리면, 힘을 다하여 키워야 하고, 가사 당이 잘못을 범할 때라도 당과 함께 싸우다 죽을지언정, 당을 버리진 못하는 것이라 알고 있다. 이러허기에, 이것을 꼬집어 이제 그로서 '당'을 비난할 수는 도저히 없는 것이었다. (…중략…) 뿐만 아니라, 이제 기철이 당의 중요 인물일진대, 기철을 비난하는 것은 곧 당의 비난이 되는 것이었다.[315]

당은 단지 당이기 때문에 비난하지 않는다는 이러한 인식을 어떻게 이해해야 할까? 브레히트의 「당의 찬가」를 인용하면서 지젝은 '당'이라는 형식에 대해 다음과 같이 논한다. 즉 브레히트는 젊은 공산주의자에게 당이 모든 것을 알거나 옳은 것은 아니지만 그 '형식'이 중요

---

315 지하련, 「도정」, 『지하련 전집』, 37면.

제4장
1930년대 문학의 유산

하다는 것을 주장했다는 것이다. 중요한 것은 내용이 아니라, 당이 진실의 자리를 차지한다는 형식 그 자체이다. 당의 필요성은 그것의 외부성, 즉 밖에서부터 개입해 들어온다는 형식에 있다.[316] 석재는 당의 그러한 외부성을 '도깨비'라고 표현한 바 있었다. 석재를 결코 쉽게 놓아주지 않는 이 괴물은 마침내 석재로 하여금 스스로를 또 한 번 소부르주아로 '심판'하게 만든다.

> 마침내 그는 '소뿌르주아'라고 쓰고 붓을 놓았다. (⋯중략⋯) 지금까지 그는 그 자신을 들어, 뭐니 뭐니 해 왔어도 이렇게 몰아, 단두대에 올려놓고, 대ㅅ바람에 목을 뎅굿 칠 용기는 없었든 것이다. 그러나, 이제 막 피식이 고소할 순간까지도 차마 믿지 못한 이 '심판' 아래, 이제 그는 고시라니 항복하는 것이었다.[317]

여기서 주의 깊게 다루어야 할 문제는, 고발과 심판의 거리를 어떻게 측정할 것이냐이다. 자신의 창작 주체를 지속적으로 고발하는 전략을 취함으로써 일제 말기에도 붕괴되지 않은 주체의 생명력을 보여준 김남천과 달리 지하련의 주인공 석재는 스스로를 고발하는 것이 아니라 '심판'함으로써 갱생을 도모한다. 고발당한 주체는 자기변호나 변명이 가능하지만 심판당한 주체는 갱생 아니면 붕괴라는 양자택일

---

316 슬라보예 지젝(2006), 앞의 책, 63~72면.
317 지하련, 「도정」, 『지하련 전집』, 38면.

적 구도에 갇히기 쉬운데, 지하련의 심판당한 주체는 표면적으로는 갱생을 희구하는 것처럼 보인다. "나는 나의 방식으로 나의 '소시민'과 싸호자! 싸홈이 끝나는 날 나는 죽고, 나는 다시 탄생할 것이다." 지하련은 반성과 자기합리화를 구별하지 못하는/않는 진보적 남성 지식인들에게서 그러한 긍지의 고리를 끊어놓기 위해 고발-합리화를 심판-갱생의 모티프로 대체하려 했는지도 모른다. 그러나 「도정」의 마지막 장면에서 갱생을 외치고 있음에도 불구하고 석재는 여전히 괴물에 이끌려가는 붕괴된 '작은 피조물'처럼 보인다. 왜냐하면 그는 두 번째인 이번에도 역시 당을 선택한 것이 아니라 당이라는 '괴물'에게 끌려가고 있는 것처럼 그려지기 때문이다. 석재는 소시민성 폭로라는 낯익은 레퍼토리를 반복할 뿐 이전(첫 번째)과 '달라진' 혹은 이전보다 '진보한' 어떤 내적 확신을 품고 있지 못하며, '옳다'고 상정되는 '당'의 이름으로 이러한 모호함을 덮어버렸다.

해방기의 진보적 문인들이 제기해야 했던 가장 긴요한 질문은, 과거 자신이 어떤 계기로 마르크스주의를 '포기했는가', 즉 강요에 의한 전향이었는가 자발적 전향이었는가[318]가 아니라, 과거 자신은 어떤 계기로 마르크스주의를 '선택했는가'였는지 모른다. 왜냐하면 자의였든 타의였든 어쨌든 한 번 버렸던 것을 다시 취하는 데에는 첫 번째 선택과는 질적으로 구별되는 다른 차원의 결단과 계기가 요구될 터이기

---

[318] 이 문제를 중요하게 다룬 글로는 유철상의 「해방기 민족적 죄의식의 두 가지 유형」(『우리말글』 36, 우리말글학회, 2006)이 있다.

때문이다. 구별을 위해서는 먼저 '과거 자신이 어떤 계기로 마르크스주의를 선택했는가'를 준열하게 되물어야 했을 것이다. 그러나 무언가에 압도되어 또다시 공산당에 투신한 석재와 그가 염증이 날 만큼 혐오하는 기철 같은 동지들은 이런 질문에 아예 괄호를 쳐 버린다. 이들은 긍지와 자율이 기초가 된 민주적 삶의 모델을 끝내 개발하지 못한 채 해방을 맞이하고 다시금 호모소셜한 정치적 연대를 결성한 것이다. 일제 말기와 해방기는 주체에게 스스로를 '민족의 죄인'이라든가 '해방의 아들'로 새롭게 명명할 수 있을 만큼의 충분히 긴 시간적 거리를 허락하지 않았을지 모른다. 결국 지하련의 소설은 '기억의 정치학'[319]을 작동시킬 여력조차 갖지 못한 채 해방을 맞이한 진보적 남성 지식인의 맨얼굴을 보여주고 만 것은 아니었을까?

4. 수행적 진보는 가능한가?

이 장의 서두에서 논의한 것처럼 진보라는 개념 자체는 특정한 정치사회적 이념을 함축하거나 지향하지 않는다. 관점과 방법이 다를 뿐 근대 인류는 저마다 진보를 지향한다고 해도 과히 틀린 말은 아니다. 예전보다 더 나아진 미래를 꿈꾸는 것에 단 하나의 길만이 존재한다고

---

[319] 해방기 문인들에게 나타나는 '기억의 정치학'에 관해 논한 글로 구재진, 「『해방 전후』의 기억과 망각」, 『한중인문학연구』17, 한중인문학회, 2006; 이양숙, 「해방기 문학비평에 나타난 '기억'의 정치학」, 『한국현대문학연구』28, 한국현대문학회, 2009; 오태영, 「해방과 기억의 정치학」, 『한국문학연구』39, 동국대 한국문학연구소, 2010 등을 꼽을 수 있다.

주장하기는 어려울 것이다. 그렇다면 과연 한국 근대문학의 역사에서 '진보적 문학/문인'으로 간주되거나 자처하는 작품/작가는 과연 어떤 점에서 비非진보적인 작품/작가와 구별된다고 할 수 있을까? 우리 문학사에서 가장 쉽게 떠오르는 진보적 문인은 일제강점기 카프를 중심으로 활동한 사회주의 계열의 작가·비평가들이다. 이들은 당대보다는 후대에, 카프 전성기보다는 카프 해체 이후에 본격적으로 진보적 문인으로 평가·분류되었으며, 해방을 맞이한 후 발 빠르게 문인 단체를 결성하면서 진보적 문인들은 짧은 전성기를 구가한다. '진보적 리얼리즘'과 '혁명적 로맨티시즘'을 양 날개 삼아 비약하려던 것이 진보적 문인들을 비진보적 문인들과 구별 짓게 한 결정적 단서라면 단서일 수 있었다. 문제는 이들이 내세운 진보적 문학론이 일제시기의 문학론보다 눈에 띄게 나아지거나 발전했다는 사실이 입증된 바 없으며 그들 스스로도 그것을 증명하려 하지 않았다는 점이다. 해방기에 '두 번째'로 정치적 문학운동에 투신했음에도 불구하고, 이들은 과거에 누가 강제로 전향했고 누가 자발적으로 전향했는지를 놓고 갑론을박했을 뿐, 자신들의 두 번째 선택이 첫 번째 결단과 얼마나 어떻게 왜 다른지라는 의미심장한 질문은 간과하고 말았다.

지하련이 맞이한 해방기는 가슴 떨리는 미래의 첫 페이지가 아니라 어두운 과거의 끝자락이었다. 그리고 그가 또 마주친 것은 진보적 남성 지식인들의 호모소셜한 연대였다. 지하련의 소설은 우리문학사에서 개념화한 진보(이를테면 '진보적 리얼리즘' 또는 '혁명적 로맨티시즘')와 구별되는 인격화한 진보의 양상을 묘파하면서, 호모소셜한 남성 멤버들에게 결여되어 있는 자율성과 민주주의적 감각을 폭로한다. 그러나 지하련의 이러한 발견을 특정 문인 개인의 한계나 치부로 돌린다면, 이는 몰역사적이거나 비구조적인 인식에 지나지 않을 것이다. 그보다는, 식민지 조선에서 '사상'은 그 어떠한 민주적이며 시민적인 공론장에서 주장되거나 반박되지 못했다는 점을 다시 한 번 되새길 필요가 있다. 앞서 언급했듯 식민지 체제 하에서 처음 이루어진 우리의 현대적 사고 체험은 고차적이고 개방적인 비판과 토론이 아니라 권력 아래에서의 생존 문제로 고착되었다.[320] 이러한 식민지적 요인을 고려하지 않는다면, 왜 동지관계를 맺고 있는 지하련 소설의 남성인물들이 서로에 대한 불신과 막연한 공포에 시달리는지 이해하기 어려울 것이다. 이토록 협소하고 폐색된 현대적 사고 체험의 장에서, 민주주의적 감각이 싹트기란 불가능에 가까운 일이었는지 모른다. 만일 진보란 개인의 자율에 기반을 두고 평등의 이상과 연대를 추구하는 민주주의와 별개로 사유될 수 없다는 말을 인정할 수 있다면[321] 지하련 소설에 등장하는 각성한 여성인물들이 비민주적인 남성인물의 호모소셜한 연대를 왜 그토록 신랄하게 비판했는지 헤아리게 된다. 만일 천명된 어떤 이념이나 그것을 표현하는 정치적 언어의 진보성으로 진보를 판단하는 것이 아니라, 현실 속에서 약자와 소수자의 권익을 증진하는 데 큰 가치를 두고 자신의 위치에서 실제로 그렇게 행동하는 것을

---

320 홍윤기, 앞의 글, 28면.

321 고세훈, 「'진보'적 자유주의에 대한 비판적 검토」, 최태욱 편, 『자유주의는 진보적일 수 있는가』, 폴리테이아, 2012, 119면.

'진보적'인 것으로 판단할 수 있다면[322] 지하련 소설의 누이들이 꿈꾼 것은 바로 이 같은 '수행적 진보'가 아니었을까 자문하게 된다. 『문장』이 낳은 신인 지하련은 1930년대 문학의 유산을 묻고 있는 우리에게 이런 질문을 되돌려 주고 있다.

---

322 최장집, 「민주주의와 자유주의 사이에서」, 위의 책, 106~107면.